아덴만의
여명

아덴 만의 여명

아덴 만 여명작전과 소말리아 해적 이야기

초판 1쇄 발행일 | 2014년 5월 20일

지은이 | 김정현
펴낸이 | 강희철

펴낸곳 | 도서출판 다리미디어
주   소 | 413-756 경기도 파주시 직지길 218(문발동)
대표전화 | 031-955-0508   팩스 | 031-955-0509
등록번호 | 제406-2009-000039호
등록일자 | 1993년 5월 13일

ISBN   978-89-86346-84-8 (03810)

김정현 장편소설

아덴 만 여명작전과
소말리아 해적 이야기

아덴만의
여명

디리미디어

2010년 4월, 그때 나는 아덴 만에서 해적을 쫓고 있었다. 해적들은 아프리카 남단을 지나던 우리나라 상선을 납치하여 소말리아로 이동하는 중이었다. 어디쯤에서 납치되었을 것이라는 막연한 정보 하나만으로 우리는 추적을 시작했다. 마침내 칠흑 같은 어둠을 뚫고 피 말리는 긴장감과 걱정 속에서 해적에게 납치되어 끌려가는 우리나라의 선박을 발견했다. 헬기의 적외선 카메라로 찍은 흑백 사진을 본 우리는 울컥했다. 상선 연돌에서 피어오르던 배기가스가 선원들뿐만 아니라 모든 국민들의 우려와 탄식처럼 느껴졌기 때문이다.

우여곡절 끝에 연결된 상선 선장의 떨리는 목소리. 그와는 반대로 한껏 여유 있는 목소리로 능글거리며 통화하던 해적두목. 정통 영어를 능숙하게 구사하며 인질들을 죽이겠다고 위협하던 협상가이자 브로커의 목소리가 지금도 귓전에 생생하다.

그러나 사람은 생각보다 과거를 쉽게 잊으며 살아간다. 망각은 사실 큰 문제가 아니다. 어리석게도 과거의 교훈을 잊어버릴 뿐 아니라 깊게 파인 상처도 망각 속에서 치유되었다고 착각하면서 살아가는 것이 더 큰 문제일 것이다. 더 심각한 문제는 망각과 착각 속에서 살아가고 있는 우리 안으로 진실을 모르는 자들의 왜곡된 이야기가 비집고 들어와 마치 거짓이 진실이 되어 굳은살처럼 내려앉는다는 것이다.

나는 청해부대의 파병 경험을 바탕으로 내가 겪은 아덴 만의 삶을 표현하고 싶었다. 부여받은 임무를 완수하기 위해 어려운 상황에서도 최선을 다하는 군인들의 삶과 이역만리의 바다에서 펼쳐지는 다양한 이야기들을 보다 사실적으로 묘사해 기록하고 싶었던 것이다. 독자들이 청해부대와 소말리아 해적의 이야기를 조금이나마 쉽게, 그러나 더 깊이 이해하기를 바라는 마음도 컸다.

국가와 해군의 지원으로 방글라데시와 아랍 문화권에서 교육을 받았던 경험, 특수전부대에서의 근무경험, 청해부대의 파병과 피랍상선에 대한 작전경험을 모두 겪은 나 자신이 그 기록을 시작해야 한다는 소명의식과 약간의 책임감도 있었던 것 같다.

이 글은 틈틈이 기록한 사실을 바탕으로 한 이야기와 해적과 브로커의 이야기가 섞인 수기와 소설의 가운데쯤 있다고 해야 옳을 것이다. 따라서 사실과 허구가 공존한다. 아덴 만 여명작전의 배경과 일부 사건은 사실이지만 글을 조금 더 알차고 흥미를 돋우기 위해 꾸며낸 이야기도 많다. 그러나 아덴 만 여명작전의 성공과 그 주역들의 영웅적 이야기는 누가 뭐래도 진실이다.

수많은 난관 속에서 작전의 지휘 계선상에 있는 모든 지휘관과 참모들은 탁월한 리더십을 발휘하며 작전을 지휘했고, 창끝의 전투부대원들은 용맹스럽게 임무를 완수했다. 만약 그들의 명예에 조금이라도 누가 되는 표현이 있다면 그것은 순전히 나의 오류이며 나의 책임이다.

부족한 글이 세상에 나올 수 있기까지 많은 분들에게 도움을 받았다. 무엇보다도 내가 이렇듯 다양한 경험을 쌓도록 기회를 준 해군에 감사한다. 나는 해군을 통해서 성장하고 철들고 성숙해 왔다. 값지고 참된 삶의 경험을 안겨준 해군이 없었다면 맹세코 이 글은 나올 수 없었을 것이다.

선후배, 그리고 나를 사랑한 모든 사람들이 딱딱한 수기형식의 글에 소설적 이야기에 대한 아이디어를 보탬으로써 조금 더 자연스럽게 읽히도록 도와주었다. 뿐만 아니라 3년 넘게 책상 귀퉁이에 처박혀 있던 부족한 원고를 꺼내 세상에 내놓도록 많은 용기를 주었다.

게으르고 부족한 글쓰기 때문에 포기하고 싶었던 마음이 들 때마다 영감과 힘을 주고 원고를 끈기 있게 읽고 정리해준 나의 가

속에게도 각별한 감사를 드린다. 그리고 무엇보다도 임무완수를 위해 노력하고 있는 청해부대 장병들과 국군의 사명을 지키기 위해 각자의 위치에서 최선을 다하고 있는 대한민국의 모든 군인들에게 깊은 경의와 함께 이 글을 바친다.

군인의 삶은 단절 없는 투쟁의 연속이라 했다. 앞으로도 내가 헤쳐 나가야 할 수많은 난관이 산적해 있을 것이다. 하지만 나를 지켜주는 모든 사람들의 사랑과 믿음만 있다면 절대 불가능한 일도 아니다.

늘 내 편이 되어주고 믿어주는, 사랑하는 사람들에게 진심으로 깊은 감사를 드린다.

김 정 현

차 례

1 귀항, 짧은 휴식 11

2 꿈틀대는 어두운 그림자 21

3 검은 사냥꾼 49

4 안전항해를 위한 기도 75

5 대양 위의 불청객 85

6 단편명령 91

7 약탈과 향연의 시간 117

8 굶주린 포식자 133

9 드러나는 음모 143

10 변질되는 모든 것 163

11 작전계획 171

12 꿈과 희망의 땅 185

13 끝없는 욕심 191

14 덫, 그리고 알 수 없는 그림자 205

15 쫓는 자와 쫓기는 자 221

16 이겨놓고 싸운다 235

17 신의 가호 259

18 아덴 만 여명작전 271

19 중독 301

1

귀항, 짧은 휴식

아프리카, 아덴 만.

바다는 가도 가도 끝이 없었다. 4500톤의 육중한 대한민국 해군의 구축함이 지나간 자리에는 거대한 항적만 길게 꼬리를 물고 이어졌다. 스크루에서 생긴 포말은 서로 그르렁대며 뱃전에 엉키고 부딪히면서 단조로운 일상의 지루함을 달래고 있었다.

매일매일 분 단위로 쪼개어 짜인 바쁜 일상. 한순간도 긴장을 늦출 수 없는 일이라 하더라도 며칠째 같은 일을 계속 반복하다 보면 수없이 지나간 날들이 마치 하루로 요약·압축된 것 같은 착각에 빠지기 십상이다.

장기간 바다 위 생활에서 낭만이라는 것도 이미 사라진 지 오래다. 육지에 있는 사람들은 땅 냄새, 산과 나무의 실루엣, 바람과 흙이 어우러져 일으키는 작은 회오리……, 이런 사소한 것들에 대한 그리움이 없을 것이다. 그러나 평평하게 무한대로 펼쳐진 수평선을 바라보면서 수십 일간 계속 흔들리며 항해하다 보면 늘 같은 자리에 있음으로써 절대적인 안정과 신뢰를 주는 집 앞의 산과 나무, 그리고 사소한 이야기를 나눌 수 있는 사람들의 냄새가 그리워지게 마련이다.

단 하나의 점으로만 보일지라도, 아니 신기루처럼 금방 사라져버린다 하더라도 육지 그림자처럼 생긴 것을 볼 수만 있다면 얼마나 좋을까?

며칠째 내내 수평선만 바라보며 항해를 해왔다. 평소에 마음이 답답할 때마다 일부러 찾아 나섰던 수평선. 수평선 끝까지 눈길을 먼저 보내고 긴 숨을 몰아쉬면서 마음을 함께 실어 보내면 잠시나마 짧은 일탈과 상상의 나래를 펼칠 수 있게 해주던, 아득한 하늘과 바다 끝이 알 수 없는 곳에서 만나는 그 미지의 선. 그 수평선이 육중한 군함을 바다 한가운데의 작은 회색 점으로 만들고, 벌써 며칠째 커다란 원으로 빙 둘러 가두어버렸다. 탈출의 수단이 어느 순간 빠져나올 수 없는 굴레가 되어 있는 상황이 아이러니하다.

바다에서 몇 날 며칠 밤을 보냈던가? 숙면을 취하지 못한 까닭에 모래알처럼 거칠고 뻑뻑한 눈동자를 녹슨 기차바퀴처럼 굴리며 헤아려본다. 출항했던 날을 계산해보니 살랄라(Salalah, 오만의 항구도시) 항구를 빠져나온 지 오늘로 꼬박 18일 만의 입항이다.

군함은 군함만큼 큰 덩치의 도선사를 항구 입구에서 태우고 재보급과 짧은 휴식이 약속된 항구로 천천히 미끄러져 들어갔다. 컨테이너 부둣가에는 거대한 로봇의 팔처럼 바다를 향해 뻗어 있는 컨테이너 크레인 암(crane arm, 상선에 컨테이너를 적재하기 위해 설치된 대형 크레인의 팔)들이 사막먼지 속에서도 일사불란하게 정렬해 손을 흔들며 환영하듯 청해부대의 입항을 맞이해주었다.

―삐익~~~ 입항!

굵은 밧줄들이 군함과 육지를 단단하게 묶어놓은 것을 확인하자 안도의 한숨이 저절로 입에서 흘러나왔다.

"참모님! 이번 항해에도 수고하셨습니다. 한 대 태우셔야죠. 참모님이 좋아하시는 승리의 담배는 아닙니다만……."

어느새 함교에 올라왔는지 단단한 근육질의 박 준위가 옆에 서서 담배를 권하며 웃고 있었다.

친하다는 것은 교감의 정도가 깊다는 이야기일 것이다. 그는 내가 승리와 안도의 순간에 의식처럼 담배를 피운다는 것을 알고서 긴 항해 끝에 찾아온 달콤한 휴식을 그렇게 축하해주었다.

"오, 박 준위! 고생하셨습니다. 특전용사들은 모두 이상 없지요? 박 준위가 훈련관으로 와 있으니 나는 마음이 한결 가볍습니다. 알죠? 대원들에 대한 가장 큰 복지가 뭐라는 거."

나는 박 준위로부터 담배를 한 개비 건네받아 입에 물었다.

"하하하, 여전하십니다. 혹독한 훈련 아닙니까?"

박 준위가 담뱃불을 붙여주며 화답했다. 나는 길게 숨을 내뿜으며 공중으로 화들짝 놀라 퍼져가는 담배연기를 추적해갔다. 지난 호송작전의 크고 작은 에피소드들이 허공에서 점멸해갔다.

단 한 모금의 연기로 현기증이 일고 신경이 나른해지자 나는 침실로 내려왔다. 입항을 알리는 긴 호각소리, 안전하게 도착했다는 안도감, 담배 한 개비…….

이제는 잠시 쉴 수 있는 조건이 형성되자 나의 정신도 반사적으로 무언가에 홀린 것처럼 순식간에 무장 해제되기 시작했다. 그러자 긴장의 긴 장대 끝에서 위태로이 매달려 있던 나의 모든 신경이 어린아이가 있는 힘껏 팽팽하게 불다가 일순간 허무하게 놓쳐버린 풍선처럼 허공으로 흩어졌다. 나의 육신과 정신은 게으른 부잣집 여인이 외출을 다녀온 뒤 침대 위에 아무렇게나 풀어헤쳐 던져놓은 실크 스카프처럼 가냘프고도 힘없이 매트리스 위에 늘어졌다.

'몇 척이나 호송했지?'

'이제 가족을 떠나온 지 얼마나 지났나?'

'집에 돌아가려면?'

아주 간단한 질문들. 그리 어려운 숫자놀음과 계산이 아닌데도 긴장감이 풀어져서인지 좁은 침대 매트리스 위에서 정신과 몸은 이미 서로를 분간하지 못하고 휘감아 몽환적 상태가 되었다.

눈꺼풀이 스르르 닫히자 망막 안의 하얀 빛 속에서 나를 지탱해주는 모든 사람들이 아른거렸다. 출항하기 전에 선후배 장교들은 임무를 잘 완수하고 돌아오라며 모든 청해부대원들을 모아놓고 따뜻한 만찬을 베풀어주었다. 그들은 우리들의 왼쪽 어깨에 붙여놓은 태극기를 만지고 쓰다듬으며 "이야~! 대한민국의 국가대표로구나!" 하면서 부러워하고 자랑스러워했다.

태극기! 한때 깃발이 없는 자, 조국이 없는 자로 살아왔던 우리가 수많은 목숨을 바쳐 찾아왔던 그것! 그때 우리는 얼마나 많은 설움의 역사를 겪어야 했던가! 생각이 꼬리에 꼬리를 물고 여기까지 이르자 나는 무심코 어깨를 쓰다듬어 전투복 왼쪽 소매에 붙여놓은 태극기의 안녕을 확인해보았다.

내 어깨에 단단히 붙어 있는 나의 조국 대한민국! 태극기를 가슴에 붙여본 사람만이 알 수 있는 뭉클한 느낌이 명치 안쪽을 묵직하게 만들더니 리트머스 종이에 약품이 스며들듯 메말라 있는 눈꺼풀 안쪽까지 금방 습기가 번져왔다. 나는 그것을 모른 체 그냥 내버려두었다. 그 촉촉한 망막을 젖히고 아내가 성큼성큼 걸어왔기 때문이다.

우리는 장도의 길을 가겠노라고 긴 뱃고동을 울리며 망설임 없이 항구를 빠져나왔다.

"출항!"

힘찬 구령과 함께 군함을 단단히 동여매고 있던 마지막 홋줄(선박을 부두에 고정시키는 밧줄)을 걷어내자 정박해 있던 모든 군함들이 일제히 긴 뱃고동을 울리며 환송해주었다. 그것은 우리들의 안전항해와 임무완수, 그리고 무사귀환을 빌어주는 뱃사람들의 의식이었다.

출항 전, 부두에서 부대원들이 사랑하는 이들과 각자의 이별의식을 진행하고 있던 그때, 아내는 태극기를 든 수많은 인파 속에서 작은 태극기를 흔들며 부두에 서 있었다. 포옹하는 자, 눈물을 닦는 자, 닦아주는 자, 아이를 껴안고 가벼운 입맞춤을 하는 자들 속에서 나는 아내와의 짧은 포옹을 마친 후 한달음에 군함의 제일 높은 곳으로 달려 올라갔다. 일단 모든 것을 한눈에 담을 수 있도록 가장 높은 곳으로 올라가는 것. 그것이 사랑하는 사람, 익숙한 장소와 추억을 눈으로 기억하고 가슴에 묻어두는 가장 좋은 방법이라는 것을 나는 아주 어려서부터 터득했고 내 몸은 그것을 기억하고 있었다.

중학생이 되자 나는 더 이상 작은 섬마을에서 나의 미래를 기약할 수가 없었다. 도시로 나와 혼자 자취생활을 해야만 하는 그 외로움에 익숙하지 않았던 나는 고향을 떠나올 때마다 뱃머리에서 눈물을 삼키며 어머니와 나의 아버지를 번갈아 나지막이 외쳤다. 소리 없이 흐르는 눈물이 뺨을 타고 내려와 작은 입술을 적실 때 나는 눈물의 짠맛이 바닷바람 때문이라고 생각했다.

공부를 해야 살아남는다며 등 떼밀듯 육지로 나를 내보내는 어머니를 이해할 수 없다는 듯, 또랑또랑한 눈으로 나를 붙잡았던 두 동생들이 선착장 저 끝에서 달려올 것만 같아 나는 차마 신작로 귀퉁이에서 눈을 떼지 못했다. 선착장이 마침내 야속하게 작은 점으로 변하고 암탉의 포근한 가슴 깃털 색깔을 닮은 시골길이 멀리 회색빛 바다 너머로 사라지기 시작하면 나는 어김없이 여객선

맨 위쪽으로 달려 올라갔다. 그러고는 동네에서 제일 높은 범산이 사라질 때까지 바닷바람을 맞으며 서 있었다. 웅장한 범산의 소나무들이 내 눈동자 속에서 그저 막연한 초록색이나 검은색으로 변할 때쯤 나는 그제야 소리 내어 눈물을 흘렸다.

사랑하는 사람과의 이별은 결코 익숙해지거나 아름다울 수 없는 법이다. 그래서 이별에는 어떤 말보다도 항상 즉각적인 눈물이 앞서서 그 의식을 주관해야만 이별이 이별답게 된다. 하지만 나에게 이별의 눈물이란 늘 절제되거나 한 템포 느리게, 그리고 몰래 흘려야 하는 것이었다. 아마도 그것은 내가 철이 들기도 전에 아버지가 유언처럼 내게 지워준 한마디 말 때문이라고 나는 확신한다.

어느 여름날, 한창 기승을 부리는 벼멸구를 없애야 한다며 아침나절에 논으로 나갔던 아버지는 한낮 땡볕이 지나고 나서야 집으로 돌아왔다. 농약을 하던 등짐펌프를 지고 마루에 그대로 털썩 앉은 아버지를 위해 내가 냉수 한 그릇을 떠가지고 왔을 때 아버지는 등짐펌프를 진 채로 토방에 쓰러져 있었다. 밭에 나갔던 어머니가 허둥지둥 와서 아버지를 일으키자 토방은 아버지의 코피로 검붉게 물들어 있었다. 그리고 동네 사람들이 목포로 이송시킬 배를 긴급히 물색해서 올 때까지 시뻘건 코피를 한 양동이는 더 흘리고 나서야 아버지는 청년들이 짊어진 들것에 실려 통통배를 타고 섬을 떠났다.

한참이 지난 후에 내가 아버지를 본 것은 목포의 어느 허름한 여인숙에서였다. 가난한 농부의 아내였던 어머니는 도저히 병원의 치료비를 감당할 수가 없었기 때문에 아버지를 작은 여인숙으로 옮긴 다음 최소한의 치료만으로 하루하루 버티고 있었다.

　어머니가 늙은 거북이 등처럼 갈라진 합판으로 만든 방문을 열었지만 나는 아버지를 찾을 수가 없었다. 방 안에 누워 있는 사람에게서 강인했던 나의 아버지 모습을 찾을 수 없었기 때문이다. 뇌출혈과 함께 온 반신 마비증세로 강인했던 아버지는 한순간에 병자가 되어 있었다. 오른쪽으로 심하게 기울어진 몸, 뭐라 하는지 알아들을 수 없는 말을 하는 아버지의 입가에서는 계속해서 침이 흘러나오고 있었다. 그 진득거리는 침은 아버지가 부여잡고 있는 삶의 끄나풀처럼 금방이라도 끊어질 듯 간신히 이어졌다.

　어머니는 한없는 눈물을 훔치며 아버지의 정신을 깨웠다.

　"여보! 정신 좀 차려 보쑈~. 장남 데려왔소!"

　"……."

　"아, 데려오라던 장남 데려왔단 말이오! 정신 좀 차려 보쑈."

　장남이 왔다는 어머니의 한마디가 아버지의 정신을 깨웠을까? 잠깐 동안 침묵을 지키던 아버지는 어머니의 부축을 받고 기어이 앉으셨다. 아버지는 여전히 한쪽으로 기울어진 채로 침을 흘리고 있었지만 최대한 꼿꼿한 자세로 앉은 다음 이미 마비된 오른손과 오른쪽 뺨을 달달 떨며 혼신을 다해 내게 말했다.

　"으~어~~태~진~아~! 인~자~ 니~니~ 니가~ 알아서 ~~해~해~야 쓰겄다~. 이~이~이를 악~물고 서~서~성공 ~해야~한~다. 그~라~고……."

"······."

"절~대~로 울~지 마~마~마라~!"

강인했던 나의 아버지는 내게 절대로 울어서는 안 된다고 말하면서 울고 있었다. 나는 내 작은 손을 잡고 계속해서 떨고 있는 아버지의 손을 잡고 더욱 크게 울었다. 그때 초등학교 6학년, 그 허름한 여인숙에서 "모든 것을 알아서 해야 한다, 성공해야 한다, 절대로 울지 말아야 한다"는 아버지의 말씀과 함께 어머니와 아버지 손을 잡고 그 앞에서 마지막으로 울며 철이 들었다.

나는 아내 앞에서도 절대 이별의 아쉬움을 보이지 않았다. 수많은 사람들 속에서 아내가 서서히 사라지고 군중의 태극기가 덩어리 되어 하나로 흔들려 보일 때에도 나는 그저 묵직해진 가슴만 쓸어내리며 스스로를 위로했다.

'금방 다시 만날 거야. 그러니까 슬퍼할 필요도 없는 거지. 임무를 완수하고 뜨겁고 기분 좋은 재회를 하려면 매 순간 임무에 집중해야 한다'고 스스로를 채찍질했다.

부두에서 태극기를 흔들며 배웅하던 아내는 나의 촉촉한 망막 속에서 졸음과 함께 서서히 희미해져 갔다. 나는 그 환영과 오랜만에 찾아온 나른한 휴식을 즐기며 다시 한 번 왼쪽 어깨의 태극마크를 더듬었다.

몸을 뒤척이자 허리춤에 차고 있던 워키토키 때문인지 허리가 결려왔다. 출항할 때부터 입항할 때까지 철저한 감시자가 되어 참모들이 수행하는 모든 상황을 내게 주절주절 앵무새처럼 보고했던 그 무전기. 허리가 더욱 결려왔지만 몸을 잠깐 뒤척이는 것도 귀찮았다.

워키토키를 뺄까 말까. 불편함을 감수하고 있을 때 오랫동안 옹알이를 하다가 본격적으로 말문이 트이려는 어린 아기처럼 워키토키가 특유의 거친 소리로 내 정신을 깨웠다.

2

꿈틀대는 어두운 그림자

— 칙칙~

워키토키가 고문을 시작하듯 신경을 자극했다.

바다 위에서 작전 중이라면 그 민감한 소리에 반사적으로 손이 가고 눈과 귀가 뜨였을 테지만 이미 휴식 모드로 진입한 몸은 이방인적 자세와 객관적 청취 모드에서 아직 전환 반응을 하지 못하고 있었다.

겹겹이 막혀 있는 배의 수많은 철제 격실들을 뚫고 오는 전파도 오늘은 마냥 쉬고 싶거나 모든 것이 귀찮아서일까? 신호는 무척 힘들게 반복적으로 끊겼다가 이어졌다. 그러다가 무언가 급히 할 말이 있는데 당황스러워 말을 더듬던 노인이 카악~퇴~ 하며 야무지게 가래침을 뱉고 할 말을 시작하는 것처럼 다급한 목소리가 워키토키에서 터져 나왔다.

"작전참모님, 작전참모님! 응답바랍니다."

입항을 하면 항해하는 상선 곁에 완전 밀착하여 해적으로부터 위협을 제거하며 호송하는 근접 호송작전이 잠시 중단된다. 비로소 모든 기계와 사람이 휴식 모드로 전환하는 기간이기도 하다. 20여 일 동안 쉴 새 없이 달려온 기계뿐만 아니라 사람 모두에게 휴식이 필요하기 때문이다.

바다 한가운데서는 해적이 출현하지 않을까 늘 팽팽한 긴장감으로 살게 마련이다. 해적이 출현했다는 정보를 입수하면 즉각적으로 반응해야만 납치를 막을 수 있기 때문이다. 30초 사이에 납치를 막을 수 있느냐 없느냐가 결정되기도 하니 시간이 바로 생명이라 할 수 있다. 그래서 지휘관과 주요참모들은 호송 작전 중에는 어느 장소에 있든지 24시간 교신이 가능하도록 워키토키를 착용했다. 잠을 자든, 식사를 하든, 화장실에 있든 간에 예외는 없다.

긴 임무 후에 맞는 짧은 2박 3일간의 정박기간은 휴식의 시간이며 재충전의 시간이다. 워키토키도 마찬가지였다. 홋줄을 낸 후 군함을 단단히 부두에 묶어놓으면 나는 제일 높은 곳 함교로 올라가 워키토키의 전원을 딸깍 끄고는 담배 한 대를 피우고 나서 내려오곤 했다.

'그런데 오늘은 왜 이 워키토키가 아직 살아 있는 거지?'

벌써 이번이 열네 번째의 호송이었으니 그동안의 버릇이라면 워키토키는 진작 꺼져 있어야 옳았다. 또 이상한 것은 나뿐만 아니라 모두가 휴식 모드로 전환했을 텐데 누군가 이 긴급 통신망을 이용해서 다급하게 나를 찾고 있었다. 좋은 일은 분명 아닐 것이었다.

"작전참모다. 무슨 일 있나?"

"작전참모님, 잠깐 상황실로 내려오시겠습니까? 계속 확인하고는 있습니다만 아무래도 우리나라 상선이 해적에 납치된 것 같습니다."

정보참모였다. 나지막하고 굵은 목소리로 민감한 정보상황을 브리핑할 때도 차분하게 보고함으로써 항상 신뢰와 안정감을 주는 참모였다. 그 또한 나와 마찬가지로 워키토키를 24시간 소지하고 있어야 하는 장교였다.

그는 입항하면 24시간 가동해왔던 모든 상황판을 정리하곤 했다. 뜨겁게 달궈진 각종 플라스마 스크린의 전원도 내린다. 본국과 실시간으로 모든 해적정보와 상선의 이동정보를 주고받는 핫라인만 유지해 놓았다. 그 이외에는 현장에서 작전 중인 모든 연합해군과의 통신망을 끄고 정비를 시작하는데 무슨 연유에서인지 아직 그 또한 그만의 의식을 행하지 않았던 모양이다.

정보참모의 목소리가 억압된 기도를 뚫고 나오는 듯 가늘게 떨리고 있는 것을 감지한 나는 불길한 예감에 용수철처럼 침대에서 일어나며 소리를 질렀다.

"아니, 그게 무슨 소리야? 납치라니! 금방 내려갈 테니 정확하게 상황을 파악해봐!"

소말리아 해역에 파병된 호송전대. 청해부대라 불리는 이 특별한 파병부대에 나는 작전참모와 참모장의 두 가지 임무를 병행하여 부여받고 파병되었다. 파병된 지 3개월! 청해부대의 임무를 종료하려면 앞으로도 3개월의 시간이 더 남아 있다.

지난 파병 기간 동안 단 한 척이라도 우리나라 국적의 상선이나 어선, 우리 국민들이 해적에게 피랍되는 일이 없도록 밤잠을 설치며 항해해왔다. 그리고 이제 막 입항한 것이 아닌가? 아무리 오랜 시간 동안 호송임무를 성공적으로 수행해온들 무슨 소용이 있단 말인가? 지금 당장, 단 한 척이라도 피해를 입거나 납치된다면 모든 공든 탑이 한순간에 무너진다. 사막의 먼지와 뜨거운 열사의 바다에서 흘린 땀방울이 모두 무의미하게 될 것이 분명했다.

우리가 항구에 입항하는 순간까지 우리에게 호송을 부탁한 한국 상선이 없었는데 이게 어찌 된 일인가? 파병된 이후 지금까지 3개월간 아무 일 없도록 관리하고 안전하게 호송을 했는데 기어코 우려한 일이 발생한 것인가?

재보급을 위해 입항해야 하니 우리가 바다에 없는 동안 한국 상선이 호송을 부탁해오면 우리를 대신해서 각별하게 신경 써달라고 다른 나라 군함들에게 신신당부하고 부탁해놓았다. 그런데 우리 상선에 어떤 일이 벌어진 것일까? 자기 나라의 상선이 아니라고 제대로 보호하지 않은 것일까?

상황실로 내려가는 동안 온갖 불길한 생각이 머리를 채웠다.

―타타타탁!

다급히 뛰어 내려가는 내 구두 뒷굽 소리에 철제 계단도 휴식에서 깨어나 텅텅거리며 머릿속을 울려댔다.

모든 호송작전 기간은 약 20여 일 정도를 작전일수로 정해놓고 있다. 배를 타고 좁은 공간에서 계속 생활을 해야 하는 승조원들의 피곤도 문제이지만, 임무를 우선으로 하여 부대가 운영된다 해도 시간이 지나면 기름과 식량 등의 재보급이 필요하기 때문이다. 이번 호송작전의 항해일정은 18일간으로 정해져 있었다.

우리나라 상선들은 해적이 출몰하는 주요 항로를 통항해야 할 때 군함에 미리 연락하여 호송일정을 계획한다. 서로 간에 정해놓은 시간에 안전한 장소에서 만나자고 약속을 하는 것이다. 여러 척이 함께 모이면 해적들에게 피랍되지 않을 가장 효과적인 진형을 유지하고 청해부대의 호송을 받으며 항해한다. 서로 일정이 맞지 않아 청해부대의 호송을 받지 못하는 상선들은 우방국의 해군이나 연합세력들에게 각별히 부탁하곤 했다.

과부 마음은 홀아비가 이해하듯, 해적들이 언제 어디에서 나타나 민간인들을 위협하고 상선을 강탈해갈지 모르는 바다에서 뱃사람들은 국적을 불문하고 어려운 일은 서로 돕는다. 그것이 바다 사람 간의 정이며 의리, 시맨십(seamanship)이다. 이런 부탁을 해야 할 경우가 종종 있다. 바다는 광활하고 변화무쌍한 공간이기 때문이다. 아덴 만의 호송항로만 하더라도 세계지도로 보기에는 한 뼘도 안 되는 거리처럼 보인다. 하지만 백두산 꼭대기에서 한

라산까지의 거리보다도 더 멀고 광활한 구역이니 이 넓은 임무구역을 군함 한 척으로는 절대로 지켜낼 수가 없다.

14차 호송작전을 마치려는 순간 우리 상선 한 척이 호송을 요청했다. 하지만 우리의 재보급 일정과 서로 맞지 않아 상황이 난감했다. 우리는 임무를 마친 후 복귀하고 있었고, 그 상선은 이제 막 통항로에 들어서고 있었기 때문이다. 우리는 항구에서 신속히 재보급과 전투력을 복원해야 했으므로 형제의 나라라고 자부하는 터키 해군에 그 상선의 호송을 부탁했다.

터키 함장 타이푼은 나와 임관연도가 같은 동기뻘이었다. 그동안 해상에 나와서 임무를 수행할 때 우리는 헬기를 이용하여 왕래를 하며 전술 토의를 했다. 어쩌다가 부두에 정박하는 기간이 같을 때에는 사관식당에서 식사를 함께 하고 각별한 우의를 다져오던 사이였다. 그리고 서로에게 필요한 것을 동기생이자 아주 오랜 친구처럼 요구하고 서로의 부탁을 기꺼이 들어주었다.

그런 그에게 각별히 부탁했는데 그 상선에 문제가 생겼을까? 그럴 가능성도 있다. 아니, 모든 가능성이 열려 있는 곳이 바다다. 그래서 바다에 나올 때는 세 번 기도하라는 속담까지 있는 것이 아닌가?

이렇게 부탁을 하고 들어주는 과정에서 불미스러운 일이 전혀 없는 것은 아니었다. 한 달 정도 전이었을 것이다. 재보급이 필요했던 터키 해군은 바쁜 일정 때문에 터키 국적의 상선을 그리스 군함에게 호송해 달라고 부탁했다. 그런데 그 터키 상선이 그리스 군함의 호송 중에 바로 이 바다에서 납치되어버린 것이다. 일이 벌어지고 나자 온갖 소문과 추측이 난무했다. 그리스와 터키 두 나라가 역사적으로 좋은 관계가 아니었으니 자기네들 일처럼 신경 안 썼을 것이라는 소문이었다. 아무튼 문제는 군함이 상선 바로 곁에서 호송하고 있음에도 해적들은 버젓이 납치를 해댔고, 이러한 까닭에 그들은 이미 이 아덴 만에서 작전을 하는 연합해군들에게 바다의 공공의 적이요, 상종 못할 인간들이었다.

자신의 일처럼 성의를 다해서 신경을 쓴다 하더라도 요즘 들어 과감하고 무모한 해적들의 공격 행태로 미루어 짐작한다면 군함이 호송하는 중에도 납치되었을 가능성이 충분하다. 이렇게 해적들의 공격 형태와 양상이 보다 치밀하고 과격해진 탓에 호송을 하는 군함들도 극도로 긴장하고 있었다.

요즘 해적들의 움직임은 마치 군사작전을 방불케 했다. 호송을 하고 있음에도 여러 척의 해적선이 여러 방향에서 동시에 공격을 한다. 그런 다음 상선들의 혼을 빼서 우왕좌왕하게 만들고 그런 상선 중 한 척에 올라타 조타실을 장악하는 해적들도 생겨났다. 한 가족의 사자무리들이 버펄로를 사냥하는 식이었다.

며칠 전에는 어처구니없으면서도 믿기 힘든 전보 한 장이 연합해군사령부(CMF: Combined Maritime Force, 아덴 만과 페르시아 만의 연합세력을 효율적으로 통제하기 위해 미국이 바레인에 설치한 사령부)에서 전파되었다. 해적들이 미국 군함에 직접적인 공격을 감행하고 도주했으니 호송작전을 하는 모든 군함들은 각별히 주의하라는 내용이었다. 상황이 이렇다 보니 작전 전반에 책임을 맡고 있는 작전참모로서 내 긴장감은 머리가 터질 지경이었다.

철판의 진동이 구두의 뒷굽을 거쳐 뒷골로 공진되어 오자 며칠 전부터 시작된 편두통이 다시 심해졌다. 상황실 문을 박차고 들어가자 정보참모 이 소령의 얼굴이 하얗게 질려 있었다. 평상시 차분했던 그의 모습이 아니었다.

"무슨 일이야, 우리 상선이 해적에 납치됐다니?"

"위성통신으로 전화가 왔는데 잠깐 몇 마디 시도하다가 끊어졌습니다."

"위성전화가 왔어? 우리말로? 그럼 우리 전화번호를 알고 있다는 말이잖아? 뭐라 그랬는데?"

"전화 감도가 매우 미약하고 뚝뚝 끊어졌습니다. 처음에 청해부대를 찾고 '해적이 쫓아오고 있습니다'라는 말과 다급한 목소리로 경위도를 한 번 불러주고 난 다음 '여기는 그런 곳이 아니지 않나요?'라는 말을 남기고 끊어진 뒤 연락이 없습니다."

"선명과 위치는 받았어?"

나는 잘못한 것이 전혀 없는 정보참모가 나의 질문에 답변을 하기도 전에 계속 거세게 몰아붙이며 취조하듯 물었다.

"아, 네. 선명은 정확하게 듣지는 못했고, 삼호 뭐라고 하고, 선장이라고 했습니다. 그런데 위치가 맞는지 정확하게 모르겠습니다. 정확하게 들리지도 않았고 그 위치가 워낙 예상 밖의 위치라서……. 뭐라 더 물어볼 시간도 없이 끊어졌습니다."

정보참모는 속절없이 더 이상 아무 말이 없는 위성전화기와 벽에 걸려 있는 LCD 화면을 번갈아 보며 대답했다.

"어딘데? 불러준 경위도는 확인해봤어?"

"네, 센트릭스(CENTRIX, 연합해군사령부의 정보공유 네트워크) 화면에 표시해놓은 붉은 마크입니다."

소말리아 해적으로부터 자국의 상선을 보호하기 위한 연합해군 작전은 우리나라를 포함하여 많은 나라들이 참가하고 있었다. 특히 9·11테러 이후 해상에서의 테러, 즉 해적에 대한 관심이 국제사회에 높아졌고 테러와의 전쟁을 선포한 미국은 되도록 모든 자원과 자산을 공유하여 테러 위협을 제거하고자 했다.

센트릭스 정보망은 미국이 이런 연합작전을 원활하게 하기 위해 우방국 간 정보를 교환하려고 만든 네트워크였다. 우리 대한민국 해군도 이러한 미국의 평화유지 정책에 동참하고 효율적인 군사작전을 실시하고자 첨단 컴퓨터 정보 네트워크인 센트릭스를 대여받아 운용하고 있었다.

대형 벽걸이 LCD 화면에는 모든 연합세력의 모습들이 각각 특색 있는 색깔로 전시되어 있었다. 아덴 만 해역에는 연합해군사령부 예하에 여러 전투부대가 운용되고 있었는데 우리는 미국 군함 중심의 전투부대 소속이었다. 연합해군사령부 소속 이외에 단독작전을 하는 국가의 해군함정들도 모니터에서 점으로 깜박였다.

내 시선은 화면 속의 아덴 만으로 향했다. 다소 활동영역이 확대되고는 있으나 최근 지속적으로 벌어진 해적 피랍 상황들이 모두 아덴 만에서 발생했고, 우리가 터키 해군에게 부탁했던 오리엔탈 쥬얼리 호도 아직 아덴 만을 따라 홍해로 이동하고 있을 것이기 때문이었다.

그런데 모니터의 화면은 아덴 만이 자세히 보이도록 확대한 것이 아니라 아프리카 동부 전체와 인도양 서쪽이 나타나도록 축소되어 있었다.

"왜 화면을 이렇게 축소시켰나?"

"선장이 마지막으로 알려준 지점을 찍은 겁니다."

"저기 저 빨간 포인트가 선장이 알려준 곳이란 말이야?"

"네, 그렇습니다."

무슨 일이 벌어지고 있는 것일까? 상식 밖의 일이 벌어지고 있었다. 위험신호나 피랍의 가능성을 알리는 빨간 포인트는 아덴 만이 아니었다. 우리의 임무구역과는 거리가 너무 멀 뿐만 아니라 한 번도 해적 출현의 신고가 없었던 인도양 서부 쪽에 찍혀 있었다.

우리가 정부로부터 부여받은 임무구역은 예맨 연안을 따라 이어지는 아덴 만의 국제통항로였다. 중동에서의 오일 공·수급과 수에즈 운하로 통항하는 상선들이 반드시 거쳐야만 하는 길목, 해적들은 이 국제통항로에서 집중적으로 선박을 납치해왔다. 그런데 지금 불러준 위치는 그 임무구역에서 1300킬로미터 정도 떨어져 있었다.

천 킬로미터가 넘는 거리, 수천 리가 되는 거리. 그 거리는 한반도의 직선거리보다도 훨씬 더 멀었다. 무엇보다 해적기지로부터 이렇게 먼 곳에까지 해적이 출몰했다는 보고 자체가 없었다. 몇 마력 되지도 않은 아웃보드 모터(outboard motor, 휴대용 선외船外 모터로 보통 레저용 선박에 사용하며 장거리 항해 선박에는 쓰지 않는 엔진)를 가지고 이렇게 먼 거리까지 식량과 연료 문제를 어떻게 해결했을까?

해적의 소행이 분명하다면 이는 해적활동에 중대한 변화가 시작된 것을 의미했다. 바다는 며칠간 잔잔하다가도 신화와 전설의 무대에 걸맞게 변화무쌍해 뱃사람들을 항상 시험하곤 했다. 뿐만 아니라 아프리카 태양의 뜨거운 열기 아래 어떤 해적들은 해적질에 성공하기도 전 스키프(skiff, 해적들이 사용하는 작은 전마선 형태의 배, 보통 모선인 다우dhow에서 이탈하여 해적행위를 한다) 위에서 탈진해 죽은 채 발견되기도 했다.

장난전화였을까? 아니다. 다 큰 어른이 장난전화라니? 그래도 장난전화라면 그야말로 불행 중 다행일 것이라는 생각이 들었다. 나는 건조해진 두 눈을 꾸욱 감고 눈동자를 한 바퀴 크게 돌리고 나서 떴다.

우리 임무구역, 즉 아덴 만의 국제통항로를 지나는 모든 상선들이 호송을 요청하는 것은 아니었다. 우리나라의 상선들 중에도 속력이 빠르고 배의 현측이 높은 배들은 굳이 호송을 요청하지 않았다. 상선의 속력은 곧 상품이 도착하는 날짜와 관계가 있고, 빠른 운송은 소속된 회사의 이익과 직결되기 때문에 평균속력이 15노트(시속 약 30km/h)가 넘는 상선들은 호송 없이 단독 항해를 하는 일이 비일비재했다.

피랍구역이 우리의 임무구역이 아니라는 점, 터키 해군에 부탁해놓은 오리엔탈 쥬얼리 호가 아니라는 것이 그나마 다행이라고 생각되었다.

이제 신고의 진상을 서둘러 파악해야만 한다. 모든 가능성은 열려 있었다.

만에 하나, 정말 납치되었다고 신고한 선박이 우리나라 상선이라면 그곳이 우리의 임무해역이 아니더라도 여간 낭패가 아닐 수 없다. 우리나라의 군함이 해외에서 활동하고 있는 우리 국민을 위해 파병된 이후 단 한 척의 선박도 납치된 일이 없었다. 해적들이 우리 선박을 납치하려 한 적은 몇 차례 있었어도 세계 어느 바다에서도 우리 선박이 납치되어 인질로 잡힌 사례는 없었다. 그만큼 청해부대는 노력해왔고 파병의 가시적 성과를 거두고 있었다.

하지만 이렇게 바다에서 납치된다면 국민들은 무슨 생각을 할 것인가? 그곳이 청해부대의 임무구역인지 아닌지는 국민들에게 중요한 문제가 아닐 것이었다. 국민들에게 중요한 것은 오로지 대한민국의 배가 바다에서 납치되었다는 사실, 그리고 바다에 나가 있는 청해부대는 세계 어느 바다에 있든지 간에 그런 일이 없도록 막아야만 한다고 생각할 것이다.

바다를 삶의 터로 하지 않은 사람들은 공간에 대한 개념이 다르다. 육지에서는 몇천 킬로미터를 가려면 많은 시간을 들여 힘들게 운전해야만 갈 수 있다고 생각하는 반면, 바닷길은 한걸음에 내쳐 달려갈 수 있을 것이라고 생각하는 사람들이 많다. 바다를 눈으로 보고 몸으로 체험한 것이 아니라 지구본과 세계지도를 통해 이론으로만 배운 까닭이다.

"국토부에는 연락해봤어?"

국토해양부의 상황실에서는 외국의 먼바다에까지 나가서 고기를 잡는 원양어선, 통상(通商) 활동 중인 상선의 현황을 모두 파악하고 있었다. 고기잡이 어선들이 어로활동을 하기 전에 반드시 신고하고 조업을 나가듯 국내에서 벗어나 활동하는 모든 선박들은 신고가 의무화되어 있다. 어선이든 상선이든 예외가 없다.

"국토부 상황실에 연락해봤는데 아직 그런 신고를 받은 사실이 없다고 합니다."

"선명이 뭐라 그랬지? 삼호? 삼호라는 이름으로 시작하는 모든 상선들의 출항지와 목적지가 어딘지, 그 선박들이 지금 어디쯤에 있는지 확인해봐. 그 정도는 국토부 상황실에서도 파악하고 있을 것 아니야."

아프리카 해안보다는 인도 서부 쪽에 더 가까운 해역에서 일어난 해적 납치신고라고 하니 국토부 쪽에서도 실감이 나지 않은 듯했다.

"지금 인도 서부 쪽을 지나고 있거나 지나갈 예정인 모든 상선

목록을 알려달라 하고, 유럽연합 정보망을 통해서 삼호라는 이름
이 들어간 상선의 위성전화번호와 국제상선 호출번호를 신속하게
알아봐. 어떤 식으로든 빨리 연락이 닿아야 해. 이런 일은 시간이
생명이라는 걸 잘 알잖아. 정보참모가 신고를 마지막으로 접수했
나?"

"예, 제가 직접 전화를 받았습니다."

정보참모 이 소령이 즉각 대답했다.

그는 해군사관학교를 졸업한 후 오직 정보분야에서만 일을 해오
며 지식을 쌓은 엘리트이자 전문가였다. 소말리아 해적 소탕을 위
해서 청해부대 정보참모로 선발되어 나와 손발을 맞춘 것이 벌써
4개월째. 이제는 이 소령이 말하는 스타일만 보아도 사태의 완급
을 파악할 정도가 되었다. 인터넷 정보와 연합군의 정보력을 통해
해적 정보만큼은 최고의 전문가라 할 수 있는 그는 특유의 여유
있는 성품으로 좀처럼 긴장을 하지 않는 장교였다.

"선장이라 했단 말이지? 어떤 상황이었나?"

"네. 입항하고 나서 평상시처럼 장비를 끄려고 준비하고 있는데
위성전화가 울려서 받았습니다. 받자마자 다짜고짜 청해부대를
부르는 소리가 들렸습니다. '청해부대, 청해부댑니까? 여기는 삼
호 쥬' 뭐라 뭐라 한 것 같았습니다. 곧이어 '선장인데, 해적이 따
라옵니다. 이곳은 그런 곳이 아니라고 알고 있는데……' 하고는
바로 끊어졌습니다."

긴장감 때문인지 정보참모는 오른손에 쥐고 있는 워키토키의 송

신키를 엄지로 계속 문지르며 말했다.

"목소리 상태는? 장난전화 같았어? 술에 취해서 무전기에다 대고 소리 지르는 사람도 있잖아."

나는 전화를 한 사람이 차라리 술이라도 먹고 장난전화를 한 것이기를 바라는 마음이었다.

"몹시 흥분해 있었고, 떨리는 목소리였습니다. 장난전화 같지는 않았습니다."

선장의 떨리는 목소리가 정보참모의 입을 통해 내게 그대로 전해지자 아무 일도 아니겠지 하며 애써 억눌렀던 내 생각은 다시 불길한 예감과 동물적 감각으로 가득 차기 시작했다. 분명히 무슨 일이 벌어지고 있다. 저 넓은 바다에서, 우리가 아직 알지 못하는 거대한 음모가 꿈틀대고 있는 것이다.

제발! 아무 일도 없었으면 하고 얼마나 바랐는가? 하루도 빠지지 않고 호송전대의 안녕과 상선들의 안전 호송을 지켜달라고 기도했다.

다시 연락이 오기만을 마냥 기다려야 하는가? 아니다. 해적에게 납치되었을 때를 대비해서 해왔던 일, 그 일을 해야 할 때다. 그런데 무슨 일부터 해야 하나?

우리는 그동안 피랍상황에 대비하여 매일 두 차례씩 연습해왔다. 해적들이 납치를 시도할 때, 그리고 납치되었을 경우를 대비한 각자의 임무에 숙달하는 것이었다. 그야말로 반사적으로 대응이 될 때까지 습관화하고 행동화하는 연습을 한 것이다. '총원 전투배치!' 신호가 울리면 모든 대원은 눈을 감고도 자기 위치에서 감각적으로 임무를 수행할 정도의 수준에 올라 있었다.

― 뚜뚜뚜뚜~ 딩딩딩딩~

해적 출현을 알리는 전자식 알람신호가 함 전체에 울려 퍼지면 UDT/SEAL 부대소속의 특전요원들로 구성된 검문검색대의 저격수와 K-6 기관총 사수를 태운 LYNX 헬기는 5분이면 이륙 준비가 끝난다. 표적을 향해 거침없이 날아갈 만반의 준비가 되어 있는 저격수들은 7.62mm 실탄을 장전하고, K-6 기관총 사수들 역시 차르르륵 특유의 금속성 소리와 함께 연발 실탄 여러 줄을 약실에 장전한다. 헬기의 주 날개와 꼬리날개가 허공을 가르고 통제사의 일사불란한 이륙허가 신호가 끝나면 헬기는 시위를 떠난 화살처럼 제일 먼저 현장으로 날아간다.

검문검색대원들도 마찬가지다. 헬기가 먼저 도착해서 해적들을 저지한다 하더라도 결국 마무리는 해상에서 완결해야 한다. 각자의 병기와 작전조끼, 방탄조끼를 걸치고 고속보트를 진수한 후 사다리를 타고 기계적으로 내려가서 해적이 있는 곳을 향해 발진한다. 이 연습을 이제까지 밥 먹듯 해왔다. 그렇게 조치하면 된다. 그래, 그렇게 조치하면 되는 것이다.

그런데…… 그런데 지금은 그게 아니었다.

내 머릿속은 컴퓨터가 포맷되듯 일순간 공허해졌다. 이는 우리의 해적 대응 시나리오에 없는 상황이었다. 놈들이 어떻게 올 것인가를 모두 상상하고 대비했다고 생각했는데 지금 이 상황은 그 시나리오에 없었다.

누군가 에밀레종에 내 머리를 집어넣은 뒤 뎅~ 하고 종을 친 것처럼 주변의 모든 보고와 상황들이 뒤죽박죽 섞이고 정리되지 않았다. 엉망이 되어버린 생각과 정보들이 종소리가 공진되듯 내 머릿속에서 더욱 걷잡을 수 없는 불길한 생각의 파도가 되어 퍼져나갔다.

귀찮게 달려드는 파리들을 떨쳐내는 외양간의 소마냥 나는 머리를 크게 흔들며 정신적 공황으로부터의 탈출을 시도했다.

상황을 정리해야 한다. 하나씩 하나씩. 지휘관에게 보고하기 전에 즉각적으로 파악해야 하는 것이 무엇인가. 무엇보다도 신고의 신빙성이다. 미리 준비해서 나쁠 것은 없으니 다른 상황들도 최악을 가정해서 일단 준비해야 한다.

나는 상황실 당직사관인 작전관에게 긴급상황 조치반을 소집하라고 일렀다.

"박 대위, 긴급상황 조치반을 소집해. 지금 당장은 부대원 총원을 긴장시키거나 동요시킬 필요는 없어. 사람을 부르되 필요하면 함 내 방송을 해서라도 신속하게 찾아. 막 입항했으니 모두 함 내에 있겠지만 긴장감이 풀어지고 피곤해서 침대에 쓰러져 잠든 참모들도 있을 거야. 안 나타나면 사람을 보내서 찾아!"

상황을 신속하고 합리적으로 통제하기 위해 운용하고 있는 긴급상황 조치반에는 주요 참모들이 포함되어 있다. 소집명령이 떨어진 지 채 5분도 되지 않아 인사, 정보, 군수, 법무, 항공, 특수전의 선임대표들이 상황실에 즉각 소집되었다. 나는 모든 참모들의 수장이자 작전참모로서 신속하게 현재 상황을 요약 정리하여 참모들에게 전파하고 지시에 들어갔다.

"정보참모는 국토부와 계속 접촉하고 신고 선박을 추적해. 수단과 방법을 가리지 말고. 필요하면 우리 함에 승조하고 있는 미국 기술요원들에게도 자문을 구해봐. 알겠지?"

연합작전세력 간의 정보망으로 쓰고 있는 센트릭스 네트워크의 정비지원을 위해 미국 측의 기술요원 2명이 파견 나와 있었는데 그들의 정보력까지도 나는 의존하고 싶었다.

"군수참모, 재보급까지는 얼마나 걸리겠어?"

"부식작업은 지금 막 시작했습니다. 부식작업은 우리 대원들이 하기 때문에 독려하면 두 시간 안에는 마칠 수 있습니다. 그런데 유류 수급은 언제 끝날지 불확실합니다. 다시 한 번 확인하고 독촉하겠습니다. 에이전트는 부지런한데 여기 아랍사람들, 알잖습니까? 워낙 자기들 중심으로 생각하고 편리할 대로 시간을 써버리니……"

예산과 군수를 책임지고 있는 김 소령이 대답했다. 김 소령은 포동포동한 외모와는 달리 일처리에서는 타의 추종을 불허할 만큼 신속했다. 영어를 잘 못하는 핸디캡에도 불구하고 손짓발짓을 통해 통역 없이도 재보급을 완벽히 마친 다음에야 늦은 외출을 나가는 책임감 강한 장교였다.

사실 그의 말이 옳다. 여기 사람들은 확실히 문화적으로 다르다. 날씨가 워낙 더워서인가? 좀처럼 낮에는 움직이려 하지 않는다. 공식적 업무종료 시간인 낮 두시가 지나면 그야말로 업무 협조는 끝이다. 배의 유류 탱크에 한참 기름을 공급하다가도 두시가 되면 퇴근해야 한다고 유류 호스를 정리하는 일도 다반사다. 매 순간을 바쁘게 살아온 우리 한국인으로서는 도저히 이해가 안 되는 행동이다. 그러나 종교와 문화의 차이에서 오는 생활습관과 방식의 차이인 것을 어쩌겠는가?

"무슨 수를 써서라도 최대한 빨리 끝내야 돼. 사정을 얘기해. 쉬더라도 준비를 끝내놓고 쉬는 게 좋아. 아무튼 느낌이 아주 좋질 않아."

이런 사람들과 업무협조를 하는 최일선의 군수참모이지만 시간이 촉박하다는 나의 강력한 메시지의 전달만으로 자신의 해야 할 일을 분명히 깨달은 듯 김 소령은 짧은 수명의 외침만 남기고 상황실을 뛰쳐나갔다.

"인사참모, 오늘 모든 작업을 완료하더라도 부대원들의 외출은 지시 있을 때까지 대기해. 부대장님의 귀빈 예방 스케줄도 재확인하고. 만에 하나 취소되거나 연기된다 하더라도 외교적인 결례가 생기지 않도록 양해도 미리 구해놓고. 알았나?"

항해가 끝나면 쉴 새 없이 지나왔던 시간들에 대한 짧은 휴식이 보상된다. 비록 사막 위에 세워진 나라이고 우리나라보다 개발이 덜 되었다 하더라도 사람들이 살아가는 모체, 흔들리지 않은 신뢰감을 주는 그런 땅이 아니던가. 작은 쇼핑몰에서 생필품을 사고, 오랜만에 가족에게 전화도 하는 그런 소소하고도 짧은 외출은 항해에 지친 우리를 충전시키기에 충분했다. 그렇기 때문에 부대원들은 신속하게 재보급을 끝마치고 꿀 같은 외출을 계획하고 있을 터였다. 부두에는 벌써부터 부대원들의 외출과 시내 투어를 지원할 마이크로버스 네 대와 장교들의 업무 지원 차량인 밴 한 대가 대기하고 있었다.

"예, 알겠습니다. 그럼 준비해둔 차량들은 전부 돌려보낼까요?"

해병대에서 선발된 인사참모가 특유의 낮고 거친 허스키 톤으로 질문했다.

"아니야. 아직 그럴 단계는 아니고 한 시간 안에 진위가 파악될 거야. 그때 조치해도 늦지는 않아."

"네, 알겠습니다."

상관의 지시사항과 명령이행에 목숨을 다하는 해병대의 기질로 머리에서부터 발끝까지 무장한 인사참모는 짧은 수명복창과 함께 상황실을 빠져나갔다.

"법무참모는 법적인 검토를 좀 해봐. 지금까지 상황으로 봤을 때 우리에게 부여된 임무구역 국제통항로에서 일어난 일은 아닌 것 같아. 그리고 우리가 그토록 부탁을 해놓고 왔는데 임무구역 안에서 아무리 해적들이 날뛰더라도 그리 쉽게 납치될 리가 없어. 임무구역이 아닌 장소에서 우리가 작전을 수행한다면 국제법적으로 어떤 문제가 있는지 파악해서 보고해. 최악의 경우에 소말리아 영해까지 추적해서 들어가는 한이 있더라도 반드시 구해야 하는 상황이 벌어질 수도 있으니까 모든 변수를 다 확인해. 알겠지?"

"네, 알겠습니다."

"항공대장, 현재 장비 상태는 어떤가? 입항해서 정기적으로 부품을 교체하고 간단한 정비를 준비하고 있었을 텐데……. 마찬가지, 즉각적으로 작전에 투입되도록 만반의 준비를 갖춰놔. K-6도 가장 신뢰성이 높은 것으로 탑재해놓고 예비포신도 준비해."

"네. 이번 정박기간 중에는 엔진 세척과 레이더 정비가 계획되어 있었는데 부식과 유류 수급 시간에 임무 가능하도록 준비하는데 문제없습니다."

항공대장 박 중령도 무언가 감이 좋지 않다는 눈빛으로 나를 응시했다.

"특수전 검색대장! RIB 보트도 엔진 상태가 가장 좋은 것으로 장착하고, 작전요원들의 장비 하나까지 완벽하게 갖춰놔. 모든 경우를 생각해서 비살상탄(사람에게 치명적 부상을 입히지는 않지만 강력한 충격을 주는 고무탄환), 최루탄, 섬광탄(폭음과 함께 섬광을 발생시켜 순식간에 귀와 눈의 기능을 상실시키는 폭탄)까지 모두 챙겨. 구출작전이 시행된다면 결국 전선에 들어가야 할 팀은 바로 자네 팀이야. 무슨 말인지 알지?"

"네, 알고 있습니다."

청해부대 검문검색대장 변 소령은 평상시 내 집무실에 자주 찾아와 부대원들 관리에서부터 개인적인 진로 문제 등 많은 얘기들을 서로 나누는 사이였다. 그는 매우 신중한 리더였고, 항상 작전팀과 함께 행동하고 햇볕이 쨍쨍 내리쬐는 외부 갑판에서도 실전적인 훈련을 대원들과 함께 하며 솔선수범과 현장 중심의 리더십을 갖춰가고 있는 훌륭한 장교였다.

구출작전이 감행된다면 실탄이 장전된 살상무기를 가지고 현장에 뛰어들 팀들은 결국 특전요원들이 될 것이다. 아무리 첨단 무기를 갖추고 통신 시스템을 구축한다 하더라도 지휘부에서 총탄이 오가는 현장에 있는 그들까지 완벽하게 통제할 수는 없는 일이다. 그들은 평소 훈련한 대로 서로의 눈빛을 통해, 등 뒤를 서로에게 맡긴 채 총탄이 빗발치는 현장으로 달려가야만 한다. 그것은 죽음을 불사하는 일이고, 또 누군가는 죽을 수도 있는 일이며, 누군가가 그렇게 안타깝게 죽게 된다면 그것은 분명히 팀과 부대, 조직과 가정의 평화를 깨는 일이 될 것이다.

하지만 변 소령은 우리가 연습했던 수많은 작전 시나리오 속에서 해적의 행동을 상상하고 예측하면서 부대원들을 혹독하리만큼 훈련시켜왔다.

"네."

서글서글한 눈매에 준수한 용모를 갖춘 그는 입술을 굳게 다물며 강한 의지의 눈빛을 내게 보냈다.

"작전관, 작전관은 지금까지 파악된 피랍 예상 위치와 가장 가까운 곳에서 작전 중인 연합해군이 어떤 나라인지 파악하도록 해. 영국해사무역기구(UKMTO: United Kingdom Maritime Trade

Organization, 두바이 소재)에도 연락해서 신고가 접수된 위치에서 도대체 어느 나라의 어떤 상선들이 이동하고 있는지 최대한 빨리 알아봐."

영국해사무역기구의 상황실은 아덴 만과 아라비아 해, 인도양을 지나는 모든 통상무역 선박들의 통항정보를 거의 실시간으로 확인하는 곳이다. 근간에 들어 해적들의 상선 납치가 빈번해지자 상선들 나름대로 그 위치와 주요 상황들을 이 상황실에 적극적으로 통보하고 통항과 관련한 정보를 얻기도 했으므로 이곳에서는 피랍에 관련된 최신 정보를 갖고 있을지도 모르는 일이었다.

한 사람, 한 사람 임무 지시가 끝날 무렵 정보참모가 소리치며 보고했다.

"작전참모님, 국토부 자료에 따르면 삼호라는 선명이 들어간 여러 척의 선박 중에서 신고가 들어온 상선과 가장 일치한 것은 삼호쥬얼리 호입니다. 인마셋 전화번호를 알아보겠습니다."

원양항해를 하는 선박들은 상용위성을 통해 통화가 가능한 위성전화 인마셋(INMARSAT: International Mobile Satellite)을 가지고 있다. 상선들이 조난신호를 보내는 고주파통신기 VHF채널이 있으나 교신가능 거리가 100킬로미터도 안 되는 제한점 때문에 해적 피랍신고도 그 전화로 했을 터였다.

정보참모는 국제상선이 등록되어 있는 유럽연합의 상용정보망에 접속하여 삼호쥬얼리 호를 입력했다. 새카맣게 타고 있는 내속을 대변하듯 관련된 정보가 하얀 연기를 피워 올리며 레이저 프

린터를 통해 빠져나왔다.

그래! 선박의 이름만 한국어일 수 있다. 가끔은 국가 간의 관세, 선박등록에 관한 절차, 통상무역의 이해관계 때문에 이름만 다른 나라에 등록하여 운항하는 편의치적 선박들이 있지 않은가! 나는 본능적으로 국적부터 확인했다.

Nationality(국적) : R. of Korea(대한민국)

Ship's name(선명) : Samho Jewelry(삼호쥬얼리)

Operator(용선사) : Samho Haewoon(삼호해운)

한국 국적, 삼호쥬얼리! 그 선박을 실제로 사용하는 회사, 용선사도 삼호해운! 이는 우리나라에 등록한 우리나라 회사의 우리나라 사람이 사용하는 상선이라는 정보였다.

아, 걱정했던 모든 것이 어두운 그림자가 되어 실체로 다가왔다.

이제 한 가닥 희망, 인마셋 전화상으로 안전하다는 신호가 오기만을 바랄 뿐이다.

정보참모는 인마셋 전화를 몇 번째 두드리고 있었다.

"여보세요, 여보세요, 삼호쥬얼리? 여기는 대한민국 해군입니다. 말씀하세요."

전화가 연결되었는지 정보참모의 목소리가 격앙되었다. 그러나 그것도 잠시.

"여보세요, 여보세요? 전화가 끊어졌습니다. '해적에게 납치되었습니다!' 라는 말만 남기고 끊어졌습니다."

정보참모는 아무런 대답도 없는 수화기를 야속하다는 듯 쳐다보며 대답했다.

"다시 연결해봐."

상황실 책상에 놓여 있는 모든 위성전화로 연결을 시도하라고 지시하며 수화기를 낚아챘다. 다이얼을 누르는 손가락들이 꺼져가는 생명을 살리는 다급한 의사의 손놀림처럼 능숙하고 신속하게 움직였다.

—뚜, 뚜, 뚜.

하지만 수화기 저편에서는 생명의 불빛이 꺼져가는 듯 통화중 신호음만 가느다랗게 흘러나왔다. 이미 수화기가 내려졌거나 전화를 받지 못하는 상황이거나 아니면 또 다른 변수가 있는 것이 분명했다.

신고를 받고, 다시 확인을 한 상태임에도 해적에게 납치되었다는 목소리, 연락이 두절되었다는 점. 이제 상황은 충분히 심각해졌다.

상황을 종합 정리한 다음 나는 신속하게 부대장의 집무실로 뛰어올라갔다. 어느덧 내 머리를 지끈지끈하게 울렸던 편두통이 사라졌다. 한 계단, 한 계단 빠르게 뛰어 올라가던 내 발걸음처럼 상황은 마치 컴퓨터 파일 속에 순서대로 보고할 목록이 작성되듯 매우 명료하고 간결하게 정리되었다.

—똑똑똑.

"부대장님, 참모장입니다. 들어가도 좋습니까?"

사관생도 때부터 습관적으로 몸에 밴 절도 있는 동작으로 출입문에 귀를 대고 집무실 안의 동태를 살피며 부대장에게 급한 용무를 알렸다.

"들어와."

부스럭거리는 소리와 함께 짧은 대답이 들려왔다.

사막의 기후에서 고열에 따른 장비 고장을 우려하여 계속 틀어놓은 에어컨 때문인지 차가워진 스테인리스 손잡이가 가슴까지 서늘하게 만들었다. 나는 문을 열고 사무실로 들어갔다.

"보고드릴 사항이 있습니다. 인마셋 위성전화를 통해 접수된 상황입니다만 우리 국적의 상선 한 척이 30여 분 전에 해적에게 납치된 것으로 판단됩니다. 우리에게 호송을 요청하지도 않았고, 우리 임무구역은 아닙니다만 인도양 서부에서 납치된 것 같습니다. 본 함으로부터는 약 1700마일 이격된 곳입니다. 본국에 즉각 상황을 보고하고 지시를 기다리는 게 좋겠습니다."

호송전대이자 청해부대의 부대장은 근무복을 벗고 정복을 착용하고 있었다. 입항 후에 계획된 지부티 미군 부대장과의 접견을 준비하고 있는 것이 분명했다.

"그래? 아니, 무슨 그런 일이……. 어떻게 했으면 좋겠나?"

무거운 근심 한 자루가 미간 양쪽에 매달려 아래로 당기듯 그의 눈썹 끝이 콧등을 향해 쏠렸다.

"연합정보망과 인마셋을 통해 확인한 결과 우리 국적의 선박이고 용선사도 우리나라 회사입니다. 우리 국민이 타고 있는 상선이 납치된 것으로 판단됩니다. 합참과 작전사령부에 먼저 보고하는 게 좋겠습니다. 재보급차 막 입항을 하기는 했지만 모든 작업을 신속히 마치고 다시 출항 준비를 한 상태에서 지시를 기다리는 게 좋을 듯합니다. 관련 참모들에게는 먼저 임무 지시를 해놓았습니다. 네 시간 이내에 모든 재보급이 완료될 것입니다."

"알았네, 상황실에 내려가서 처리하지."

상황실에 내려온 부대장은 비화기(秘話機) 통신망으로 현재까지의 상황을 합참 상황실에 침착하게 보고했다.

삼호쥬얼리 호는 우리가 가지고 있는 해적피랍 취약선박 목록에도 없었다. 취약선박 목록은 원래 국토부에서 작성하여 우리에게 준 것이지만 우리 나름대로 해적들이 사다리를 걸고 쉽게 등반할 수 있는 상선들을 추가로 식별하여 관리하고 있었다. 해적행위를 하는 해적선의 취약성 때문에 속력이 빠르고 건현(배에 짐을 가득 실었을 때 수면에서 상갑판 위까지의 수직 거리)이 높은 선박들은 비교적 안전했다.

합참에서도 당황스러워하기는 마찬가지였다. 청해부대의 본래 임무구역은 아덴 만이지만 그곳에서 발생한 납치사건이 아니더라도 바다 한가운데서 일어난 상선 피랍에 대한 심리적이고 도의적인 책임감을 배제할 수 없고, 이것이 실제상황이라면 군사적 행동을 통해서만 구출할 수 있기 때문일 것이다.

우리가 네 시간 이내에 재출항 준비를 갖출 수 있다고 보고하자 합참은 대기하라는 지시를 내리고는 전화를 끊었다.

어떤 지시든 곧 내려올 것이다. 이럴 때는 경험과 본능이 먼저 알아차린다. '최악의 상황을 준비하라!' 나의 본능은 내게 이렇게 속삭이고 있었다. 설령 임무 지시가 하달되지 않는다 하더라도 군인은 항상 최악의 경우수를 준비해야 하므로 나는 모든 부대원들의 외출을 금지하고 대기명령을 시달했다.

전투지역에 나와서인가? 부대원들은 달콤한 외출을 기대하고 있었지만 단 한마디도 불평하지 않고 일사불란하게 부식을 나르고, 기름을 수급했다.

우리나라의 선박이 납치되었다는 당황스러운 소식으로부터 시작된 무거운 침묵은 금방 부대 전체에 퍼졌고 부대원들은 곧 전투가 시작될 것이라는 긴장감을 수천마일 밖에서부터 느끼고 있는 듯했다.

3

검은 사냥꾼

    망막이 모두 타버렸을까? 하늘이 온통 하얀빛으로 가득하다. 따가운 햇볕이 내리쬐고 있다. 그럼 낮이겠지? 나는 아직 살아 있는가? 입술이 타는 듯 메마르고 식도까지 마른 듯 감각이 없다.

    우리가 타고 왔던 모선을 만나지 못한 게 며칠이나 됐을까? 우리 말고도 한 척을 더 싣고 온 모선은 마치 사냥개를 숲속에 풀어놓고 먹이를 물어오라는 식으로 우리를 바다에 뿌려놓았다. 아마도 그들은 항구로 되돌아가 생계를 위하거나 영웅적 삶을 위해 바다로 나오고 싶어 하는 청년들을 모집하여 다시 출항을 했을 것이다. 아니면 우리를 막기 위해 요즘 부쩍 많아졌다는 군함들의 추적을 피해 어디론가 도망가 있을 것이다. 자기들만 살자고 우리를 버리고 갔다는 생각이 들자 화가 솟구쳐 올랐다.

'개새끼들!'

사람들을 만날 때마다 "오 마이 브라더!"라고 외치며 두 번씩이나 서로 껴안고 외치던 형제애? 그런 형제애는 말뿐이었다.

벌써 몇 년간의 전쟁이던가. 내 나이보다 많은 세월이 지났어도 여전히 내 나라 소말리아는 전쟁 통이다.

나는 총소리를 들으며 태어났고 총소리를 들으면서 자랐다. 거의 매일 이어지는 총성, 그리고 비명소리, 수많은 이별들을 보며 삶과 죽음은 밥 한 그릇 차이, 아니 한 숟가락의 차이라는 생각밖에 없었다.

버려지는 아이들이 부지기수였다. 그리고 버려짐에 익숙한 아이들은 무슨 숙명적인 저주처럼 다시 커서 총질을 해댔고 또 버려진 아이들을 만들었다. 그렇게 저주받은 현실이 내내 계속되었다. 그러니 누군가 전쟁터 같은 이 바다, 죽음의 그림자가 가득한 이 바다에 우리를 버리고 갔다 해서 사실 원망스러운 생각을 할 필요도 없었다. 그냥 사실이, 이 빌어먹도록 더럽고 슬픈 현실, 그러면서도 악착같이 살아야 하는 현실이 그렇다는 것이다.

며칠 동안 비상식량과 물, 기름만으로 지금까지 버텼다. 식량이라야 모래가 반쯤 섞인 생쌀 몇 그릇, 석회질이 가득해서 혀끝까지 알알해오는 뚭고 탁한 물, 내 피부보다도 시커멓고 탈 대로 타버린 내 속보다 더 검은 초콜릿 바가 한 사람당 하루에 하나씩, 단백질을 보충할 수 있는 유일한 절인 육포 몇 캔이 전부였다. 이런 식량이 엊그제 벌써 바닥났으니 오늘까지 이 바다에 나와 있는 날이 벌써 며칠째란 말인가? 감각이 없는 손가락을 꼽아 세어본다.

며칠인 걸 알면? 그걸 안다고 한들 또 무얼 하겠는가? 의미가 없다. 몸뚱이를 바싹 태워버릴 것 같은 햇볕 아래에서 도망칠 곳도 없다. 오늘까지 사생 간에 무슨 일이 벌어지지 않는다면 우리 모두는 이 바다에서 죽는 일밖에 없을 것이다.

애초에 모선에서 떨어져 나올 때 우리는 야생에서 태어난 동물처럼 스스로의 생사를 결단 지어야 했다. 살아남을 것인가, 죽을 것인가. 식량과 기름은 먹이를 낚을 수 있는 시간, 단 한 번의 납치가 가능한 정도밖에 주지 않았다.

그래, 먹이! 우리는 우리가 올라타서 납치해야 할 선박들을 그렇게 불렀다.

그 먹이들을 선배들은 심심찮게 낚아왔다. 일주일에 두세 척은 잡아온 듯했다. 일주일에 두세 번 귀한 닭고기며, 염소고기를 돌리고 종교에서 금지하는 술을 캠프에서는 마치 신의 하사품인 양 밀주를 풀기도 했으니 말이다.

평균 작전 기간 3, 4일. 작은 전마선 스키프를 무작정 끌고 나가는 캠프가 있는가 하면, 작전기간 중 모선의 역할을 하는 다우를 타고 나가서 장기간 작전을 하는 제법 조직화된 캠프도 있었다.

우리 팀은 예맨 어부들로부터 빼앗은 어선을 모선으로 삼아 적어도 일주일 전에는 나왔다. 내 기억 속에 일주일까지는 세었으므로. 그 다음 기억은 선명하지 않다.

가진 게 하나 없어 시작한 어부 생활로는 내게 딸린 식구 열한

명을 도저히 먹여 살릴 수가 없었다. 그런데 이 바다에서 다른 어부들에게서 빼앗은 배를 타고 또 다른 배를 납치해야만 내가 살수 있으니 내 인생도 참 슬픈 막장으로 치닫고 있는 듯하다.

의식을 되돌리려 침을 삼켰다. 과거에서 현재로, 현재에서 과거로 제대로 이어지지 못하는 내 기억처럼, 혹은 결코 평탄하지 않은 내 질곡의 인생처럼 목구멍 중간에 끈적끈적한 침이 넘어가지 않고 걸려 있었다. 몇 시간째 아무 동작도 없이 누워 있던 몸뚱이를 뒤척여 보았다. 발끝에서부터 발작을 하듯 경련하는 근육들이 무엇이든 좋으니 에너지를 달라고 바르르 떨며 마지막 발악을 하고 있다.

바로 옆에는 입소 동기랄까, 보름쯤 전에 함께 캠프에 입소한 마무드가 시체처럼 누워 있었다. 죽었나? 오른쪽 다리를 들어 옆구리를 툭툭 건드려 보았다. 그의 근육이 파르르 떨렸다. 지렁이처럼 움직이는 것이 아직은 살아 있나 보다. 대가족을 먹여 살리려 인력거를 끌고 다녔던 마무드도 입소할 때 하체만큼은 튼실했는데 지금은 가죽을 벗겨 말려놓은 개구리 아랫도리처럼 비쩍 말라 있었다.

몇 시쯤 되었을까?

그나마 하나씩 나눠주던 초코바도 없는 걸 보니 이제 식량이 절단 났나 보다. 실눈을 뜨고 쳐다본 바다 위의 태양이 망막과 온 신경을 태우고 뇌 속을 하얗게 뒤집어놓았다. 힘없는 손을 들어 가리며 눈을 황급히 감았는데도 태양은 재미있는 장난감을 갖고 놀

듯이 악랄하고 어두운 환영이 되어 불행했던 나의 과거를 후벼 파고 들쑤셨다.

내가 열두 살 때까지만 해도 푼트랜드(Punt Land) 부족사회에서 아버지는 미약하나마 영향력을 갖고 있었다. 아버지를 따라 가라카드(Garakad) 해안에서 조금만 나가도 작은 배 한 척으로 다랑어 몇 마리와 크랩을 낚는 것이 가능했다. 수년 동안에 걸친 부족들 간의 전쟁으로 육지는 황폐해지고 먼 곳에서 총성이 울려 퍼진 다음에는 어김없이 누구네의 누가 죽었네 하는 소리들이 우리 동네까지 들려왔지만 해안가에 위치한 우리와는 그리 관계가 없었다.

불행은 한순간에 찾아왔다.

1996년! 5, 6년 전부터 시작된 전쟁은 내가 열세 살이던 해에 더욱 심각해졌고 미군들의 헬리콥터까지도 격추했다는 소문이 돌았다. 원로들은 모여서 얘기할 때마다 다른 나라들이 나의 나라 소말리아를 길들이려 한다고 목소리를 높이며 불만들을 토로했다.

아버지는 부족회의에 가서 이런 시골 촌로들까지 싸울 필요가 있겠냐고 목소리를 높였다. 그런데 그 소문이 어떻게 왜곡되어 번져나갔는지 어느 날 밤 외출 후 집으로 오다가 다른 부족 민병대에게 린치를 당했다. 뭇매를 맞고 시름시름하던 아버지는 끝내 고비를 넘기지 못하고 돌아가셨다.

형 둘은 호비오(Hobyo)인가 하라데레(Haradere)인가 어디에서 군인으로 있다고 했으나 가족들과 연락이 끊긴 지 오래고, 어머니는 무슬림 여자들이 그렇듯 집안에서 말라비틀어진 살림만을 해오셨다. 대나무를 엮어 만든 벽과 양철을 올린 세 평 남짓한 집 안에서 햇볕에 말라가는 무처럼 생의 끝자락을 잡고 있는 외할아버지, 외할머니, 그리고 순식간에 학교도 다니지 못하게 된 동생들 넷, 모두 여덟 식구가 살게 되었다.

학교라야 흙담을 쌓고 나뭇가지 몇 개 올린 것이 전부였지만 그래도 나는 교육이 중요하다고 생각한 아버지 영향을 받아 간단한 영어 몇 마디 정도 할 수 있는 수준까지는 되었다.

졸지에 가장이 되어버린 나는 슬퍼할 겨를도 없이 생계를 책임져야 했다. 슬퍼할 겨를? 그런 것은 사실 아프리카 사람들에게는 사치스러운 것인지도 모른다.

가진 것 없이, 돈도 배경도 없이, 거기다가 척박한 땅에서 태어난 자가 살아남기 위해서 할 일은 단 한 가지밖에 없다. 억척같이 살아가는 것. 꿈과 희망을 얘기하며 생을 계획한다기보다 삶을 억척스럽게 연명하는 것, 그것이 유일한 선택이다.

혹독한 환경 속에서 살아가면서 조상 대대로 선진국들이니, 유럽이니 하는 나라들로부터, 아니면 조금 강하다는 부족들로부터 얼마나 많이 빼앗기고 당해왔는지 아버지는 그물코를 만지작거리며 신세타령처럼 얘기하셨어도 절대로 눈물을 보인 적이 없었다. 그런 얘기를 하실 때면 아무런 감정 없는 얼굴이 되고, 잿빛 얼굴에 박혀 있는 두 눈동자까지도 초점이 없이 아프리카 햇살 아래 며칠 방치된 듯한 퀭한 다랑어 눈이 되었다. 착취에 길들여졌다기보다는 그것으로부터 자신과 가족을 보호할 그 어떤 것도 찾을 수 없다는 자괴감 때문이었으리라.

두 형들을 원망하는 것도 부질없는 짓이었다. 짐승이 새끼를 낳고 그 새끼가 일정기간이 되면 떨어져나가 독립하더라도 어미가 애걸복걸 말리는 일이 없듯이 우리는 이별 앞에서도, 죽음 앞에서도 서러워할 시간이 없었다. 그리고 내가 집안을 책임지는 것은 어떤 숙명과도 같은 것으로 받아들였다. 아니, 아주 자연스럽기까지 했다.

열네 살이 채 되기 전에 나는 가장으로서의 역할을 맡았다. 내가 선택할 수 있는 일이라고는 두 가지였다. 내 몸무게의 몇 배쯤 되는 인력거를 하루 종일 끄는 일, 그리고 아버지가 내게 유품처럼 남겨준, 앙상한 고기 뼈처럼 늑골을 드러낸 작은 어선뿐이었다.

아버지를 따라 고기잡이에 나간 경험이 있다. 하지만 어린 나이에 혼자서 험한 바다로 나가는 것은 무리가 있어 내가 할 수 있는 일이란 자전거 인력거를 끄는 것 이외엔 뾰족한 대안이 없었다. 하지만 그걸 하기 위해서는 인력거를 사야만 했다. 그럴 돈이 어디 있단 말인가? 인력거 회사에서 빌려 운전한다 하더라도 하루 종일 벌어봐야 300실링 정도로, 사납금 100실링을 채우고 나면 200실링이 남는다. 여덟 식구를 위해 겨우 윤기 없는 쌀 한 바가지, 달걀 몇 개밖에 살 수 없는 돈, 하루 벌어 하루를 연명하는 그런 푼돈밖에 벌 수가 없다.

무엇보다도 인력거꾼으로서 가장 큰 한계는 어린 나이만큼이나 연약한 나의 신체 조건이었다. 사람을 싣고 다니려면 자전거 수레를 끌 수 있는 힘이 있어야 했다. 또래에 비해서 덩치가 그리 작은 편은 아니었지만 그렇다고 다른 사람들과 경쟁해서 살아남을 정도는 아니었다. 그리하여 밥벌이로써 인력거꾼은 제외되었다.

이제 어떻게 해서든 고기잡이에 나서야 했다. 언제 바다로 나가야 하는가? 해가 뜨는 곳 동쪽으로 나가 해가 지는 곳 서쪽을 향해 돌아와야 한다는 것 정도는 알고 있었다. 하지만 아버지는 육지가 보이지 않은 곳에서도 감각적으로 돌아왔다. 게다가 그 어떤 항해 장비가 없어도 먹이를 문 새가 둥지를 찾아오듯 어김없이 마을을 찾아 돌아왔다.

아버지가 어떻게 해서 이런 삶의 지혜들을 하나씩 깨쳤는지는 모르지만 갑자기 아버지를 잃은 나는 무엇부터 해야 할지 몰랐다. 어디로 배를 띄워야 할지, 언제 돌아와야 하는지 막막하기만 했던 것이다. 나는 내 삶을 어떻게 살아야 할지 알 수가 없었다.

아버지와 바다에 나갔을 때 왜 모든 것을 차분히 전수받지 못했을까? 왜 하나하나 눈여겨보지 않았던가? 어디를 보고 가야 하고 언제 돌아와야 하며, 엔진이 고장 났을 때는 무엇을 어떻게 해야 하는지 왜 꼬치꼬치 캐묻지 않았을까? 후회가 막심했지만 당장은 동네 형들이나 아저씨들을 따라나서는 방법밖에 없었다.

그나마 배는 엔진으로 돌아가고, 그물을 내리고 올리면 되는 것이기 때문에 감각을 익히면 인력거꾼으로 살아가는 것보다는 덜 힘들 것이었다. 싱싱한 해산물을 잡아서 부족장들이나 군인들에게 팔면 큰돈은 아니더라도 가족들을 먹여 살릴 수는 있었다.

어부로 살아가는 것이 인력거를 끄는 것보다 상대적으로 쉬운 일이었다 해도 바다에서의 생활은 그리 녹록한 일은 아니었다. 조금씩 바다 일에 익숙해진 이후 나는 다른 사람들과 팀을 이뤄 다랑어 사냥에 나서기도 했다. 대여섯 척의 배가 한 팀을 이뤄 다랑어가 많이 있는 곳을 찾아 원을 그리면서 한곳으로 몰아간다. 몰이사냥을 하는 식이다.

몰이를 할 때면 수면 밑의 다랑어들이 겁을 먹고 원 안에 모이도록 휘이~ 하면서 저마다 긴 휘파람소리를 내면서 대나무 삿대로 바다 표면을 내리친다. 다랑어의 푸른 등과 은빛 배의 비늘이 직사광선을 만난 에메랄드 바다 속에서 조명처럼 반짝거리고, 자기들끼리 부딪혀 수면 위로 튀어 오르는 그 생사의 점프를 능숙한 아저씨들은 작살로 찍거나 그물을 쳐서 잡았다. 이것은 혼자 조업을 나갈 때보다 훨씬 능률적이고 안전하며 더 흥미로웠고 덜 지루했다.

작살에 찍힌 다랑어에서 빨간 피가 흘러나와 바다로 번져나가는 것을 볼 때는 내가 제법 살생에 익숙한 어른이 되어가는 것 같아 어깨가 으쓱해지곤 했다. 작업 후에는 늘 노동을 통해 부자로 살 수는 없지만 생필품을 사서 살림을 할 수 있었고, 잔치 때나 잡는 염소는 엄두를 못 내더라도 가족을 위해 이따금씩 닭 한 마리 정도는 사서 커리와 함께 요리를 해먹을 수 있는 수준도 되었다.

함께하는 바닷일은 덜 지루했고, 무엇보다 넓은 바다로 나가도 불안하지 않았다. 내가 아니더라도 경험 많은 어른들과 형들을 따라다니면 되었으니까. 넓은 바다는 아버지와 함께 나왔던 그 바다와는 달랐다.

　온전히 가족의 생계를 책임져야 했던 내게 육지는 구속과 굴레 같은 곳이었다. 육지를 보는 것 자체도 그랬다. 막 태어나자마자 채 모태를 떨쳐버리지 못한 상태에서 야수들의 추적을 피하기 위해 헉헉거리며 뛰어야 하는 야생짐승마냥 먼지 나는 육지 위에 있노라면 내 가슴에 켜켜이 먼지가 쌓이고, 콧구멍 바로 앞에서 폴폴 화약 냄새가 피어오르는 것 같았다. 조업을 하는 중간에도 육지에서 희뿌옇게 날아오는 사막먼지는 힘겹게 세월을 버티고 서 있는 허름한 오두막을 향해 내지르는 들소무리의 발굽처럼 내 가슴을 짓밟고 덜컥 숨이 막히게 했다.

　넓은 바다에 나와 배를 몰고, 원을 그리며 다랑어를 쫓는 일은 나를 피동적 삶에서 능동적 삶으로 바꾸는 스위치 같았다. 그 순간만큼은 나도 강자가 되었기 때문이다. 동네 사람들과 함께 대나무 막대기로 바다 표면을 내리치는 순간 나는 아무 대책 없이 무거운 짐을 내게 남겨주고 떠나버린 아버지에 대한 원망을 내리칠 수 있었고, 가족들이 어떻게 살든 돌아보지 않는 무책임한 두 형들에 대한 야속함과 미운 마음까지도 후려칠 수 있었다.

　허구한 날 누구와 무엇을 위한 것인지 알 수 없는 부족 간의 총질과, 뾰족한 해결책도 없이 구시렁대며 어른 행세만 하는 원로들에 대한 불만을 그렇게 작대기로 후려칠 때, 그 순간만큼은 내 어깨에 놓인 삶의 무게들을 잠시나마 내려놓을 수 있었다. 그것은 육지로부터 떠나 있는 안식의 순간이기도 했다.

하지만 이런 생활도 채 몇 년이 지속되지 못했다.

내 나이 열여섯이 되고부터는 집안에 돈 들어갈 일이 많아졌다. 나는 결혼을 했고, 그사이 아들이 태어나 식구는 열 명으로 늘어났다. 그러나 불행하게도 조업량은 갈수록 줄어들었다. 조금 먼 거리를 항해하기는 했으나 심심찮게 잡았던 다랑어들을 이젠 구경하기가 힘들어졌다. 더욱더 먼 바다로 나와야만 했고 우리 같은 영세 어선과 엔진으로는 힘찬 다랑어들을 쫓아다니기도 힘들었다. 게다가 기름값도 만만찮았다.

어느 순간부터는 바다에서 다랑어를 만나는 것보다 외국 어선들을 더 많이 보게 되었다. 외국의 원양어선들이라 했다. 그 원양어선들은 선단으로 움직였다. 선단은 그 규모나 배의 크기로도 위압감이 상당했다.

고기를 잡는 방법도 우리와는 차원이 달랐다. 대여섯 척의 스키프를 타고 한 명은 엔진을 잡고, 한 명은 대나무를 내리쳐 다랑어가 도망가지 않게 하며 작살질을 하고, 구멍 숭숭 뚫린 그물을 치는 우리를 보고 그들은 야만인들의 수렵활동을 보는 듯 낄낄대고 조롱했을 것이다.

지휘통제선이라는 철선 위에는 별의별 안테나들이 고슴도치 털처럼 즐비하게 꽂혀 있었다. 다랑어들이 움직이는 것도 어군탐지기라는 기계를 통해서 본다는 것이다. 물고기들이 내는 소리들도 음파탐지기를 통해 듣는다니 신기할 따름이다. 그들은 미지의 세계에서 온 외계인들일까? 지휘통제선은 우리와는 완전히 다른 세계에서 왔다는 것을 명확히 드러내려는 듯 사원의 사제들이 대규모 행사 때나 입을 법한 귀티 나는 하얀색으로 온통 치장하고 있었다.

지휘통제선이 몇 차례 왔다 갔다 반복을 하면 어김없이 비행기보다도 빠를 것만 같은 모터보트가 커다란 어선 위의 크레인에서 던져지듯 바다에 내려앉았다. 마치 바다에 사는 거인이 재미난 장난감을 물에다 내려놓는 듯했다. 모터보트는 수면 위로 내려지기도 전에 웽~ 하는 엔진소리를 내며 신호를 기다렸다. 보트는 수면에 닿자마자 주인의 손을 떠난 사냥개가 먹이를 향해 질주하듯 달렸다. 한 치의 착오도 없이, 우리가 대나무를 수면에 내리치며 원을 만들 때보다 수십 배 빠른 속도로 다랑어를 진압해 나갔다.

수면 위를 통통 튕기듯 움직이는 모터보트는 스스로가 만든 파도와 놀아나며 경쾌하고도 다양한 소리를 냈다.

―우웽~~, 철썩! 우에에엥~~, 철썩철썩!

제 꼬리를 물려고 뱅뱅 도는 강아지처럼 재미나고 신기한 모습이었다. 함정에서 빠져나가려는 다랑어의 물결과 이를 막는 고속보트의 움직임이 한 편의 변주곡처럼 어우러질 때면 다랑어들은 모터보트가 만들어놓은 소용돌이 속에서 블랙홀에 빠져든 비행기처럼 빠져나오려고 파닥거리며 수면 위로 뛰어올랐다.

그 모습이 얼마나 근사하고 멋있던지, 나는 정신머리 없이 하얀 지휘통제선 위에서 신처럼 서 있는 사람들을 향해 손을 흔들어 경의를 표시했다. 아! 저런 배를 타고 고기잡이를 할 수 있다면 그것은 신이 내게 주신 최고의 선물일 것이라는 철없는 생각도 했다.

하지만 똑같은 모습을 보고도 동네 어른들과 형들은 눈살을 찌푸리고 소리를 질러댔다. 그 이유가 무엇인지 그때는 자세히 알지 못했다.

우리는 별다른 소득 없이 육지로 돌아오는 일이 많아졌다. 당연히 할당량은 떨어졌으며, 가족들의 굶주림은 깊어지고 삶도 흙먼지처럼 푸석푸석해졌다. 그리고 앞으로 어떻게 살아가야 할지 한숨을 쉬고 있는 가족들의 모습이 내 삶의 멍에요, 짐이라는 것이 감지되자 하얀 배를 향해 경의를 보냈던 그 탄성이 비로소 심각한 문제가 되어 비탄이 되었다.

어른들과 원로들의 입에서 쏟아진 불만과 이유인즉슨 이러했다. 선진국의 원양어선들이 해산물들을 싹쓸이해 간다는 것, 어족 자원의 씨를 말린다는 것이었다. 바다에도 우리 바다, 남의 바다라는 선이 있다. 선으로 그어진 우리 바다, 그것이 영해다. 남의 바다, 즉 남의 영해에서는 고기잡이를 해서는 안 된다. 그런데 선진국 어선들은 우리 바다에 허락 없이 들어와서 물고기들의 씨를 말리고 있다 했다.

우리나라는 정치 싸움과 부족들 간에 총질을 하며 20년이 다 되도록 전쟁에 빠져 있는 통에 바다에까지 신경 쓸 틈이 없다. 아니, 바다에 신경 쓸 군함도 없다. 결국 우리처럼 가난한 사람들은 우리의 것을 육지에서만 착취당하는 것이 아니라 바다에서까지 모조리 빼앗기게 될 것이다. 그러면 이 처절한 가난은 대를 이어 이어질 것이며 이 서글픈 운명의 고리를 끊을 수도 없을 것이다. 게다가 근래에는 어획량이 눈에 띄게 줄어들었다.

이런 문제 때문에 남부의 키스마요나 마르카 쪽에는 부족을 중심으로 어업결사대가 생겼다고 했다. 누가 지켜주지 않으니 스스로 살아남기 위해서 싸워야 한다고도 했다.

우리 동네에도 그런 어업결사대가 하나 둘씩 생겨났다. 성질이 곧고 몸놀림이 재빠르며 싸움을 잘하는 젊은이들로 구성되었기 때문에 나는 그 무리에 끼질 못했다.

결사대는 때론 성과물을 가지고 복귀했다. 외국 원양어선에 가서 따져 물은 결사대에게 외국 선원들은 생선 수십 마리를 선물처럼 던져주는 경우도 있었고, 어떤 때에는 우리가 보지도, 만져볼 수도 없는 미국 돈 달러를 가져오는 일도 있었다. 우리 동네의 순진한 사람들도 물고기를 잡는 것 말고 달리 돈을 버는 방법을 깨달아가고 있었다.

사람이 하는 일도 생물이 자연에 적응하는 것처럼 변화의 과정을 거치게 되나 보다. 좋은 일로 시작했던 일도 의도가 변질되면 사악한 일이 되고, 잘못된 목적을 가지고 시작한 일이라 하더라도 반성과 수정의 경로를 거치면 선의의 일로 변하는 것처럼, 결사대의 일은 본래의 목적을 상실하기 시작했다. 특히, 민병대와 군부대가 개입하면서부터 그 정도가 걷잡을 수 없게 되었다.

힘든 조업활동을 거치지 않고도 쉽게 달러를 벌 수 있는 방법을 알게 된 이후 동네 사람들은 대나무로 물을 내리쳐 잡은 다랑어 몇 마리를 들고 천진난만하게 웃음 짓던 내 이웃의 사람들이 아니었다. 시간이 지나자 결사대에게 무기를 공급하는 군인들은 탐욕스러워졌고 일은 사업화되기 시작했다.

내가 사는 촌구석에도 군용 지프가 드나들었다. 같은 나라에서 서로 다른 이익을 놓고 싸우던 검은 차, 부족 간의 전쟁터를 누비고 다닌 지프들이었다. 바퀴뿐만 아니라 차체 구석구석 코뿔소의 등딱지처럼 들러붙은 더께들은 덜컹거리는 비포장도로의 먼지 속을 달리면서 그간의 역사가 힘겨운 듯이 떨어져 나가기도 하고, 또 새로운 역사에 빌붙듯 들러붙어 해변과 마을을 분주히 오갔다.

외국 배에 찾아가 알아들을 수 없는 소리를 질러댔던 우리의 목소리에는 억울함도 있었지만 그 이면에는 잘살고 부자인 너희들이 못사는 우리를 조금 도와달라는 동정심에 호소하는 측면도 있었다. 하지만 이제 모든 상황이 달라졌다.

동네 어른들과 형들은 대나무 대신 총을 들었고, 무슨 조직, 무슨 단체, 무슨무슨 결사대 등의 이름으로 활동하기 시작했다. 그들은 생전처음 만져보는 소련제 AK-47 소총을 조상에게 물려받은 가보마냥 어깨에 둘러메고 식사를 할 때나 밖을 나갈 때나 내려놓을 줄을 몰랐다.

모래밭이나 공중에 총을 쏘아대는 훈련을 시키는 사람도 생겨났다. 사막의 뜨거운 태양 아래 시들어가는 들풀처럼 아무런 생기가 없던 마을을 호통이라도 치듯 총소리는 작은 해변 마을을 진동시켰고, 그럴 때마다 내 어깨는 딸꾹질을 억지로 멈추려는 듯이 움찔거렸다.

사격 훈련이라야 별것 아니었다. 어른들과 형들에게 소총 하나씩을 나눠주었다. 어떤 것이 방아쇠인지, 탄창은 어떻게 교환하고, 총알은 어떻게 삽입하는지를 한 번 알려주고 나서 모래밭이나 하늘에 통쾌하게 한번 갈겨보는 것이 전부였다.

못 배운 우리 동네 사람들은 누군가에게 무엇을 배운다는 것 자체로 들떠 있는 듯했다. 그리고 그 총질을 통해 마음속의 모든 답답함과 분노를 한꺼번에 머금었다가 와악 하고 터뜨리는 듯이 보였으며, 무료한 삶으로부터 일탈을 꿈꾸는 것 같았다.

총으로 무장한 이후 몇 달이 지나자 마을에서 고기잡이를 나가는 스키프는 단 한 척도 없었다. 그 대신 지프들이 더 많이 생겼고, 수시로 나갔다 들어왔다 하는 듯, 활동을 많이 하는 아부디 형 집 앞에도 일제 도요타 오토바이가 생겼다. 몇 달 전만 해도 자전거 한 대 사는 것도 버거워했던 아부디 형 집에 오토바이가 서 있는 것이다. 이제 총을 메고 바다에 나가는 것은 팔자를 고치는 일로 바뀌었다.

시커먼 제복을 입은 군인들과, 그들과 함께 다니는 사람들은 아부디 형을 해적의 영웅이라고 떠들어댔다. 자기들은 반정부세력과 제국주의에 맞서는 군인이지만 아부디와 같은 사람들은 외국 자본에 용감하게 맞서 싸우고, 가진 자들이 우리 바다에서 부당하게 착취해가는 것들을 되찾아오는 진정한 영웅이며 진정한 해적이라고 치켜세웠다. 누구든 뜻만 있으면 영웅이 될 수 있고, 오토바이와 차를 가질 수 있으며, 좋은 집과 음식, 가난에서 벗어날 수 있다고 했다.

군인들이 침을 튀겨가며 외쳐댔던 해적은 부자가 되고, 좋은 아내를 얻고, 인생역전을 가져다줄 대박의 보증수표로 등장했다.

나에게 AK 소총을 만져보게 한 것은 오르바 형이었다. 해적 짓을 하기 전에 대나무치기 고기잡이를 몇 번 같이 나갔던 형이었다. 그 형이 AK 소총의 탄창에 실탄을 장전하고 있을 때 도와준 것이 계기가 되었다.

탄창을 채우던 형은 군중 앞에서와는 달리 영웅의 모습이 아니었다. 딸깍거리며 한 발씩 채워지는 총알을 보는 그의 얼굴은 신중하다 못해 우울하고 무거워 보이기까지 했다.

"형, 총을 쏘면 기분이 어때?"

"기분? 그냥 쏘는 거지, 기분이랄 거 있어?"

그는 얼버무리고는 다시 한발 한발 채워나갔다.

"나 한번 쏴보면 안 될까?"

총을 가진 사람들이라 해도 자기 마음 내키는 대로 총을 쏘는 것은 아니었다. 비록 엉성하게 통제되는 듯해도 나름대로의 위계질서와 규칙이 존재했다.

"형은 영웅이라 하니까 한번 쏘게 해줘도 되잖아?"

우리가 가지고 있지 않은 오토바이를 가지고 있고, 마을에서 영웅 대접을 받는다고 해서 그 형이 엄청 부러웠던 것은 아니지만 총을 쏜다는 것은 마치 성인이 되어가는 과정이랄까, 강한 남자로 인정받는 어떤 시험이라는 생각이 나를 지배했다.

"아무나 쏘는 것 아니야. 그리고 네가 총을 쏘면 조직에 들어와서 일해야 될 수도 있어."

"까짓것 하라면 하면 되지, 뭐 별거 있어?"

"그래? 하기야 그렇다. 너도 가족들 먹여 살려야 하고, 몸도 가볍고 날렵하니 사다리도 잘 타겠고, 시키는 대로 잘 쏘고 그러면 금방 살림도 필 수 있지, 뭐. 내가 얘기해보고 올게."

모든 행동은 실행되기 전에 입을 통해서 먼저 여건을 조성한다. 나의 호기심은 입을 통해서 전달되었고, 이 짧은 대화를 통해 해적결사대의 행동대원이 되어 바다를 누비게 되리라고는 깊게 생각하지 못했다. 어찌 되었건 나의 손에도 AK 소총과 20발이 들어가는 탄창 네 개가 주어지고 오르바 형과 함께 두목격인 아부드 팀의 신입 행동대원이 되었다.

가질 수 없는 것들을 바라만 볼 때에는 구체적인 꿈이 떠오르지 않는다. 하지만 꿈을 이룰 수 있는 실체를 손에 넣었을 때는 얘기가 다르다. AK 소총은 어린 계집애들이 가지고 노는 마술봉처럼 내게 모든 것을 가져다줄 카드로 인식되었다. 그것을 손에 쥔 순간 나에게도 도요타 오토바이가, 좋은 집과 음식들, 가난으로부터의 탈출 등 구체적 계획이 세워졌다. 나에게도 대박의 꿈이 생긴 것이다.

—부릉~!

50마력짜리 일제 미쓰비시 선외모터 시동 거는 소리가 늘어진 나의 근육을 긴장시켰다. 바다에 시커멓게 돌아다니는 군함들 때문에 도망쳤는지, 아니면 우리를 잃어버렸는지 모를 모선으로부터 변변한 재보급은커녕 식량이며 기름까지 모든 것이 다 떨어져 가는 우리는 마지막 기회만을 남겨놓고 있어 함부로 시동을 걸지 않고 계속 표류하고 있었다. 시동을 걸었다는 것은 가까운 곳에 먹이가 있다는 것을 의미했다. 과연, 6킬로미터 정도 떨어진 곳에 큰 산이 움직이듯 대형 선박이 지나가고 있었다.

"상선이다. 모두들 준비해."

제대로 된 먹잇감을 낚으려면 스키프 두 척이 한 팀처럼 움직이는 것이 좋았다. 14명이라면 물을 뿌려대며 회피하는 대형 상선을 장악할 방법이 있을 것이다. 모선을 잃어버린 후 우리의 스키프 두 척도 만에 하나 서로 이탈하는 일이 없도록 선수와 선미를 밧줄로 묶어 표류하던 중이었다.

우리는 뱀이 사막의 모래 위를 미끄러지듯 순식간에 양쪽의 로프를 풀고 먹이를 향해 나아갔다.

대형 상선들은 대부분 자동항법 장치를 이용하여 항해하므로 상선 뒤쪽으로 접근하여 조타실에 총알을 퍼붓고 사다리를 걸친 다음 등반하면 가능성이 있다고 했다. 우리의 영웅 아부디도 그렇게 해서 몇 차례 성공한 것이다.

저것은 완전 대박이다. 성공만 하면 우리 인생은 완전 역전이다.

영웅 칭호와 실적은 상선의 크기에 비례했다. 상선이 크다는 것은 그만큼 많이 실을 수 있다는 의미이고, 많이 싣는다는 것은 그만큼 협상금이 올라간다는 것을 뜻했다. 이제까지 최고의 실적은 200미터가 넘는 사우디아라비아의 유조선이었다. 이 유조선을 납치한 팀원들은 일약 스타가 되었고, 영웅이 되었고, 차가 생겼고, 예쁜 아내가 생겼다. 그런데 눈앞에 있는 저것도 어마어마하게 컸다. 배가 아니라 섬에 가깝다. 저것을 납치한다면?

생각이 여기에 미치자 그동안 못 먹고 지쳐서 기력이 없던 육신은 어디로 사라졌는지 발끝에서부터 머리꼭대기까지 아드레날린이 솟구쳤다.

우리 팀의 두목이자 우리 부족을 대표하는 아부디 형이 아웃보드 모터 손잡이를 잡고 있는 까레이에게 액셀러레이터를 돌려 속력을 내서 따라잡으라고 소리치며 말했다.

"까레이! 저 먹잇감을 놓치면 우린 모두 여기서 죽게 돼. 빨리 따라붙어. 아라이, 알리, 세퓸, 마무드! 모두 총알을 장전해."

공격을 하는 들짐승이 본능적으로 몸을 낮추듯 우리 모두는 뱃전에 납작 엎드려 수면 위를 미끄러져 가는 스키프에 몸을 맡기며 소총의 노리쇠 손잡이를 앞뒤로 당겼다. 찰칵! 자동소총의 노리쇠 뭉치가 베틀 실을 낚아채서 베틀 위로 가져가는 갈고리처럼 구릿빛 실탄을 물고 들어가 약실에 장전시켰다. 그 소리는 파도소리 속에서도 귓전에 선명하고도 경쾌하게 울려왔다.

4킬로미터 정도의 거리. 섬은 서서히 그 실체를 드러냈다. 큰 상선, 아니 큰 먹잇감이 확실했다. 이렇게 가까이 접근하는데도 아직 감지의 조짐 없이 정상 항해를 하는 것 같으니 의외로 쉽게 납치할 수 있을지도 모른다. 아직 어느 나라 상선인지 알 수 없었다. 내가 아는 국기는 아메리카와 잉글랜드뿐이니 또 알아서 뭐 하겠는가?

1킬로미터. 여전히 아무런 낌새가 없다. 시속 30킬로미터의 속력으로도 거리가 좁혀지고 있으니 상선은 시속 2킬로미터 안팎의 속력이 분명했다. 미쓰비시 엔진은 가앙가앙거리며 온 힘을 쏟아내고 있었다. 엔진소리가 상선에까지 들릴까 봐 조마조마해 내 심장이 터져버리는 듯했다.

상선과의 거리가 300미터가 채 되지 않았을 때 그림자 하나가 조타실 창문에 어른거리더니 선원 한 명이 밖으로 나왔다. 낮게 몸을 움츠리고 은밀하게 먹이를 추적하던 우리 팀과 눈이 마주친 바로 그때, 선원이 다급히 몸을 돌려 조타실로 사라졌다.

"야, 뭣들하고 있어? 조타실에 총을 난사해. 지금 아니면 기회가 없어!"

두목이 소리쳤다.

그렇다. 지금 공격에 실패하면 돌아갈 기름도, 다른 배를 공격할 기회도, 식량도 없다. 우리는 이것이 마지막 기회이자, 생존의 마지막 카드였다. 배가 뒤집히지 않도록 자세를 잡고 우리는 조타실을 향해 AK 소총을 품어댔다.

큰 덩치의 상선은 사냥개에 쫓기는 거위마냥 큰 엉덩이를 이리저리 흔들어댔다. 우리의 추격을 따돌리려는 것이리라. 그러나 큰 배가 순식간에 추력을 얻어 우리를 따돌리기란 쉬운 일이 아니었다. 스키프는 이미 상선의 현측까지 다가섰다.

"빨리 사다리를 걸어."

두목의 작업 지시가 떨어지기도 전에 대나무와 갈고리를 묶어 만든 사다리가 상선에 걸렸다. 상선 근처에선 수많은 물줄기가 쏟아져 내리고 있었다. 총에 해수관이 터진 것이 아니라 우리들의 접근을 최대한 방해하고 시야를 가리기 위해 해수 호스로 대포처럼 물을 뿌려대고 있었다.

두 명은 밑에서 총을 쏘며 엄호하고, 두 명이 사다리를 걸자 몸이 가볍고 민첩하며 현장 경험이 몇 번 있던 아라이가 첫 번째 등반자가 되어 올랐다. 나는 오르바 형의 뒤를 이어 올라섰다. 올라서자마자 스키프를 운전하는 두목만 제외하고 모두 올라탈 때까지 무차별 사격을 하여 배를 멈추게 하는 것이 급선무였다. 다른 현측에서도 똑같은 공격 절차가 진행되고 있었다. 이른바 협공이었다.

큰 몸체를 이리저리 흔들어 따돌리려 하거나, 해수 호스 외에는 특별한 반항이 없어 의외로 쉽게 상선에 오를 수 있었다. 반대 현측에 6명, 내 쪽에 5명. 어, 왜 다섯 명이지? 한 명이 없다. 사다리에도 사람이 없고, 스키프 위에는 모터를 조정하는 까레이밖에 없는데.

"형, 한 명이 없어. 모히둘이 없는 것 같은데? 모히둘은 마지막 등반자였잖아."

"이런 제기랄, 등반하면서 떨어졌나 보다."

철제 사다리를 타고 현측을 올라오다가 물대포를 맞아 미끄러운 사다리 위에서 균형을 잡지 못하고 실족해 바다로 떨어진 듯했다.

"형! 못 찾아? 못 구해? 구해야지! 까레이 형이 아직 보트에 남아 있잖아!"

"떨어지면서 스크루 쪽으로 가버렸으면 떠오르지도 않고 못 구해. 어쩔 수 없어. 빨리 아부디 형이 시키는 대로 해."

어쩔 수 없다니? 그냥 그렇게 끝이란 말인가? 그래도 몇 날 며칠을 함께 고생했고, 동네 사람인데…….

이런 감상적인 나의 생각을 눈치채기라도 한 듯, 두목 아부디가 고함을 치며 갑판에서의 작전을 지시했다.

"알리! 너는 조타실로 나를 따라오고, 아부카드! 너는 사람들을 데리고 기관실 쪽으로 가서 사람들이 있나 보고 끌고 와. 빨리빨리 움직여!"

우리 동네 사람도, 우리 부족 출신도 아닌 아부카드는 자기가 더 험한 일을 하는 것 아니냐는 듯 불만스러운 표정으로 입가의 흉터를 만지며 아부디 형을 위아래로 훑어보았다.

요란하게 울려대는 사이렌이 귀에 거슬리는 그때, 조타실 사이로 잠깐 나타났다 사라지는 또 하나의 그림자를 향해 두목이 거침없이 기관총을 난사하고 나서 다시 소리쳤다.

"뭣들 하는 거야. 다들 신속하게 움직여. 선원들을 죽여서는 안 돼. 될 수 있으면 살려서 가야 돈을 더 받을 수 있다고 했어. 그러니까 죽이지 말고 모두 조타실로 잡아와."

나는 두목과 오르바 형을 따라 조타실로 향했다. 조타실 외벽은 총탄에 벗겨지거나 구멍이 뚫린 자국투성이였다. 조타실 문은 안으로 잠겨 있었으나 발로 힘껏 내려치자 힘없이 부서지며 열렸다. 그래도 마치 무슨 의식처럼 아부디 형은 허공에 기관총을 한 차례 난사했다. 힘의 우세, 무장의 우세를 알리고, 기선제압의 의도가 담겨 있는 것이리라.

우리와는 달리 하얀 얼굴의 그들은 무서운 짐승을 만난 듯 겁에 질린 큰 눈동자를 굴리며 손을 높이 들고 쏘지 말라고 외치는가 하면, 손으로 아예 머리를 감싼 채 바닥에 처박고 있기도 했다.

아부디 형이 선장처럼 보이는 사람에게 총구를 들이대며 다시 소리쳤다.

"Captain? You Captain?"

"Captain! Who? You?"

옴폭 파인 눈에 쌍꺼풀진 동양인이 떨리는 목소리로 대답했다.

"I am. I am captain!"

"You captain? Stop! Engine stop! No stop? Everybody kill! Stop!"

두목이 몇 개 안 되는 영어 단어로 소리를 질러가며 조타실을 장악했다.

"OK, OK, Engine stop!"

하얀 얼굴의 선장은 당황하는 기색이 역력하면서도 의연한 모습으로 조타실에 있는 두 명의 선원들 앞으로 나와 엔진 스톱을 명령했다. 거대하고 육중한 몸체가 아주 천천히 미끄러져 가자 우리 팀의 두목은 두 척의 스키프를 모두 상선 위로 끌어올렸다. 외국 군함들이 구출작전을 해오거나 일이 틀어지면 마지막 탈출 수단으로 이용하려는 것이었다.

조타실로 올라온 두목은 우리 앞에 서 있는 선장에게 다짜고짜 물었다.

"You captain?"

선장이 "예스!" 하고 말하기를 기다렸다는 듯 AK 소총 개머리판이 허공을 가로질렀다. 억! 하는 비명소리와 함께 쓰러진 선장의 입에서 붉은 피가 새어나왔다.

"You captain? No! This is my ship. I am captain! You understand?"

"……."

바닥에서 일어나지 못한 선장에게 다시 한 차례의 발길질이 가해졌다.

"This is my ship. You understand? No understand?"

선장의 멱살을 쥔 두목은 확답을 받아야겠다는 모습으로 두 눈을 부라리며 재촉해서 물었다.

"OK. I understand."

한 손으로는 입가에 흘러나오는 피를 훔치고, 다른 손으로는 건어차인 옆구리를 움켜쥐며 선장은 이해했다는 말을 토해냈다.

"Where? You people. Where?"

조타실을 생각보다 쉽게 장악한 두목은 다른 선원들이 어디에 있냐고 선장을 위협했다. 선장은 옆구리를 감싸쥐고 계속 모른다는 소리만 되풀이했다.

"아라이! 너는 여기 조타실을 맡고 있어. 알리! 너는 나를 따라와. 선실을 수색해야겠어."

두목 아부디를 따라 내려가다 조타실에서 아래를 내려다보았다. 우리 동네만 한 운동장이 펼쳐진 듯했다.

아! 이런 것이구나. 납치에 성공했다는 생각을 하자 한순간에 다리가 풀리고 허기가 느껴졌다. 내 인생에 역전이 펼쳐진다. 대박이 터진다. 이제 이 배는 우리 것이 된 것이다.

4

안전항해를 위한 기도

2010년 1월 15일 08:00시, 아랍에미리트 아부다비.

이 무렵이면 아덴 만 지역에 겨울 몬순이 찾아온다. 이 기간 중에는 파고가 2미터까지 치는 날이 있지만 오늘 날씨는 괜찮은 것 같다.

상선을 타고 객지 생활을 한 지 벌써 삼십 년이 넘었다. 젊었을 적에 몸담았던 해군 생활을 포함하면 35년의 세월 동안 파일럿(pilot, 항해사)으로 살아왔다. 바다에서 반평생이 훨씬 넘은 시간을 보냈다고 생각하니 뿌듯함과 묘한 공허함이 교차해서 밀려왔다. 선장 생활을 한 지는 얼마나 되었지? 수많은 날들을 낯선 공간에서 낯선 천장을 보며 깨어나고, 이방인들과 보냈다. 내 손때가 묻은, 익숙한 나의 물건이 없는 공간이 아무리 좋고 화려하다 해도 곧 싫증나기 마련이다. 젊은 시절에는 잠깐 동안 외출했다 돌아와도 누군가가 늘 정리를 깨끗이 해놓은 호텔 생활이 마음에 들었다. 그러나 이제는 잠시만 자리를 비워도 깨끗하게 정리된 침구, 물기 하나 없이 청소된 욕실, 방 안을 가득 채운 인공적 방향제 냄새가 인정머리 없게만 느껴지기 시작했다.

은퇴가 가까운 것일까? 젊은 시절 거친 파도를 뚫고 항해하며 미지의 땅에 정박하는 것을 즐겼던 그 도전과 호기심은 무뎌지고 문득문득 집이 그리워지는 시간이 많아졌다. 아내가 끓여주는 뜨끈한 된장찌개가 그립다. 그리고 조용조용 아이들이 성장해온 이야기, 살아온 이야기를 해주던 아내의 목소리도 그립다. 회사에서 계약하여 조금은 싼값에 숙박하고 있지만 도약하는 국가의 상징인 아부다비 시내 한복판의 호텔이 이제는 호사스럽고 낯설기까지 하다.

에어컨을 안 켜고 자면 후텁지근해서 밤새 잠을 잘 수 없는 무더운 나라, 어젯밤에도 내내 에어컨을 켜고 잔 까닭인지 목이 칼칼하고 미열까지 있는 듯하다. 손가락 마디와 관절까지 조금씩 시큰거려왔다.

까실까실한 감촉의 매트리스와 이불 속에서 나는 애벌레처럼 몸을 꺼낸 뒤 호텔 창문을 열었다. 한 무더기의 바닷바람이 훅 불어오더니 몇 가닥 없는 내 머리카락을 희롱하듯 쓰다듬고선 짓궂게 뒤로 넘겨주었다. 이 정도 바람이면 시속 5노트 정도일 것이다. 하늘이 맑고 바람은 낮으니 바다의 파도는 1미터 내외가 될 것이다.

오늘 계획된 항해는 순조로울 것이라는 생각이 들었다.

한 치 앞을 내다볼 수 없는 바다이지만 그래도 순조로운 출항은 순조로운 항해의 시작이 아니겠는가 하는 생각에 기분이 한결 가벼워졌다. 그러나 한 가지 요즘 신경 쓰이는 걱정거리가 있긴 했다. 아덴 만에서 극성을 부리던 해적들이 아부다비를 따라 오만 연안을 내려가는 페르시아 만에도 출몰한다 하니 여간 신경 쓰이는 일이 아니다. 상선들의 납치 소식은 선박협회뿐만 아니라 인터넷상에도 날마다 뜨거운 관심사가 되었고 해적들로부터 갖은 협박과 비인간적인 생활을 하고 있는 여러 나라의 인질들 소식은 남의 일처럼 여겨지지 않았다. 위험구역을 지나가는 그 어떤 상선도 안전을 보장할 수는 없는 상황이다 보니 출항 때마다 각별히 조심하라는 회사의 지시사항이 귀에 못이 박힐 지경이었다.

아덴 만의 국제통항로를 항해할 때와는 달리, 페르시아 만을 따라 내려갈 때는 대한민국 해군의 청해부대 호송도 받을 수 없으니 더욱 신경을 곤두세워야 했다. 그나마 오만의 해경들이 수시로 순찰을 돌고 있는 덕분에 위기를 넘긴 선박들이 있으니 다행한 일이었다.

고가의 인산과 에탄올을 스리랑카 콜롬보 항까지 운송하면 이번 임무는 끝이 날 것이다. 넉넉잡아 이 주일 정도, 신경을 바짝 써서 고가의 화학선과 적재물들을 지켜내야 한다. 그러고 나면 무사히 집으로 돌아갈 수 있을 것이다. 천성적인 방랑벽이 유행병처럼 도지지만 않는다면 고향의 선산도 한번 들러보고 집의 아늑함도 즐겨볼 수 있으리라.

출항은 열시다. 서둘러야 한다. 같은 호텔에서 자고 있는 1등 항해사 이 씨와 함께 출근을 해야 하니 어서 씻어야만 한다.

나는 화장실로 들어가 세면대 위의 수도꼭지를 내렸다. 1초도 지체하지 않고 반짝거리는 수도꼭지에서 모래 위에 세워진 도시 저 깊은 암반 속에서 끌어올린 석회질 가득한 지하수가 쏟아져 나왔다.

습관적으로 거울을 쳐다보았다. 나이가 들어서 자연스럽게 생긴 쌍꺼풀로 인해 두 눈이 더 움푹 파여 보였다. 휴식을 취한 며칠 동안 한 번도 자르지 않았던 하얀 수염들이 뺨과 턱 주변에서 준비 없이 하얀 서리를 맞은 들풀처럼 무질서하게 자라 있었다. 면도를 하고 상쾌한 마음으로 출근을 할까? 아니면 대충 세수만 하고 갈까? 오른 손바닥으로 두어 번 거슬거슬한 수염을 천천히 쓰다듬고 나서 나는 화장실 캐비닛 속의 면도기를 꺼내 들었다.

바다에 나갈 때는 머리를 감거나 수염을 깎으면 불길한 일이 있다고 혹자들은 얘기하고, 그런 미신을 믿으며 사는 사람들이 많은 것도 사실이다. 하지만 나는 운명을 개척하면서 살아왔고, 지금 이 순간도 나 스스로의 삶을 선택하면서 살고 있지 않은가? 면도기가 트랙터처럼 하얀 거품 위를 지나가자 거기에 새로운 도로가 생겨나듯 수염들이 사각거리며 기분 좋게 깎여 나갔다.

출근 준비를 마친 뒤 로비로 내려가자 호텔 정문에서 1항사가 기다리고 있었다. 나는 상쾌한 바람을 귓가로 빗어 넘기며 반가운 아침 인사를 했다.

"1항사! 잘 잤소? 좋은 아침이오!"

"네, 선장님. 오늘 얼굴이 훤해 보이십니다."

"아~ 햇볕도 좋고, 바람도 상쾌해서 좀 다듬었소. 어서 출근해서 출항 준비를 합시다."

아부다비의 미나자에드 항 2번석에 정박해 있는 삼호쥬얼리 호는 만 톤이 넘는 위용을 자랑하며 출항 준비를 하고 있었다. 출근하면 선장실로 직행했다가 사관들을 만나곤 했지만 오늘은 조타실까지 이어지는 통로가 안전한지 확인하고 싶었다. 선박에서부터 부두까지 이어진 출입구 갱웨이(gang way, 출입을 위해서 선박에서 부두로 내는 철제 다리)를 지나 계단까지 오르자 몇 가지 보완해야 할 문제점이 식별되었다. 나는 경험 많은 갑판장과 1항사를 불렀다.

"1항사! 갑판장! 해적들이 페르시아 만에도 출몰한다 하니 몇 가지 더 신경 쓰도록 합시다. 둘이서 함께 해적들이 쉽게 등선할 수 있는 곳을 선정해보고 각 라우트(route, 이동 가능 한 통로)마다 바리케이드 역할을 할 수 있도록 저지선을 설치해봐요. 열쇠가 있으면 열쇠를 채우고. 내 생각에는 조타실 바로 밑 주갑판이 조타실에서는 가장 안 보이는 사각지역이야. 등잔 밑이 어둡다고 하잖아? 그리고 주갑판 난간 쪽에도 사다리를 쉽게 걸 수 있으니 그쪽에도 해수 펌프를 설치해봐요."

그러고는 걱정스러운 생각에 평소에는 안 하던 잔소리를 혼잣말처럼 늘어놓았다.

"놈들도 참……. 거기서 페르시아 만이 어딘데 거기까지 해적질이야. 신경이 이만저만 쓰이는 게 아니네, 거참. 그리고 이번에 들어가면 회사에 얘기해서 우리 배도 유사시에 안전하게 대피할 수 있는 시타델(citadel, 유사시에 몇 시간 동안 선원들이 안전하게 대피할 수 있도록 비상통신망과 비상식량을 갖춰놓은 안전장소)을 설치해달라고 해야겠어. 무슨 일이 발생하면 연합군이든 우리 해군이든 구하러 올 때까지는 버텨야 할 거 아닌가? 아무튼 이번 항해만큼은 신경을 바짝 쓰고 가도록 하자고."

"네, 선장님. 한번 돌아보고, 당직자들에게도 페르시아 만을 완전히 내려갈 때까지 각별히 신경 써서 당직을 서라고 지시하겠습니다."

"그렇지. 국제통항로를 벗어나서 인도 서부 쪽으로 멀어지면 뭐 그런 일은 없을 테니까 각별히 신경 쓰도록 해요. 집으로 다들 무사히 돌아가야지."

"출항 준비 완료, 써!"

엔진 시동이 끝나자 당직사관인 1항사가 좌현 쪽에서 상선을 출항시킬 터그보트(tug boat, 예인선)가 준비된 것을 확인하고 난 다음 출항 준비 완료 보고를 했다.

"오케이~! 출항합시다!"

부두의 인부들이 만 톤이 넘는 화학선을 부두에 멍에처럼 단단히 동여잡고 있던 굵은 로프들을 벗겨내고 이어서 힘 좋은 터그보트들이 육중한 상선을 부두에서부터 이탈시키자 드디어 항해가 시작되었다.

항내로 들어오는 어떤 선박도 없었지만 마치 안전항해를 염원하는 의식이라도 치르듯 기적소리를 길게 한 번 취명하라고 지시했다. 기적소리는 원래 움직이고 있는 선박이 안개가 잔뜩 끼거나 시정이 좋지 않은 상태에서 상대편에게 '나는 움직이고 있으니 조심하라'고 알려주는 신호였으나 이번의 긴 기적소리는 부디 이 항해가 안전하게 끝나게 해달라는 나의 깊은 염원이기도 했다.

항해를 시작하기 전에 이미 간단한 기도도 마쳤다. 그것은 바다로 나가기에 앞서 안전항해를 기원하는 나의 습관적 염원 같은 예식이었다.

신이시여! 저를 도우소서. 거친 바다로 나가야 할 때입니다. 코끝엔 찬바람이 머물고, 파도는 하얀 이를 드러낸 이리떼처럼 덤벼들 것입니다. 뱃고동소리 치마폭에 감싸 지아비 돌아올 날을 기다리며 기도하는 아내에게 돌아갈 수 있도록 허락하시고, 건강하게 돌아오기를 기다리는 자식들의 품으로 돌아가게 하소서. 이 항해를 신의 뜻에 맡기고 무거운 닻을 기꺼이 올리오니 부디 항구에 안전하게 돌아가게 하소서.

미나자에드 항을 빠져나온 이후 나는 당직사관들을 통해 국제상선 호출망 채널 16번으로 주변에서 활동하는 군함들의 위치를 수시로 파악하게 했다.

아랍에미리트의 해군, 오만의 해경정들에게도 해적들은 골칫거리였다. 그들 또한 자국의 경제 활성화를 위해 페르시아 만이 안전하다는 것을 국제사회에 알려야 하는 입장이었으므로 우리를 적극적으로 도와주었다. 우리 쥬얼리 호는 페르시아 만을 완전히 빠져나올 때까지 그들의 통신엄호(상선에 무슨 일이 생기면 즉각 조치를 취하도록 교신 가능한 거리를 유지하면서 호송하는 것)를 받으면서 항해했다.

"선장님! 페르시아 만을 완전히 빠져나왔습니다. 해적들이 자주 출몰하는 국제통항로도 완전히 벗어났고 인도 서부 쪽으로 향하고 있습니다. 그동안 최대속력인 시속 15노트로 항해했는데 속력을 조금 늦춰도 좋겠습니다. 사흘 가까이 풀 가동했더니 엔진이 과열된 것 같습니다. 선장님도 내려가서 좀 쉬십시오. 피곤해 보이십니다."

1항사가 기관장의 전화를 받고 내게 권고했다.

"오케이! 그동안 수고했소. 속력을 10노트로 낮추고 정상항해를 합시다. 선박자동식별장치(AIS: Auto Identification System, 선박의 주요 정보를 자동으로 송신하는 장치)를 작동하고 자동항법장치를 이용하여 항해하되 선교 당직자들은 견시 역할까지 잘 수행하세요."

나는 책임감 강하고 믿음직스러운 1항사의 보고에 만족하며 추가적인 지시를 내리고 안전하게 페르시아 만을 통과했다는 자족감에 입가에 미소를 머금었다.

'그래! 다행이다. 아무 일이 없어 이 얼마나 다행한 일인가!'

나는 선장실로 내려와 긴 안도의 한숨을 내쉬며 양손으로 세수하듯 얼굴을 문질렀다. 매끈매끈한 얼굴 감촉이 더욱 마음에 들었다. 스스로 뺨을 톡톡 쳐보았다.

5

대양 위의 불청객

― 떵떵떵떵~

― 뚜뚜뚜뚜~

요란한 선박 비상벨이 선내에 울려 퍼졌다. 나는 침대에 누워 반쯤 눈을 뜬 상태에서 이 소리를 듣고 있었다.

항해사로서 뱃사람이 처음 됐을 때부터 이런 꿈은 수도 없이 꾼 것 같다. 선배들로부터 선박의 모든 안전항해는 항해사의 몫이라고, 안전항해에 관련된 사고가 나면 항해사는 그 책임을 면치 못한다는 얘기들을 귀에 못이 박히도록 들었다. 항해 중에 위험한 순간이 닥치면 성질 급한 선배들은 말보다 먼저 정강이 쪽으로 여지없이 구둣발을 날리곤 했다. 자동차와는 달리 선박은 비교도 할 수 없이 비쌀 뿐만 아니라 한 번 사고가 나면 인명과 재산의 피해가 막대하기 때문이었다. 게다가 혹시나 좌초하여 기름이 유출되거나 화학가스가 터지는 날에는 환경재앙까지 가져올 수 있는 것이 해양사고이니 말보다 주먹이 앞서는 선배들의 입장도 충분히 이해되었다. 그렇기 때문에 선배들의 잔소리도, 정강이를 걷어차는 구둣발도 모두 이겨내면서 긴 세월을 참아왔다.

그런 것이 강박감이 되었을까? 아니면 뇌리 깊숙한 곳에 자리 잡은 책임감이 깊은 스트레스로 변했을까? 항해를 하는 동안에는 악몽을 꾸지 않은 날이 없었던 것 같다. 꿈속에서 내가 당직을 서면 언제나 배가 산중턱에 얹히거나, 좁은 협곡을 아슬아슬하게 지나갔다. 어떤 때는 선체가 아주 쉽게 깨지는 도자기로 되어 있는 등, 말도 안 되는 꿈을 꾸었다. 그런 꿈은 여지없이 비상벨이 울리고, 선원들을 먼저 안전한 곳으로 대피시키는 꿈으로 이어졌다. 그런 꿈들을 거의 매일 꾸다시피 하므로 이제는 꿈속에서도 '이런 상황들이 꿈일 것이다'라고 생각하는 자각몽이 되었다.

땡땡땡땡~뚜뚜 뚜뚜~ 땡땡땡땡~뚜뚜뚜뚜~ 선박 비상벨이 울리고, 그러고 나면 띠리리리링~ 띠리리링~ 이어서 전화벨이 울린다.

─탕탕탕탕! 따르르륵! 탕탕 탕탕?

낯선 소리. 이 소리는 여태까지 꿈속에서 한번도 듣지 못한 소리였다.

한번도 듣지 못했던 소리, 낯선 꿈…… 새로운 꿈……, 이 새로운 꿈속에서 우리 배에 무슨 일이 일어났는가? 생각이 여기에 미치자 나는 콘크리트 바닥 위에 떨어진 고무공처럼 반사적으로 침대에서 일어났다. 꿈이 아니었다.

연륜이 깊은 베테랑들은 위기의 순간에 기지를 발휘하듯, 나는 기나긴 항해생활 동안에 몸으로 배운 동작들을 매우 기민하면서도 침착하게 수행하기 시작했다. 신발을 신으며 한손으로는 전화를 받고, 셔츠를 걸쳤다.

"무슨 일이오? 해적? 뭐라고? 이미 사다리를 걸었어? 최대한 지그재그 항해를 해서 회피토록 하고 선교에는 최소의 인원만 남기고 나머지 선원들은 갑판창고로 대피시켜. 지체할 시간이 없어. 빨리 방송을 해! 지금 올라가네."

온갖 생각이 머리를 스쳐갔다. 오후 네시 반쯤, 페르시아 만을 빠져나와 인도양으로 한참 진입했을 텐데 해적이라니? 도대체 해적으로부터 안전한 곳은 이 바다 어디에 있단 말인가? 선교에 당직자들이 남아 있었을 것이고 지금 이 시간대는 베테랑 1항사의 당직시간이다. 선원들을 대피시키는 방송이 나온 것 같은데 모두 안전하게 갑판창고로 대피했을까?

온갖 생각이 얽혀 조타실로 올라가자 1항사의 목소리가 다급하게 들려왔다.

"선장님! 양쪽으로 이미 두 척의 스키프가 붙었습니다. 붙이기 전에 물대포를 쐈습니다만 사다리를 걸어서 두 명이 등선을 했고 총을 쏴대며 다른 해적들의 등선을 돕고 있습니다."

"아니, 어쩌다가 이렇게 조치가 늦었나?"

뒤늦게 하나마나 한 얘기를 했다 싶었지만 그런 소리가 입에서 불쑥 튀어나와 버렸다.

"레이더에는 일절 나타나지 않았는데 조타실 환기를 시키려고 문을 열다가 접근하고 있는 것을 육안으로 확인했습니다."

"이미 늦었네. 내가 최대한 지그재그 항해를 해볼 테니 자네들도 어서 창고로 내려가게."

나는 1항사와 타기를 잡고 있는 3항사를 향해 외쳤다.

"선교는 선장인 내가 지키면 돼. 어찌 됐건 간에 창고 안에서 쥐 죽은 듯이 버티고 있어야 하네. 주변에 군함들이 있을 만한 거리는 어딘가?"

"이미 인도양 쪽으로 많이 붙었고 오만으로부터는 약 800마일 떨어져 있어서 위성전화 말고는 아무 통신수단이 없습니다."

"위성전화? 우리 청해부대의 위성전화번호는 어디 있나?"

"여기 있습니다."

"알았네. 어서들 내려가. 이제 시간이 없어."

"아닙니다. 선장님을 놔두고 우리가 어떻게 내려갑니까? 기관실도 통제해야 하고 타기도 잡아야 하니 우리는 여기에 남겠습니다. 어차피 반항하지 않으면 죽일 리 없잖습니까? 최대한 시간을 끌면서 아덴 만에서 작전하고 있는 연합군들의 지원을 기다려보는 수밖에 없을 것 같습니다."

선원들을 데리고 창고로 대피하라는 지시에도 불구하고 당직자들은 자신들의 임무와 책임을 저버릴 수 없는지 나의 지시를 거부한 채 내 곁에 남아 있겠다고 고집했다.

"그래? 정 그렇다면 어떻게 하든지 우리끼리 버텨보세. 3항사, 문을 걸어 잠그게. 조심하고."

3항사는 재빨리 조타실의 문을 걸어 잠그고 조타기 앞으로 다시 와 앉았다.

─뚜루루루룩, 뚜루루루룩.

청해부대로 이어지는 위성전화 신호는 마치 억만 년 전에 사라진 은하의 별빛이 영겁을 달려 끝없는 우주의 암흑 속으로 가는 것처럼 하염없고, 더디게 울렸다.

딸깍 소리가 나며 신호가 연결되었다.

"네, 여기는 대한민국 청해부대입니다. 무엇을 도와드릴까요?"

답답한 심정을 알 리 없는 매우 차분하고 중저음의 목소리가 수화기 너머에서 들려왔다.

"여보세요? 청해부대? 청해부대입니까? 여기는 삼호쥬얼리 호 선장입니다. 해적이 쫓아오고 있습니다. 어, 그런데 여기는 그런 곳이 아니지 않나요?"

순간 '쾅!' 하는 소리와 함께 조타실 문이 부서지는 소리가 들렸다. 나는 꿀단지의 꿀을 훔쳐 먹다가 들킨 아이처럼 아무 일도 꾸미지 않았다는 듯 얼른 수화기를 내려놓고 애써 태연한 표정을 지었다.

언제 접근했는지 새카만 해적들이 알 수 없는 소리를 짐승처럼 지르며 조타실에 들이닥쳤다. 두목으로 보이는 한 명이 조타실 밖에서 하늘을 향해 한바탕의 총성을 울리고 들어오더니 어떻게 알았는지 내게 다가와 총구를 들이대고 다짜고짜 소리를 질러댔다.

"캡틴? 유 캡틴? 캡틴! 후 캡틴?"

"아이 엠 캡틴!"

내가 대답을 하자마자 번쩍 하고 긴 통증이 머리를 관통했다. 놈의 개머리판이 나의 머리에 린치를 가하는가 싶더니 옆구리를 발로 걷어찼다.

"나우! 아이 엠 캡틴!"

선교를 장악한 해적들은 조타실에 경계요원들을 남겨둔 채 먹이 사냥을 나서는 들개무리처럼 갑판 구석구석에 숨어 있을 선원들을 찾아 나섰다.

6

단편명령

합참에 보고를 마쳤으니 이제 구체적인 액션에 들어가야 한다. 긴급조치반의 참모들에게 지시한 상황들이 속속 보고되었다.

"부대원들의 외출은 대기시켰습니다."

뒤통수가 훤히 드러나도록 머리를 짧게 친 인사참모가 침착하게 보고했다.

"인사참모, 대기가 아니라 취소시켜야겠어. 우리 국적의 상선이 납치된 것이 확실한 것 같으니 우리에게 구출 임무가 부여되지 않는다 해도 한가하게 외출하며 보낼 시간이 없을 거야. 업무용 차량과 시내 인원 이송차량도 모두 취소시키고, 오늘 예정된 미군 부대장 부관에게도 연락해서 사정을 얘기해. 다음에 입항하면 다시 보자고. 사정을 정확하게 얘기해. 바다에서 항상 도움을 주고

받아야 하는 미래의 파트너들이니까.

작전관, 함 전반에 방송을 해서 상황을 전파해. 경각심을 가지고 대비하는 게 좋아."

"참모장님, 부식작업은 총원이 붙어서 하면 1시간 정도면 정리되겠지만, 유류 수급은 4시간도 장담할 수 없습니다. 아시잖습니까? 아랍사람들 자기들 중심으로 일하는 거."

사실, 책임감이 강하고 느긋한 마음으로 정평이 난 군수참모 박소령도 혀를 내두르게 하는 게 이쪽 사람들 업무 스타일이었다.

언젠가 기름을 반쯤 받고 있었을까? 유류 수급을 지원하고 있던 근로자들이 갑자기 유류 호스를 철거하기 시작했다. 지금 뭐 하는 거냐고 따져 묻는 군수참모에게 일과가 끝났으니 쉬러 집에 가야 한다는 것이었다. 영어가 짧아서 잘 이해 못했을 거라며 통역을 붙였음에도 대답은 '과업 끝'이었다. 근면하고 성질 급한 우리나라 사람으로서는 도저히 이해할 수 없는 근무태도였다. 그 다음날에도 이미 네시 반이면 동이 트고 아침이 밝아오는데 아홉시가 돼서야 나타나서 전날 못다 한 일을 하겠다고 뭉그적거리니 이쪽 문화를 이해하지 못한 우리로서는 답답한 노릇이 아닐 수 없었다. 3개월 이상을 적응해온 지금도 이해하려고 하지만 잘 납득이 되지 않았다.

"4시간도 불확실하다니 그건 무슨 일이 있어도 안 돼. 이건 훈련이나 연습이 아니라 실제상황이야. 당장 작전명령은 떨어지지 않았지만 4시간 이상 기름을 받는다고 하면 위에서 믿어주겠어?"

"육상에서 호스를 꽂아 기름을 받으면 좋은데 여기는 그런 시스템이 없으니 유조차 한 대가 기름을 싣고 와서 주고 가고, 다시 채우러 가니 시간을 아무리 당겨도……."

"안 된다니까. 유조차가 한 대야? 그럼 시간이 없으니 예산을 더 많이 써서라도 두 대 이상 사용해. 추가적인 예산문제는 나중에 생각할 일이고, 에이전트와 빨리 상의해보고 안 되면 내게 데려와. 통역을 데려가고. 아참, 그리고 예기치 않은 시간에 출항할 수 있으니 터그보트도 확인하고."

부식작업, 유류 수급 등 재보급이 아무리 빨리 끝나더라도 육중한 군함을 항 밖으로 끌어낼 예인선이 없으면 그 또한 낭패가 아닐 수 없다. 이 나라 사람들의 문화와 그동안의 행태를 볼 때 또 과업 이외의 시간에는 협조가 안 된다는, 이 말도 안 되는 이야기가 상식 밖의 얘기는 아니니까. 돈은 그들을 움직이는 중요한 요인이 분명 아니었다.

최초 신고를 접수한 것이 17:00시, 17:30시에 상부에 상황보고를 마쳤으니 30분 정도가 경과되었다. 초동조치와 최초 보고의 타이밍치곤 괜찮다. 위에서도 보고가 늦었다고 말하지는 않을 것이다. 추가로 확인해야 할 부분도 각 참모들이 역할을 분담받아 조치하고 있으니 순조롭게 진행되고 있었다.

무엇보다도 정확한 위치가 중요한데, 당장 출항하라고 하면 가야 할 목적지가 있어야 할 것 아닌가? 선장이 신고한 지점이 맞는다면 우리가 머무는 지부티 항에서부터 1500여 킬로미터가 넘게 떨어져 있다. 백두산에서 제주도보다 더 멀리 떨어진 지점에 있는 선박을 단 한 번 전해온 불확실한 위치를 참고로 하여 찾아 나선 다는 것은 쉬운 일이 아니었다.

게다가 해적들이 배를 장악하고 움직이고 있을 것이 아닌가. 비록 정지해 있더라도 바다에는 바람이 불고 조류가 흐른다. 더군다나 많은 해적들의 소굴 중에서 어디로 갈지 아무도 모른다. 상선을 납치한 해적들은 북부 출신일까, 남부 출신들일까? 가라카드나 하라데레로 갈까? 놈들이 반군들 소속이라면 메르카(Merca) 쪽으로 갈 수도 있을 것이다. 최근에는 북부 쪽 푼트랜드의 해적들이 기승을 부리고 있으니 호비오로 갈 가능성도 높다. 수많은 변수, 수많은 장애. 그러나 최대한 놈들의 입장에서 생각하고 분석을 해야 시행착오를 최소화할 수 있다.

해적들은 지금 무엇을 하고 있을까? 그렇다. 정보참모가 필요하다. 그가 해적 정보의 전문가이니 보다 구체적인 것들에 대해 권고할 수 있을 것이다.

"정보참모, 어디 있나? 상황실에 보고하라."

나는 워키토키로 정보참모를 찾았다. 브레인들을 모아야 한다. 만약을 대비해서 짜놓은 작전계획들의 효용성은 일전에 확인했다. 해적이 상선에 접근하여 납치하기 전 싹을 잘라버리는 차단작전 중심이었다. 그러나 지금은 완전히 다른 상황이 전개되었으니 구출작전 계획이 필요했다.

아덴 만에 파병되어 임무를 시작한 지 채 한 달도 안 되었을 때였다. 어리바리한 신병을 길들이기라도 하듯 어둠이 짙어갈 무렵 급박한 조난신호가 울려 퍼졌다.

"청해부대, 청해부대, 여기는 위스퍼러! 해적이 접근하고 있습니다. 도와주세요."

한국말이 상선조난 주파수에서 울려 퍼졌다. 위스퍼러라면 10여 분 전에 우리가 호송했던, 사우디에 케미컬 원료를 적재하러 가던 대한민국 국적의 상선이었다. 호송 종료 지점인 홍해 입구에 도착하자 우리는 주변의 접촉물들을 보고 안전하다는 판단을 내렸다. 그런 다음 안전항해를 기원한다는 교신을 마지막으로 서로 헤어졌는데 그 상선이 호송종료 10분 만에 구조요청 신호를 보낸 것이다.

우리는 평상시에 연습한 것처럼 반사적으로 움직였다. 신고를 접수한 지 채 5분이 안 되어 헬기와 저격수가 출격했다. 위스퍼러 호까지는 약 10킬로미터가 떨어져 있어 아직 우리의 항해 레이더 스크린에 깜박거리고 있었다. 해적선은 워낙 작아 가까운 거리까지 접근하지 않으면 레이더에 잡히지 않는 것이 문제였다. 그런데 다급하게 외칠 정도라면 해적선은 이미 위스퍼러 호 근방 1킬로미터 이내에서 공격을 시도하고 있다는 얘기였다. 해적 소탕작전은 시간이 생명이었다. 일단 해적이 상선에 등반하여 사람을 인질로 잡는다면, 유리하고 좋은 모든 카드는 해적에게 넘어가버리고 우리가 할 일은 거의 없었다.

돈을 요구하는 해적들을 자극하여 인명이 손실되는 최악의 경우를 막기 위해 거의 모든 나라들은 비슷한 절차의 작전을 구사했다. 연합해군사령부에서 여러 연합해군이 모여 회의를 할 때에도 차단작전은 등반하기 전에 실시해야 가장 효과가 높다는 결론을 내렸다. 그러니 일단 인질이 발생하면 해적들을 불필요하게 자극하지 말자는 것이었다. 강제 진압작전으로 인해 서로 인명 피해가 발생하면 납치행위와 인질극은 더욱더 악랄한 방법으로 악화될 것이고 원치 않는 일, 요망하지 않은 효과, 즉 최악의 상황으로 치달을 수 있다는 우려가 연합해군들 사이에 팽배했다.

"위스퍼러! 여기는 청해부대. 헬기가 출격했고 5분 이내에 현장에 도착합니다. 무슨 일이 있어도 버티셔야 합니다. 피할 수 있다는 확신을 갖고 5분만 버티십시오."

청해부대의 당직사관이 침착하게 상황을 통보했다.

"드래곤, 여기는 잠자리. 해적으로 보이는 소형 스키프 발견. 거리 2000, 상선과의 거리는 500미터 이내로 판단됨."

군함에서 출발한 링스헬기로부터 곧바로 보고가 접수되었다.

"잠자리, 여기는 드래곤. 해적선 전방에 마린마크(marine mark, 해상에 참조 점을 만들기 위해 헬기에서 떨어뜨리는 연막탄) 세 발 투하하라. 스키프가 지속적으로 상선에 접근 시 저격수는 해적선이 인지 가능토록 경고사격과 위협사격을 실시해도 좋다."

나는 부대장의 명령을 작전 팀에게 즉각적으로 시달했다.

공격을 시도하는 해적선은 안 되겠다 싶으면 포기도 빨랐다. 나라마다 대처하는 방법이 달라서 우리나라처럼 이렇게 먼 해역까지 나와 자국의 상선을 지켜주는 나라가 있는가 하면, 홀로 무방비 상태로 항해하는 상선들이 많았다.

상황이 이렇다 보니 해적들은 굳이 무리해서 먹이사냥에 나설 필요가 없었다. 국제법도 해적행위를 효과적으로 근절시키기에는 제약요건이 많았다. 무엇보다도 무기를 버리고 투항하는 해적들을 처리할 법안이 마땅치 않은 것이 문제였다. 그리고 체포한다 하더라도 관리, 이송, 재판 등 추가적으로 신경 써야 할 일들이 한두 가지가 아니었다.

이러한 연유로 군함들은 뻔히 해적행위를 하고 있는 현장을 덮치더라도 인명이 손실되지 않으면 해적행위를 하지 못하도록 무기와 연장을 압수한 다음 훈방조치를 선호해왔다.

위급했던 위스퍼러 호의 상황도 그렇게 정리가 되었다. 해적들은 300미터까지 접근하다가 헬기에서 떨어뜨린 마린마크의 하얀 연기가 피어오르고 저격수의 제압사격이 뒤따르자 급격히 속도를 낮추고 고기잡이 어선인 것처럼 위장했다.

"찾으셨습니까?"

정보참모가 상황실 문을 열고 들어왔다. 상기된 얼굴이 아직 풀리지 않고 있었다.

"어디 아픈가?"

"아닙니다. 해적에게 납치되었다는 선장의 목소리가 어찌나 떨리고 불안하게 들리던지, 그게 귓전에서 계속 떠나지 않고 불길한 생각 때문에 그렇습니다."

"그래, 나도 예감이 좋질 않아. 지난번 위스퍼러 호와 상황도 완전히 다르고. 전반적으로 참모들의 의견을 들어야겠어. 납치가 된 상황이라면 유사시 인질이 잡혀 있는 상태에서 구조작전을 펼쳐야 하는 수가 있으니까. 먼저 중요한 점은 놈들이 상선을 어디로 데려갈지를 아는 것이야. 납치된 지점이 선장이 알려준 대로 정확하다면 푼트랜드 쪽 놈들인 것 같은데, 그렇다면 유력한 목적지가 아무래도 가라카드나 호비오가 되겠지? 어떻게 생각해?"

나는 벽에 붙여놓은 소말리아 지도에 빨갛게 찍어둔 해적들의 모기지를 바라보며 얘기했다.

"네, 놈들이 상상외로 멀리 나왔으나 근래 가장 활발한 움직임을 보이는 놈들은 푼트랜드와 과도정부 쪽입니다. 신고가 들어온 위치는 통항로에서도 북쪽에 위치하고 있습니다. 그렇다고 한다면 아무래도 북쪽지방의 에일이나 가라카드가 입항지가 될 것입니다. 가장 빨리 소말리아 영해로 들어가는 항구 위치도 가라카드가 가장 가까우니 제 생각에는 그쪽이 제일 가능성이 높다고 판단됩니다."

정보참모는 지도 앞에서 손가락으로 예상 위치와 소굴들을 짚어가며 내게 설명했다.

"그렇지? 지금부터 정보참모는 작전관과 함께 납치시점부터 시작해서 바로 에일이나 가라카드 항구로 이동을 시작했을 가능성에 대비해 예상 기동로를 작성해. 호비오도 빼놓지 말고 분석하고. 놈들이 우리 상선을 최저속력, 최고속력으로 항해시켰을 가능성을 고려해서 예상 위치를 파악해야 돼. 가장 신속하게 그쪽으로 이동해서 납치된 선박을 찾는 것이 급선무야. 그리고 연합해군 정보공유 사이트에 문자로 전파해서 한국 상선의 납치소식을 공유해. 위치도 전송해서 인근의 연합해군 중 어떤 세력이 도움을 줄수 있는지도 확인하고. 지금 그 위치에는 어떤 군함도 없지?"

나는 상황판을 바라보며 지금 당장 할 수 있는 일들을 정리해가며 지시했다.

"네, 잘 알겠습니다. 통항로와 상당한 이격 거리이고 해적의 출몰이 없었던 곳이라 연합군의 전력이 그쪽에는 전혀 없습니다. 단지 일본과 스페인의 해상 대잠 초계기 P-3C의 초계비행이 매일 계획되어 있는데 그 시간을 다시 한 번 확인해서 그들의 작전구역 안에 피랍 위치가 포함되어 있는지 보겠습니다."

정보참모는 작전관과 함께 지휘소 옆의 전투상황실로 이동했다.

에일이나 가라카드 항구라…….

소말리아 북부에 위치한 가라카드 기지는 놈들의 예상 위치에서 대략 2500킬로미터 떨어져 있었다. 놈들이 그곳으로 우리 상선을 데려간다면 최대한 빠른 속도로 이동하려 할 것이다. 위성전화를 통해서 납치에 성공했다는 사실을 기지에 알리겠지. 최대속력으로 최단거리를 이동하려 할 것이다.

우리가 놈들에게 가려면 가스터빈 고속엔진을 사용한다 하더라도 시속 50킬로미터의 속력으로 1300킬로미터 정도를 가야 한다. 적어도 26시간은 걸리겠지. 그렇다면 놈들은? 쥬얼리 호의 최대 속력이 시속 30킬로미터이고 거리는 2500킬로미터 떨어져 있으니, 83시간 정도면 가라카드까지 이동할 것이다. 다행히 우리의 계산이 틀리지 않다면 놈들을 추적하고 구출을 계획할 시간은 있는 듯하다.

그런데 우리가 작전을 수행하는 데에 제한점이 무엇일까?

피랍된 상선의 정확한 위치를 모를 뿐만 아니라 시간이 부족한 것이 가장 큰 문제다.

예상 밖으로 상선을 하라데레나 마르카 등 소말리아 남부 쪽으로 우회 기동시킨다면 바다 한가운데 있는 선박을 찾지도 못하고 놓쳐버릴 것이 분명했다. 설령 예상되는 위치에 선박이 있다 하더라도 놈들이 소말리아 영해 내로 진입하기 전까지는 넉넉잡아 사흘밖에 시간이 없다. 공해상에서 범죄행위를 저지른 현행범에 대해서 끝까지 추적할 수 있는 추적권이 군함에 있다고는 하지만 될 수 있으면 영해 밖에서 끝장을 봐야 한다. 영해는 영토의 개념이니 무장한 군함의 영해 진입은 엄청난 외교적 파장을 가져올 것이 분명하다.

다행히 아직은 신이 우리 편에 서 있는 것처럼 보였다. 무엇보다 결심이 빨라야 한다. 결심이 빠르면 빠를수록 우리가 작전을 구상할 시간은 많아지고, 놈들을 소말리아 영해로부터 멀어지게 할 수 있다. 작전을 시행한다 하더라도 남의 나라 영해에서 할 수는 없다. 모든 작전은 피랍 선박이 소말리아 영해로 진입하기 전에 끝내야 한다.

그렇다면 우리가 작전을 구상할 시간은 결코 많지 않다. 상황과 조건이 변했으니 기존의 차단작전 개념에서 완전히 탈피해야 한다. 놈들이 예상 위치까지 이동하기 전에 새로운 작전계획이 나와야 하고 이것을 상부에 보고해야 한다. 승인이 떨어진다면 검색대원들과 헬기, 해병대의 K-6 사수들까지 전 작전요원들이 반복적인 연습을 해야 할 것이다.

신고가 접수되면서부터 계속 내 옆에서 상황 전개를 유심히 살펴보던 검문검색대장 변 소령이 심각한 표정으로 물어왔다.

"작전참모님! 구출작전을 생각하고 계십니까?"

변 소령의 의도를 나는 알고 있었다. 청해부대의 호송작전에서 해적 소탕작전이라는 것은 위스퍼러 호의 경우와 같이 해적이 상선에 올라타기 전 단계, 즉 차단작전까지를 의미하는 것이었기 때문이다.

그러나 상부에서 어떤 명령이 내려올지 몰랐다. 군인은 명령에 죽고 사는 것이니까.

"질문의 의도를 잘 알고 있다. 검색대장 자네가 생각하다시피 이번 건은 심각하다. 구출작전을 염두에 두고 새로운 작전계획을 짜야겠어. 연습은 이미 실전적으로 충분히 되어 있잖아. 은밀작전과 기습작전을 기본 개념으로 해서 작전계획을 작성해. 작전시간은 밤을 상정하고. 알았지? 눈을 감고도 침투할 수 있을 정도로 연습하려면 시간이 많질 않아. 그러려면 삼호쥬얼리 호에 대한 상세한 설계도가 있어야 해. 세부적인 작전루트와 침투로를 짜야 할 테니까. 본국 특임대대에 연락해서 납치된 상선의 설계도를 빨리 구해서 팩스로 보내라고 해. 지금쯤 선박회사도 난리가 났을 거야. 아직은 구체적으로 어떤 작전을 하네 마네 설명할 필요는 없다. 어떤 경우라도 작전보안에 신경 써. 참 쥬얼리 호와 비슷한 선박에 관숙훈련(觀熟訓鍊, 실제작전에 대비하여 유사한 선박에서 훈련을 함으로써 숙달시키는 훈련)한 사례나 그런 대원이 여기에 없나?"

UDT/SEAL 특전부대 10년 직속 후배인 변 소령은 내가 단순한 영웅심리와 공명심에서 작전 지시를 내린다고 생각하지는 않을 터였다.

나는 특수작전이라는 것이 의욕만으로는 절대 성공할 수 없다는 것을 잘 알고 있었다. 특수작전은 세부적인 정보를 바탕으로 치밀한 작전계획을 세워야 하며, 끊임없는 반복훈련을 통해 적을 만났을 때에도 반사적으로 연습한 행동이 나와야만 성공을 보장할 수 있다. 여기에 상황에 따라 임기응변으로 대처하는 작전요원만의 동물적 감각이 있으면 더할 나위가 없다.

차단작전을 기본 작전개념으로 준비하고 왔더라도 파병 나온 모든 특전요원들은 수중·공중·수상침투의 전문가들이었다. 세 척의 고속고무보트(RIB: Rigid-hull Inflatable Boat, 선체를 강화플라스

틱으로 만들어 고속항진이 가능한 고무보트)가 있으니 강력한 공격 팀을 운용할 수 있을 것이다. 그리고 2킬로미터 밖의 표적까지 타격하는 저격수와 K-6 기관총 사수는 헬기에 태워 제압과 저격, 그리고 유사시 특전요원들의 공격 팀을 엄호하면 될 것이다.

작전계획 구상에 여념이 없을 때 비밀통신망에서 팩스가 도착했다. 합참의 명령이었다.

단편명령.
21:00시, 지부티 항을 출항하여 삼호쥬얼리 호를 탐색하라.

단편명령은 간결하고 명확하게 탐색작전을 지시하고 있었다. 어디쯤에 있는지, 어디로 가는지 빨리 탐색하여 위치를 파악하고 동향을 보고하라는 것이다. 아직 합참과 국방부도 차단작전을 실시할 것인지, 구출작전을 실시할 것인지 결정을 유보한 상태로 보였다. 21:00시라면 두 시간 정도 여유가 있다. 다행히 에이전트와 군수참모가 뛰어다닌 덕분에 사정이 먹혀든 모양인지 유류 수급도 그전까지는 완료되었다. 예인선도 넉넉히 시간적 여유를 두어 협조했으니 사용하는 데 큰 문제가 없을 것이다.

저녁식사가 준비되었다는 사관당번의 전화가 지휘소에 몇 번 울렸으나 참모들은 단편명령을 완수하기 위한 과업으로 분주했다.

지금 당장은 탐색작전을 실시하라는 명령이 시달되었지만 추후에 어떤 지시가 추가로 떨어질지 모르니 해적들이 눈치채지 못하게 은밀하게 탐색해야 한다. 그러려면 헬기의 야간기동이 불가피했다. 링스헬기는 야간비행이 가능한 적외선 비행장비를 탑재하고 있으므로 전천후 야간비행이 문제가 되지는 않았다. 다만 사안이 심각한 만큼 어떤 상황에도 대처하도록 헬기 비행시간이 3000시간이 넘는 베테랑 파일럿 항공대장 박 중령을 투입하기로 결심했다.

예상 위치를 중심으로 최단이동 거리에서 호비오나 가라카드를 향한 지점으로 확대해가며 탐색하는 것이 최선일 것이다. 적외선 영상을 먼저 찍어 합참과 국토부 상황실에 신속히 보내야 한다. 연합해군이 근처에서 작전을 하고 있으면 좋으련만 스페인 해군의 P-3C 초계비행 구역 밖에 있어 연료 문제로 협조가 불가능하다는 통보를 받았다. 삼호쥬얼리 호가 확인만 된다면 그 이후에 추가적인 작전명령이 떨어질 것이었다.

시간은 상대적으로 흐르는 것이어서 긴장하고 집중하면 몇 배속으로 빨리 지나가는 것처럼 느껴진다. 시간이 조금만 더 있으면 얼마나 좋을까 하고 생각하면 더욱 그렇다. 이것저것 생각도 많이 해보고 준비할 것들이 더 많을 것 같은데 저녁도 먹지 못한 채 속절없이 밤은 깊어가고 출항시간이 다가오고 있었다.

"출항 준비 보고드리겠습니다. 예인선 두 척 함수, 함미에 연결 완료. 가스터빈 시동 완료. 전 부대원 탑승 완료, 전 장비 이상 없이 작동하고 있습니다. 출항 준비 완료, 써~."

작전관이 출항 준비가 완료되었다는 사실을 부대장에게 보고했다. 달콤한 휴식의 꿈을 안고 지부티 항을 찾았던 우리는 그 꿈을 접고 입항한 지 다섯 시간 만에 미지의 장소에 있는 미지의 적을 향해 나아갔다.

─빠~앙, 빠~앙, 빠~앙!

배의 후진을 알리는 세 번의 기적소리를 취명하자 그 웅장한 소리가 항 전체에 퍼졌다. 배의 출항소리로 대변되는 단성 3발! 이는 선박들끼리 배의 상태를 알리기 위해 약속해놓은 기적신호였다. 출항할 때면 군함들은 배의 후진을 알리는 단성 3발을 의식처럼 울렸다. 우리는 이 기적소리를 들으며 왜 출항하는지, 무엇을 해야 하는지, 어떻게 하고 돌아와야 하는지 다시 한 번 깨달았고, 짧은 단성 3발이 울릴 때마다 모든 승조원들은 정신을 재무장했다. 나 또한 이 소리를 들으면 작전참모로서 내가 해야 할 본연의 임무를 되짚어보곤 했다.

파병 이후 어떤 경우에도 우리나라의 상선이 납치되는 일만은 없었으면 하고 바랐다. 그리고 이런 사태를 예방하기 위해 수많은 노력을 했지만 결국은 우리가 우려한 상황이 일어나고 말았다. 이제 상황을 어떻게 처리하고 종결시킬지에 초점을 맞춰야만 한다. 어떤 명령이 시달되더라도 수명하여 작전을 성공적으로 끝내야 한다.

나는 이런 작전의 모든 책임과 군함의 안전에 대한 책임을 더불어 껴안은 부대장을 돌아보았다. 그는 모자를 눌러쓰고 근심스러운 표정으로 어둠 속에 앉아 있었다.

— 쐐애액~

제트기 수십 대가 머리꼭대기 바로 위에서 곡예비행을 할 때 들려오는 가스터빈 엔진소리가 다시 의식을 뒤흔들어 깨웠다.

항구를 빠져나오자마자 부대장은 양현 전속명령을 내렸다. 예상대로라면 26시간 후, 내일 밤 11시나 자정쯤에 상선의 형체가 드러날 것이다.

헬기는 언제라도 이륙 가능한 상태로 격납고에 대기 중이었다. 동체는 야간에 해야 할 임무의 중요성을 아는 듯, 날개를 접고 웅크린 채 충분한 휴식을 취하고 있었다. 나는 헬기 격납고를 한 바퀴 둘러보며 동체를 쓰다듬은 후 다시 지휘소로 향했다.

지휘소에는 삼호쥬얼리 호의 설계도가 종이 일곱 장으로 분해되어 팩스로 날아와 있었다. 전체적인 조감도와 7층으로 구분된 설계도였다. 본국에 있는 검색대의 본부대에서 삼호쥬얼리 호와 똑같은 구조를 가진 상선을 분석한 관숙훈련의 결과도 보내왔다. 이 소중한 훈련의 결과에는 구출작전을 위한 공격 팀이 등선을 해야 한다면 어느 위치가 최적의 위치인지, 선교로 진입하기까지 최적의 기동로와 은폐 및 엄폐가 가능한 여러 구조물 등 세부적이고 유용한 정보사항들이 분석되어 있었다.

이제 놈들이 어디에 있는지를 예측하고 정보를 수집해야 했다. 어느 곳을 먼저 타격하고, 어디로 침투할지, 해적들의 장점은 무엇이고 단점은 무엇인지, 그들이 가지고 있는 장점을 최소화시키려면 어떻게 해야 하는지 세부적인 작전계획과 제한사항들을 모두 식별해야 한다. 한 명의 작전요원도 다치지 않도록 하려면 신중하게 작전계획을 짜고, 실전연습을 하면서 문제점을 수정하고 보완해야 한다. 26시간이 결코 긴 시간도, 여유를 부릴 만한 시간은 아니었다.

참모들은 지휘소에 둘러앉아 밤을 새가며 작전계획을 만들기 시작했다. 나는 고등학교를 졸업한 직후 UDT/SEAL 부대의 훈련과 특수작전으로 잔뼈가 굵은 박 준위도 지휘소로 불러들였다.

참모들이 구출작전을 염두에 두고 머리를 싸매고 있을 때 신중론을 펼치는 사람이 있었다. 법무참모였다. 구출작전을 시행할 경우 인명의 피해가 우려되고 대량 인명 살상이 일어난다면 국제법적으로 문제가 될 수 있다는 학자적 입장이었다.

그의 신중론이 다소 당황스럽기는 했으나 그는 자신의 일을 명확히 알고, 제대로 하고 있었다. 당황스럽고 감정에 치우치기 십상일 때 원론적 기준으로 냉정하게 바라볼 수 있는 누군가 있어야 한다. 그래야 집단사고에 빠지지 않고 사고의 균형을 유지할 수 있기 때문이다. 나는 그가 무엇을 우려하는지 충분히 이해했다.

본토로부터 떨어져 대양에서 작전을 한다 하더라도 보고하는 라인은 유지되고 있었다. 우리 임무구역에서 일어난 일이 아니더라도 납치사건이 발생했다는 것은 심리적으로 자존심이 상하는 문제이지만 임의대로 감정에 치우쳐 작전할 성격이 아니었다. 우리는 상부의 명확한 지침에 따라서 행동할 것이다. 어떤 작전을 지시할지는 아무도 모르는 일이다. 하지만 우리 국민을 구출하라는 지시를 내렸을 때, 그때 못하겠다는 말을 군인으로서 어떻게 할 수 있겠는가? 그리고 그때서야 작전계획을 수립한다면 연습할 시간이 절대적으로 부족할 것이다. 나는 만일의 사태에 대비해서 미리 참모들을 다그치고 검색대원들의 철저한 준비를 하라고 압박해야만 했다.

박 준위는 변 소령과 함께 상선의 설계도를 유심히 쳐다보았다. 그러고는 조타실, 기관실, 승조원 휴게실 겸 식당에 빨간 색연필로 동그라미를 그렸다.

"이곳을 중심으로 해적과 인질들이 있을 것 같습니다. 이곳을 확보하기 위한 작전을 준비토록 하겠습니다."

보고하는 박 준위의 가느다란 눈동자가 일순간 빛났다.

대테러부대의 훈련관을 수행하다가 청해부대 작전 팀으로 선발되어 온 박 준위에게 나는 본능적인 신뢰를 갖고 있었다. 본능에 가까운 신뢰는 무조건적인 신뢰와는 다르다. 박 준위와 나의 끈끈하고도 동물적인 유대관계는 이십여 년 전에 형성되어 지금까지 이어져 오고 있었다.

20여 년 전, 무언가에 도전을 하지 않으면 내 인생이 무의미하게 지나가 버릴 듯한 위기감이 몰려왔다. 하루하루 덧없이 지나가는 젊은 청춘이 아까워 미쳐버릴 것 같은 그런 감정이었다. 도전해서 헤쳐 나가고 성취하며 거듭나는 스스로를 발견해야만 살 수 있을 것 같았다. 나는 살아야 했다. 아니, 죽어가고 있는 젊은 나를 살려내야 했다. 나는 UDT/SEAL 특전부대에 지원했다.

어려서부터 빨리 철이 들어 말썽 부리지 않고 컸던 나의 이런 뒤늦은 방황을 부모님은 이해하지 못했다. 사관학교를 졸업했으니 순탄한 출세의 가도를 달리면 될 것을 왜 고생을 사서 하려고 하느냐며 반대했다.

나의 이런 정신적 · 육체적 방황을 지지하는 사람은 아내 단 한 사람밖에 없었다. 훈련소에 입소하기에 앞서 비장한 각오로 머리를 삭발하던 나를 아내는 이발소까지 따라와 뒤에서 지켜보았다. 장교 계급장을 떼고 다시 훈련생으로 입소하는 훈련소 입구에서도 아내는 눈물을 보이지 않았다.

"오빠! 잘 하고 오세요. 부모님께서 걱정하실 테니 훈련받는 기간 동안에는 외국에 훈련 다녀온다고 하는 것이 좋겠어요. 내가 자주 전화 드려서 오빠는 잘 있다고 전해드릴게요. 그 대신에 꼭 원하는 것을 찾고, 얻고 와주세요."

아내는 그렇게 내 뒤를 지켜주었고, 훈련기간 내내 나의 영혼과 육체를 지탱해주었다.

입소하자 훈련생들 앞에 깡마르고 독사눈의 조교 한 명이 유독 눈에 띄었다. 훈련생인 우리를 잡아먹을 듯 쳐다보던 독사눈의 조교, 그의 별명은 악바리 박이었다.

중위 계급장을 떼어낸 모자와 나의 가슴에는 검은색 매직펜으로 불길한 숫자 4번을 휘갈겨 쓴 흰색 천이 붙여졌고 그 이후 나의 의식과 정체는 '4번 생도'로 불렸다. 악바리 박은 당시 하사였다. 귀를 향해 가늘게 찢어진 독사 같은 눈은 그의 툭 불거진 광대뼈 위에 간신히 붙어 있었다.

악바리 박 하사는 지옥에서 막 탈출한 화신처럼 꼬장꼬장하고 끈질기게 훈련생들을 괴롭혔다. 기초체력 훈련에서부터 체력의 한계를 느끼고 낙오한 훈련생은 생고무로 만든 듯한 스쿠버 핀(fin)—우리는 오리발이라고 불렀다—으로 정신이 번쩍 들도록 맞을 각오를 해야 했다. 폭파훈련을 할 때에도 1초라도 오차가 나게 도화선을 절단하는 날에는 그 팀 총원은 죽었다고 복창을 해야 했다.

악바리 박은 유난히 내게 독하게 굴었다. 잠을 안 재우는 것은 보통이었다. 편하게 잠을 재우지도 않았다. 훈련기간 내내 나의 훈련복은 젖어 있기 일쑤였다. 악바리 박이 심심하면 물을 뿌려대고 시궁창을 기어 다니게 했기 때문이다. 당시 나의 소원은 훈련에서 살아남아 특전용사로 거듭 태어나는 것이 아니라 깨끗하고 보송보송한 속옷과 마른 제복을 입어보는 것이었다.

식사시간에도 그의 만행은 끝나지 않았다. 지정된 횟수의 턱걸이를 해야만 식사를 할 수 있는데 내 어깨를 짓누르고 심지어는 내 등에 올라타는 등 갖은 방법으로 못살게 굴었다. 편하게 식판에 밥을 먹는 일도 드물었다. 고무보트 젓는 노를 시궁창에 흠뻑 담갔다가 꺼낸 다음 그 위에다 밥과 반찬을 퍼주는 일이 많았기 때문이다.

내가 훈련생의 팀장으로 작은 실수라도 하면 팀 요원들은 차를 타고 귀환할 수 없었을 뿐만 아니라 나는 반송장이 될 정도로 포복과 구보 등의 강훈련에 시달려야 했다.

"4번 생도! 힘듭니까? 못 버티겠으면 지금이라도 늦지 않았습니다. 저기 저 자유의 종이 안 보입니까? 저 종을 울리면 지금 당장 퇴교할 수 있습니다. 피곤하게 하지 말고 포기하시지 말입니다."

'장교에게 콤플렉스가 있는 게 분명해. 아무리 그래도 그렇지, 이건 너무 심하지 않는가?' 하는 생각을 수없이 했으나 버텨내야만 했다. 이 모든 모욕들과 수난은 훈련을 끝낸 다음, 장교 계급장을 되찾은 다음에 갚아도 된다. 자존심을 세우다 퇴교하면 죽도 밥도 안 된다. 나는 이를 악물고 버텨냈다.

168일간의 지옥과 같은 훈련을 끝내고 드디어 수료식 날, 교관들이 훈련생들 가슴팍에 UDT/SEAL 배지를 직접 달아주었다. 내 앞에는 악바리 박이 서 있었다.

"필승! 김 중위님, 그동안 훈련에 대단히 고생이 많으셨습니다. 같은 특전요원이 되어 영광스럽게 생각합니다. 최고의 성적으로 수료하셨으니 더욱 축하드립니다. 필승!"

악바리 박은 박제를 해놓은 듯 칼 같은 부동의 자세로 내게 경례를 하고 내 가슴에 배지를 달았다.

"김 중위님의 지휘에 이제 저희들의 목숨이 달렸습니다. 혹독하게 할 수밖에 없었던 저를 이해하십시오."

그는 진정한 군인이었다. 나이는 비슷했으나 참전사로서의 마음만은 나를 앞서 있었다. 장교와 부사관이라는 신분 때문에 '수료

하면 보자, 너의 인생을 완전히 파멸시켜버리겠어' 라고 옹졸하게
생각했던 내가 부끄러웠다.

훈련이 끝난 이후 악바리 박은 내 작전 팀의 일원이 되어 부소대
장의 역할을 맡았다. 수중작전 팀이었다. 악바리 박에게 불가능은
없었다. 늘 기발한 생각과 동물적인 감각, 탁월한 체력으로 부여
받은 작전마다 성공할 수 있도록 도왔다.

소대장 임무를 부여받은 후 어느 겨울날, 미군과의 첫 연합작전
에서 나는 연합 팀을 구성하여 가상의 적 레이더기지를 타격하라
는 명령을 받았다. 훈련생으로서가 아니라 실무의 작전대원으로
서 공식적인 데뷔전인 셈이었다.

미군들은 첨단 장비와 고속고무보트를 이용한 기습작전을 제시
했으나 악바리 박의 생각은 달랐다. 그 기지의 레이더 성능이 좋
고 운용요원들의 표적 판독 능력이 월등히 뛰어나므로 은밀하게
기동하여 타격해야 작전 성공률이 높다는 것이었다.

많은 전술토의 끝에 나는 악바리 박의 의견에 따랐다. 침투전술
의 핵심은 기만작전이었다. 레이더기지 근처까지 항구로 오가는
상선 옆에 달라붙어 기동하여 레이더망을 회피한다. 레이더기지
로부터 최단거리에서 입수한 다음 수영 침투를 하기로 한다. 해안
기지에는 감시병들이 있을 것이다. 추운 겨울에 수영을 하는 것도
제한사항이다, 그러나 이러한 제한사항 때문에 적이 방심할 것이
므로 이를 이용하자는 의견이었다.

수온은 12도 정도로 낮았으므로 2시간 이내에 수중침투를 마쳐

야 한다. 어떻게 해안 감시병들을 따돌릴 것인가? 야시경과 감시
장비로 탐색한다면 발각되기 쉬울 것이다. 악바리 박의 아이디어
는 스티로폼 어망부이에 사람머리가 들어가도록 파서 떠다니는
폐어망부이로 위장하자는 것이었다. 기발한 생각이었다.

미군들은 긴가민가하며 따라왔지만 작전은 대성공이었다. 가상
의 적 레이더기지는 완전히 파괴되었고, 우리는 개선하며 복귀했
다. 부대장은 나의 성공적인 데뷔전과 팀 요원을 격려하고 포상금
을 내렸다.

훈련생 때부터 인연을 맺어온 악바리 박은 내게 충성의 화신이
며 작전 성공의 아이콘이었다. 그런 악바리 박이 수십 년의 경험
과 관록으로 무장하고 더욱 강해져서 다시 내 곁에 있었다.

새벽 두시.

출항한 지 5시간이 지났다. 한 줄기 전자빔이 뒷골 연수에서부
터 정수리로 관통하듯 다시 두통이 시작되었다. 식사를 거르고 신
경 쓰는 일이 많아지면서 생긴, 청해부대 작전참모의 직업병이라
면 직업병이다. 신선한 공기가 필요했다. 칠흑 같은 어둠 속에서
큰 숨을 쉬고 나면 좀 나아지겠지. 함미갑판으로 통하는 해치를
열어젖히자 익숙한 소음이 귓전을 때렸다.

―슉, 슉슉, 슉……

UDT 작전요원들이 야시경을 낀 채 MP-5와 9미리 글락 권총에
소음기를 장착하고 근거리 제압사격 연습을 하고 있었다. 악바리

박은 어느새 갑판을 장악하고 있었다. 그의 날카롭고 가느다란 목소리가 허공에 가득 찼다.

"다 죽고 싶은 것은 아니겠지? 자세 더 낮춰. 한 방에 끝내겠다는 생각을 하란 말이야! 누가 인질이고 누가 해적인지 감각적으로 구분해야 한단 말이다. 상선도 흔들리는 것은 마찬가지야. 양손에 힘을 빼야 어깨가 긴장이 안 돼. 긴장된 자세로 어떻게 즉각적인 반응이 나올 수 있나?

다시, 돌아서고, 준비! 쏴!

다시, 돌아서고, 준비! 쏴!"

그는 지속적이고 반복적으로, 모든 세포와 근육이 이 훈련의 과정을 기억하도록 숙달훈련을 시키고 있었다.

"수고 많습니다, 박 준위. 잘되고 있습니까? 만족할 때까지 연습시키세요."

박 준위에게 한없는 신뢰의 눈빛과 격려를 보내고, 나는 헬기 격납고로 향했다.

군함은 납치된 상선이 항해하고 있을 미지의 예상 지점을 향해, 하지만 무언가 확신에 찬 듯 굳은 자세로 하얀 포말을 일으키며 계속 항진해 나갔다.

해적의 우두머리는 지금 무슨 생각을 하고 있을까? 선장은 무슨 생각을 하고 있을까? 시간과 공간이 줄어들고 있다는 사실을 그들도 본능적으로 느끼고 있겠지?

해적들이야 워낙 동물적인 감각들에 의지해 살아온 사람들이니

천 킬로미터가 떨어져 있는 이 순간에도 무언가를 느끼고 있을 것이 틀림없다. 내 몸을 감싼 수십억 개의 세포들도 뿔뿔이 흩어져 생존본능을 되찾으려 노력하고 있지 않은가. 머지않아 놈들이 실체를 드러낼 것이다.

7

약탈과 향연의 시간

— 깡! 깡! 깡!

두목 아부디는 어디로 가야 하는지를 정확히 알고 있는 것처럼 주갑판을 향해 성큼성큼 나갔다. 어디에선가 무거운 해머로 무언가를 부수는 듯한 쇳소리가 크게 들렸다. 소리 나는 곳으로 가는 두목의 뒤를 따라 나는 달려갔다.

아니나 다를까, 인상이 험상궂은 아부카드가 씩씩거리며 창고 문 하나를 부순 뒤 그것도 성에 차지 않았는지, 아니면 먹잇감을 놓쳤는지 격실 안에 설치된 내부의 문을 부수고 있었다. 그르렁거리며 해머를 휘두르는 모습은 방금 눈에 띄었다가 작은 구멍으로 사라져버린 먹잇감을 파헤치는 들짐승 같았다. 마침내 안에서부터 굳게 잠긴 여러 개의 손잡이들이 아부카드의 해머 앞에서 무기력하게 젖혀졌다. 그 문 뒤에는 얼핏 봐도 스무 명쯤 되는 사람들이 겁에 질린 눈으로 두 손을 높이 든 채 어둠 속에 모여 있었다.

아부카드는 자신의 업적을 스스로 대견해하는 모습으로 두 눈을 희번덕거리며 외쳤다.

"Down! Down."

아부카드는 총부리로 인질들의 가슴팍을 찍고 바닥을 가리키며 엎드리라는 몸짓을 하며 연신 "Down, Down!"을 외쳤다.

신참인 내가 두목의 보좌관인 것처럼 옆에서 어영부영하는 사이 마무드, 까레이 등 아부카드와 함께 인간사냥에 나섰던 동료들이 아부카드의 외침을 신호로 즉각 가세했다. 그들은 지체 없이, 그리고 단호한 동작으로, 겁에 질려 머리를 감싼 채 바닥에 꿇어 있는 사람들에게 욕지거리를 하며 정강이와 옆구리를 발로 차고 AK 소총의 개머리판으로 찍어댔다.

"You everybody! Follow me!"

한바탕의 길들이기와 기선제압의 작업이 끝나자 아부카드는 정신 줄을 잃은 듯한 모든 인질들을 이끌고 조타실로 향했다. 의기양양하게 개선하는 장군처럼 조타실을 향하는 아부카드의 뒤를 따라 동양인들이 줄줄이 등이나 어깨를 잡고 아주 순종적으로 조타실을 향해 이동했다.

조타실 한구석에서 처분만을 기다리며 모여 있는 희멀건 인질들의 뺨과 입술 사이로 피가 흘러내렸다. 하얀 피부 위로 흐르는 선명한 피를 보자 이상한 생각이 들었다.

'저 사람들은 우리와 다른 사람들일까?'

우리의 피보다 훨씬 더 붉고 선명해 보이는 피. 이어서 '우리 소말리아 사람들 피는 왜 저렇게 붉지 않을까' 하고 잡스러운 생각을 하고 있을 때였다.

— 탕탕탕탕탕!

난데없는 총소리가 조타실을 울렸다.

경고도 없이 총을 갈길 정도면 두목이 틀림없으나 예고치 않는 상황에 나는 놀란 거북이마냥 목을 움츠리고 구조물 뒤로 몸을 숨기기에 바빴다. 하지만 오르바 형은 경험자답게 마치 일어나야 할 일이 당연하게 일어났다는 듯 두목 옆에서 상황 처리를 도왔다.

총소리와 화약 냄새에 길들어진 사람들. 함께 고기잡이를 나갔던 그 사람들이 그물을 팽개치고 총을 잡으면서 생긴 변화라 할 수 있었다. 하루 종일 고작 다랑어 한 마리만 잡아서 들고 올 때도 환한 웃음을 지으며 "인샬라(신께서 원하신다면)"를 외치며 행복해 했던 바로 그 사람들이었다.

망치를 손에 넣은 사람은 무엇인가 부술 것을 본능적으로 찾게 된다. 그렇듯 손에 총을 든 사람이 무언가를 향해서 총질을 하고 싶은 충동을 느끼는 것도 당연한 일. 권력 있는 자가 무슨 일이든 할 수 있는 무법의 환경에서 못할 일이 무엇이 있겠는가? 무법이 지배하는 이곳에서 총은 곧 법이고, 권력이고, 모든 문제의 해결책이었다.

방금 총소리는 두목 아부디가 항해에 불필요한 물건들을 부순 것이었다. 또 그 총소리는 인질들을 여차하면 모두 죽이겠다는 선전포고용 신호이기도 했다.

두목을 따라다니라는 두목의 지시와 오르바 형의 충고가 있어 나는 두목의 그림자처럼 움직이면서 그의 지시에 따라 서툰 단어들을 섞어 두목이 얻고자 하는 정보를 캐물었다.

"How many? You people, everybody?"

"Twenty one on board! 스물한 명."

조타실에 집합시킨 인질들은 모두 스무 명으로 한 명이 없었다.

두목에게 얘기하자 두목은 선장의 목에 총을 들이대며 한 명이 어디 있는지, 당장 조타실로 집합시키라고 떠들었다.

"Where? One man? Call here. Now!"

선장은 알아들었다는 듯 고개를 끄덕이고 마이크를 잡았다. 그러고는 알아들을 수 없는 말로 방송을 했다. 그러자 다시 두목의 개머리판이 그의 명치를 향해 날았다. 여지없이 쓰러진 선장은 잠시 동안 한마디 말도 못하고 끙끙거리며 숨을 쉬기 위해 안간힘을 썼다.

"English! Only English."

아프리카 서부국가의 우리 말을 이 사람들이 이해할 리도 없고 우리 또한 이 사람들의 말을 이해할 수도 없으니 드문드문이라도 이해할 만한 말은 오로지 영어밖에 없었다.

우리나라의 분쟁은 모두 선진국들이 욕심내서 식민지로 만들었기 때문에 생긴 거라고 아버지는 푸념처럼 얘기하곤 했다. 그런데 그 선진국의 상징처럼 여겨지는 영어가 이제 우리에게 밥벌이와 대박의 꿈을 이루게 하는 수단일 뿐 아니라 모르는 사람과 소통할 수 있는 수단이 되다니, 참 아이러니하다는 생각이 스쳤다.

두목이 영어만 사용하게 하는 데는 또 다른 깊은 뜻이 있었다. 영어 이외의 다른 말을 사용하면 혹시 다른 음모를 꾸밀 수도 있으니 이러한 음모의 씨앗을 사전에 잘라버리겠다는 것이었다.

기관실에 있던 기관장이 조타실로 오는 데는 시간이 많이 걸리지 않았다. 피부색이 우리와는 달리 하얀 사람들, 우리와 비슷한 까만 사람들, 스물한 명의 인질들이 모두 조타실에 모였다. 두목은 나에게 어느 나라 사람들인지 물어보라고 소리쳤다.

"Your country?"

어느 나라에서 왔는지 물어보는 말에 선장은 하얀 사람들의 그룹을 보며 "This people, Korea, South Korea", 검은 피부의 사람들을 보며 "This people, Myanmar!"라고 얘기했다.

코리아, 미얀마. 한번도 들어본 적이 없는 나라다. 그래도 이렇게 큰 상선을 가지고 다닐 정도면 우리보다는 엄청 잘사는 선진국임이 틀림없는 것 같다. 하얀 피부의 선원들은 옷도 깨끗하고 깔끔한 반면, 검은 피부의 사람들의 옷에는 기름이 묻어 있고 꾀죄죄한 것으로 보아 신분의 차이가 있는 듯했다. 그렇게 생각하니 검은 피부의 사람들에게 동정심이 느껴지고 하얀 피부의 사람들에게 이유 없는 적개심이 피어올랐다. 같은 이유 때문에 두목은 선장의 턱을 경고도 없이 날렸을까?

두목은 조타실 창문 아래쪽에 있는 통신기의 수화기를 집어 들더니 전화하라는 신호를 보냈다. 소말리아 해적들에게 납치되었고 인질로 있으며 소말리아로 이동하고 있다는 사실을 알리라는 것이다. 선장은 수화기를 들고 상황을 전파했다.

"All station, this is Samho Jewelry, Korean Merchant ship. We are captured by Somali Pirates. We are head for Somalia."
(모든 국, 여기는 삼호쥬얼리, 한국 상선입니다. 우리는 소말리아의 해적에게 납치되었습니다. 지금 소말리아를 향해서 가고 있습니다.)

선장은 유창한 영어로 납치상황을 알리고 다시 창문에서 떨어져 나와 조타실 벽에 붙어 섰다.

"GPS? Position? Speed?"

지금 우리가 어디쯤에 있는지 정확한 위치와 함께 이동할 수 있는 속력을 본토에 보고해야 했다. 그러면 본토에서 차후 작전을 지시할 것이다. 선장은 항해사로 보이는 사람 곁으로 가서 GPS상의 경위도를 손가락으로 가리켰다.

"Full speed, 15Kts."

선장이 속력을 얘기해주자 두목은 조타실에 있는 종이를 찢어 경위도의 숫자와 속력을 휘갈겨 쓰고 난 뒤 밖으로 나갔다. 두목이 밖으로 나가자 조타실 바닥에 얼굴을 처박고 있던 인질들은 일제히 고개를 들어 상황을 살피려 했으나 열 명의 우리 결사대가 총부리를 겨누고 있다는 사실을 알자 다시 고개를 숙였다.

두목에게는 목숨보다도 소중하게 생각하는 위성통신기가 있었다. 배터리가 충분하지 않으므로 되도록 간단하게 통화하는 듯했다. 우리가 모선에서 버림받은 후 바다에서 몇 날 며칠을 표류하던 그 절체절명의 순간에도 단 한 번도 꺼내지 않았던 그 위성통신기였다.

하기야 그때 본토와 통신을 한들 무슨 소용이 있었겠는가? 누군가 우리를 구하러 온다는 것은 생각할 수도 없는 이야기니까. 위성통신기로 현재의 위치를 알리면 해변의 캠프나 포식자(납치를 해온 사람들보다 더 많은 이익들을 챙겨가는 브로커들을 이 바닥에서는 탐욕스런 포식자라 불렀다)들이 닻을 내리고 협상하기 좋은 곳으로 움직이도록 침로를 지시할 것이다.

어디로 갈지는 아무도 모른다. 스스로 정권을 지키지 못하는 소말리아 정부군은 어떤 때는 민병대와 반정부군에 밀리기도 하고, 또 어떤 때는 전세가 역전되어 민주화를 부르짖는 반정부군이 초토화되기도 하기 때문이었다. 결사대라는 해적조직들도 어떤 지역은 반정부군세력의 지지를 받는가 하면, 또 어떤 지역은 정부의 군부들이 지원하고 있는 곳도 있었다.

우리가 어느 소속인지 나는 잘 알 수 없었으나 그때그때 줄을 잘 서야 하는 것 정도는 알고 있었다. 어디에서 협상을 하든 간에 우리에게 할당되는 몫만 잘 챙기면 되었다. 우리는 납치한 선박의 크기와 협상금에 비례하여 대접받을 것이고, 이만큼 큰 배를 가지고 우리가 본국에 돌아가기만 한다면 살아남은 우리 모두에게 영웅이라는 찬사를 보낼 것이다. 그리고 모르긴 몰라도 도요타 오토바이보다 더 좋고 꿈에서 보기 힘든 도요타 자동차라도 생길지 누가 알겠는가?

ㅡ쾅!

조타실 문을 닫는 소리와 함께 위성통신기를 들고 나갔던 두목이 심각한 얼굴로 다시 들어왔다. 본토로부터 엄청 떨어져 있다는 것이다. 80시간 이상을 항해해야 본토에 도착할 수 있었다. 경험이 많은 두목도 이 상황만큼은 당황스러운 듯 보였다.

보통은 우리나라 인근 해안에서 납치를 하기 때문에 반나절 안에 우리 영해로 진입하는 것이 가능했고, 길어야 하루가 안 되어 모든 상황이 정리되었다. 그런데 사흘하고도 반나절을 더 항해해야 한다니. 열네 명이 와서 한 명이 이미 희생되었고, 열세 명이 사흘 반나절 동안 두 배가 넘는 인질들을 데리고 항해해야 한다.

"Course 090. Speed full."

상부로부터, 혹은 이미 포식자가 나서서 지시했는지 모르겠지만 두목은 다부지고 확실한 어조로 침로와 속력을 지시했다.

그런 다음 인질들을 구분하기 시작했다. 요리를 하는 사람, 엔진을 맡는 사람, 항해를 하는 데 필요한 사람 등 세 부분으로 인질들을 구분했다. 그리고 인질들을 감시하도록 식당과 휴게실에 세 명, 기관실에 두 명, 조타실에 두 명, 조타실 위쪽 난간에 상선의 전방과 후방을 감시할 사람을 양쪽에 두 명씩 당직을 세웠다. 나에게는 어떤 당직임무도 주어지지 않았지만 무엇보다도 중요한 두목의 심부름을 맡는 수족의 임무가 떨어졌다.

당직까지 부여해놓고 나자 두목은 내게 선장을 데리고 따라나서라고 지시했다. 나는 선장을 가리키며 "유 팔로미(You! Follow me)"라고 외치고서 밖으로 나갔다. 선장은 예기치 못한 상황인지 매우 당황스러워하며 우리를 따라나섰다. 두목은 해결해야 할 일들을 머릿속에 미리 그려놓은 듯 착착 진행해 나갔다. 전장의 베테랑이라는 것이 무엇인지 보여주는 듯 그렇게.

선장을 앞세운 두목은 먼저 선장 방으로 향했다. 선장의 방은 상상도 못 할 만큼 호화스러웠다. 우아하고 부드러운 목재 침대, 벽에 붙어 있는 얇은 텔레비전, 위성전화, 배가 어디로 움직이는지 방 안에서도 훤히 알 수 있는 모니터, 샤워기와 목욕탕이 함께 있는 화장실. 내가 이런 시설이 어떻게 배에 있는지 의아해하며 정신 못 차리고 있을 때 두목은 이런 것들에 전혀 관심을 가지지 않았다.

"알리, 금고가 어디 있는지 물어봐!"

어리둥절해 있는 나에게 두목이 대뜸 이렇게 말하자 나는 단어 자체가 생소한 금고가 무엇인지 몰라 우물쭈물했다.

"유, 머니! 머니박스(You, Money! Money box!)!"

두목은 선장의 목에 총을 들이대며 소리쳤다.

돈 상자?? 돈 상자!! 그것이 금고구나. 돈이 얼마나 많기에 상자에 넣어둔단 말인가?

"OK, OK! Don't shoot!"

선장은 목재 침대 옆의 나무 선반 아래에 달린 여러 개의 문고리 중 하나를 열었다. 그 안에는 단단해 보이는 회색빛 몸체의 박스 하나가 묵직하게 자리 잡고 있었다. 몸체에 달려 있는 다이얼이 유난히 반짝거리며 빛났다. 다이얼 옆에는 연한 푸른빛을 띤 버튼 몇 개가 낯선 자들을 경계하는 듯 깜박거리고 있었다.

두목은 선장을 다시 협박하여 그 금고를 열게 했다. 선장은 가늘게 손을 떨며 비밀번호 버튼을 눌렀다.

— 따라라라락. 삐비빅 띠띠.

경쾌한 다이얼 소리와 함께 이리 돌리고 저리 돌리며 디지털 음향이 조합되자 돈 상자는 내면에 감추고 있던 푸른 미국 돈을 토해냈다. 진한 잉크 냄새가 풍겨왔다. 두목은 그 돈을 움켜쥐고 깊이 숨을 들이쉬었다. 그런데 머니박스 안에 있는 것은 미국 돈만이 아니었다. 미국 돈 뒤로 무엇인가가 보였다. 그것은 목이 가늘고 긴, 그러나 풍만한 아프리카 여인의 엉덩이를 닮은 예쁜 갈색의 위스키 두 병이었다. 그 위스키가 미국 돈을 지키는 호위병처럼 서 있었던 것이다.

두목은 100이라고 쓰인 미국 돈 몇 다발과 술 두 병을 모두 꺼내 들고 자족하는 표정을 지었다. 검은 얼굴을 가득 채울 듯 크게 입을 벌리며 웃는 그 웃음. 그동안 항해를 함께하며, 그리고 이 배에 올라탄 순간까지 단 한 번도 보지 못한 그의 웃음은 옛날 내가 동네 사람들과 고기잡이를 하고 돌아와 다랑어를 나눌 때 웃던 바로 그 웃음이었다. 푸른 다랑어 대신 이제 푸른 미국 돈이 그와 우리를 행복하게 만들고 있었다.

두목은 금고에서 멈추지 않았다. 선장 방을 한번 쓰윽 둘러보더니 난데없이 금고를 향해 드르륵 총을 갈기고, 침대 옆에 놓인 전화기와 컴퓨터에도 한바탕 총을 갈겼다. 선장은 본능적으로 다시 비겁한 표정이 되어 머리를 감쌌다. 힘의 과시와 위협용으로 한 번, 혹시 구조를 요청할지 몰라 위성통신망과 인터넷 정보망을 사전에 없애버릴 요량으로 다시 한 번. 아부디 두목이 보여준 이런 실전 절차들은 교훈처럼 모두 나의 세포에 박혔다.

아버지가 고기잡이를 할 때 눈여겨 배워놓지 못해 갑작스레 가장이 된 이후 얼마나 당황했던가. 다시는 그런 시행착오를 되풀이하지 않으려면 하나하나 똑바로 보고 잘 배워놓아야 했다. 두목이 하던 대로 나도 부서진 전화기와 컴퓨터를 향해 총을 쏘아댔다. 어미 사자가 잡아둔 사냥감을 가지고 사냥 연습을 하는 새끼처럼.

두목은 자기가 허락하지 않은 나의 총질에 대해 벌을 내릴까 고민하는 눈빛으로 잠시 나를 쳐다보더니 이내 잇몸이 드러나게 씨익 웃으며 만족감을 나타냈다. 자신이 갖고 있는 권력에 순종하며 따르는 사람이 있다는 생각과 그에게 주어진 현금다발이 안정제의 역할을 톡톡히 했으리라.

감정이라는 것은 통제되기 전과 후의 모습이 확연한 차이가 난다. 이성으로 통제되고 있는 감정은 머릿속에서 절대 극한 상황으로 이어지지는 않는다. 사람들에게는 양심이라는 것이 있어서 감정의 극단적 격화를 통제하기 때문이기도 하고 또 이론적인 극단적 상황은 현실감이 없기 때문이다. 하지만 감정이 이성을 떠나면 상황은 다르다. 어떤 행동이 결과를 낳고, 그 결과가 다른 결과를 낳다 보면 좋은 일이 더욱 좋은 일이 되는 경우도 있지만, 반대로 나쁜 일은 더욱 나쁜 일로 치닫는 경우가 많다.

우리의 약탈만 해도 그렇다. 배만 차지하고 얼른 본토로 돌아가면 대박의 인생이 펼쳐질 것 같았는데 그것이 전부는 아니었다. 두목은 선장실에 있는 다른 물건들도 약탈하기 시작했다. 두목은 자신의 더러운 옷을 찢어내듯 벗어던지고 선장의 옷장에 있는 옷들 가운데 마음에 드는 것을 하나 골라 입었다. 신발도 바꿨다. 선장의 주머니에 있는 돈은 물론이고 선장이 신고 있는 신발도 모두 벗겨냈다. 고향에 있는 가족들과 친지들에게 전리품으로 안겨줄 것들이었다.

오르바 형이 바다에 나갔다 들어왔을 때 나에게도 샌들 한 켤레를 기념품으로 가져다준 적이 있었다. 맨발로 다니는 가난한 이들에게 슬리퍼 한 켤레도 대단한 선물이었다. 두목이 전리품으로 챙겨가고 남은 것들은 내가 챙겨도 되는 것들이었다. 물론 이런 것들은 한곳에 모아서 서열순대로 나눌 것이지만 눈에 보이는 모든 것이 신기하고 귀해 보이니 다 쓸어가는 것이 마냥 좋았다.

이렇듯 우리 손에 쥐어진 총 한 자루에서 나오는 엄청난 권력 앞에 선원들은 무기력했고 우리는 그 권력의 향연을 즐겼다. 괜히 총구를 들이대면서 움찔움찔하며 주눅들어하는 그들의 모습을 즐겼다.

조타실로 다시 올라간 두목은 모여 있는 선원들 중에서 좋아 보이는 옷을 입은 자의 윗도리와 바지를 벗기고 속옷만 입혀놓았다. 낮이건 밤이건 30도에 육박하는 날씨이니 벌거벗겨도 얼어 죽을 일은 없었다. 그들의 주머니 속에서는 또 다른 미국 돈들이 쏟아져 나왔다.

두목은 다른 수색조를 풀어 선원들의 침실, 휴게실을 모조리 털어오라고 지시했다. 먹이사냥을 위해 풀어놓은 검은 사냥개들처럼 그들은 순식간에 조타실에서 나갔다.

완전한 통제. 선원들과 우리 사이에 차이라고는 단 하나, 총이 있거나 없거나이지만 그 한 가지의 차이를 이용하여 우리는 이 어마어마하게 큰 배를 완전히 통제하고 있었다.

누구를 때려본 적도 없고, 누구와 다퉈본 적이 없는 나였지만 절대적 우위로 먹이사슬 맨 꼭대기에 있다는 쾌감이 전신을 타고 흘러내렸다. 내 가슴 앞에 걸려 있는 AK-47 소총이 훈장처럼 느껴지기도 했다. 영웅이라면 하나씩은 가져야 할 그런 훈장. 오른손 엄지손가락에 방아쇠를 걸어보았다. 탱탱한 긴장감이 손가락 끝에 걸려 있었다. 행복감이 몰려왔다.

한참 동안 두목과 내가 조타실에 모여 있는 선원들을 길들이고 있을 때 사냥을 나갔던 사냥개들이 전리품을 챙겨왔다. 동네에 있는 가장 큰 가게에 가도, 수도인 모가디슈에 나가도 아마 이만큼의 물건들은 없을 것이다. 수십 벌의 옷과 셔츠, 수십 켤레의 신발, 카메라, 운동기구, 면도기, 안경…… 잡화점을 방불케 했다.

하지만 돈은 나오지 않았다. 두목은 모든 것을 서열에 맞게 나눌 생각이었으므로 돈도 모두 꺼내놓게 했다. 순순히 내놓는 사람들도 있었으나 두목이 나서서 주머니를 조사한 다음에야 내놓는 사람들도 있었다. 당연히 응분의 조치가 따랐다. 개머리판으로 가슴팍을 내리친 것이다.

가장 신경 써서 나눠야 할 것은 미국 돈이었다. 선장 방 금고에서 가져온 돈 35,000불, 그리고 나머지 사람들에게서 가져온 5,820불, 모두 40,820불이었다. 이 돈은 피랍된 선박의 협상금과는 별개의 전리품이었으므로 두목은 크게 이등분하여 분배했다. 25,000불은 우리 동네 출신이 많은 아부디 두목의 팀, 15,000불은 우현을 통해 왔던 험상궂은 아부카드 팀의 것이었다.

당장 불만이 터져 나왔다. 같이 고생을 했는데 똑같이 나눠야 한다는 아부카드의 불만이었다.

하지만 두목은 일언에 제압했다. 우리 팀이 먼저 사다리를 상선에 걸어서 올라왔고 도와주었기 때문에 안전하게 배를 장악할 수 있었다는 점, 우리는 등선 중에 한 명이 떨어져 희생되었으니 그 사람의 가족 몫까지도 생각해야 한다는 것이었다. 무엇보다 고향에 돌아가더라도 아부디 두목이 원로들의 신뢰를 더 받고 있고, 아부카드는 서열 쪽에서 밀리는 것이 확실했다. 그러고 나서 결정에 번복은 없다는 듯, 두목은 부족회의에서 모든 것을 결정한 뒤 지팡이를 땅에 두드리는 것으로 끝내듯 조타실 천장에 AK 소총을 연발로 쏴댔다.

총을 마음대로 쏠 수 있는 것은 두목뿐이었고, 이에 대항하는 것은 반란으로 규정되니 불만이 있었지만 모든 것은 그 선에서 마무리되는 듯했다. 돈을 제외한 나머지 전리품들은 그나마 골고루 하나씩 하나씩 돌아가며 마음에 드는 것을 골라가는 방식이었으므로 불만이 덜했다.

나에게도 가족들에게 줄 옷가지와 신발, 그리고 내 검은 얼굴에 어울릴 만한 선글라스가 생겼다. 그리고 선장실에서 두목이 선장의 옷장을 터는 것에 정신이 없을 때 책상 모퉁이에서 발견해 몰래 숨긴 금반지 하나가 있었다. 서열로 보자면 우리 팀의 막내인 내게 돌아온 현금은 2천 달러로, 등반 중 추락하여 죽은 형만큼 되었지만 그것만 하더라도 하루에 1달러도 벌기 힘든 시골마을에서는 수년간 모아야 하는 돈이었고, 또 내게는 결혼식도 제대로 치르지 못한 루비나에게 줄 진짜 금반지가 있으니 불만이 없었다.

어느 사회에서든 다수 쪽에 포함되어 살아가는 것이 얼마나 중요한가? 다수는 힘을 의미하며, 힘은 곧 모든 것에 앞서는 수단과 해결책이었다. 다수는 거짓을 진리로 만들 수도 있다. 보라, 얼마나 확실한가? 내가 두목의 편이고, 다수의 편이며, 힘의 편이니 얼마나 다행인가? 돌아가면 협상금에 따라 우리에게 다시 보상금과 보상품이 주어질 테니 과연 목숨을 걸고 한번 해볼 만한 일이란 생각이 들었다.

모두가 전리품을 나누고 식자재 창고를 털어 요기를 한 다음 지시받은 당직 자리로 돌아갔다.

두목은 다시 한 번 당직의 중요성을 강조했다. 예전에 했던 상황과는 다르다, 긴 시간 항해를 해야만 한다, 돌아가야만 우리에게 꿈같은 현실이 펼쳐진다, 어느 순간도 졸면 안 된다, 위협을 가하는 어떤 것이라도 있으면 신호를 보내고, 시간이 촉박하면 하늘에 총을 쏘아 알려야 한다. 이런 주의사항이 주입되었다.

두목은 조타실에 설치된 의자에 기대어 임무를 지시하고, 그곳에서 밥을 먹고, 그곳에서 잠을 잤다. 나는 그의 입과 손발이 되어 식사를 가져오고, 물을 가져오고 그의 지시사항을 당직들에게 전달했다. 긴장과 환희 속에 하루가 가고 또 다른 밤이 찾아왔다. 이제 이틀만 더 버티면 되는가?

바로 그때 조타실 어디선가 전화기가 울렸다. 우리가 미처 발견하지 못한 곳에 있는 전화기였다. 선장 방에서 두목이 쐈던 그 전화기와 같은 위성전화인 듯했다. 일순간 두목의 얼굴이 일그러지더니 그의 총구에서 불을 뿜어냈다. 전화기는 공중에 흩어지며 해체되었다.

다시 침묵이 흐르고 배고픈 고양이가 허기진 배를 채우지 못한 채 가르랑거리며 졸듯 상선은 육중한 몸집을 힘겹게 내저으며 어둠 속을 향해 불안한 항해를 계속해나갔다.

8

굶주린 포식자

2010년 1월 18일 19:00시, 바레인의 한 클럽.

서양의 환락 문화가 깊게 퍼져 나간 바레인 밤 문화를 보면서 소파에 몸을 묻고 나는 담배를 길게 내뿜었다. 실내를 가득 메운 희뿌연 담배연기 속에 남녀들이 뒤엉켜 있고, 아랍풍의 음악이 길게 뽑아 올린 코브라의 목처럼 어울리지 않게 흔들거렸다.

약속된 시간이 지났는데 바레인에서 사업을 확장한 친구가 아직 도착하지 않고 있었다. 새로운 사업을 구상하느라 여기저기 돌아다닌 탓인가, 피로가 몰려왔다. 모로코를 다녀오는 길이었다. 홍해와 연해 있는 고향 제다에서 비행기를 타고 모로코의 친구를 만난 것이 어제였다. 마찬가지로 사업 구상의 일환이었다.

지금까지 뚜렷한 직업이 없이 지내온 것이 사실이다. 형님이 아버지의 사업을 물려받는다 하더라도 나에게 일자리 하나쯤 남겨 줄 만한 여유가 있는 것도 알고 있다. 그러나 지금은 답답한 집안 분위기와 엄격한 아버지, 숨 쉴 수 없는 무슬림의 전통과 규칙이 짜증나고 싫었다. 집에 있노라면 가슴이 터져버릴 것 같았다. 엄격한 규율 속의 생활에 자부심을 갖고 있는 알 무타이리 가문의 전통도 숨통을 조이는 것만 같았다.

아버지는 무슨 생각으로 나를 유학 보냈던 것일까? 원래 천성이 자유분방한 나를 미국과 영국에 유학을 보낸 것은 자유로운 문화를 접하고 무슬림세계에 접목하라는 것 아니었던가? 아버지가 운영하고 있는 미디어 사업은 자유분방함이 생명 아닌가 말이다. 유학생활 중 자연스럽게 접한 술, 담배, 마약, 여자…… 그런 것들 중 아버지는 단 한 가지도 용납하지 않았다. 눈에 흙이 들어가도 근본주의적인 무슬림의 엄격한 생활을 포기해서는 안 된다는 입장이었다.

그러나 성장기를 거치면서 정착된 나의 정체성은 무슬림에 바탕을 둔 것이 아니었다. 이미 신선한 사냥감의 뜨거운 피 맛을 알아버린 포식자에게 아무리 좋은 사료가 무슨 소용이 있으며 그 피의 향연을 무엇으로 달랠 수 있겠는가? 관능적이고 말초적인 유혹들은 마약보다도 끊기 어려운 것이었다. 아버지 몰래 형의 도움을 받고, 잠시 시간제 일을 해서 모은 돈으로 얻은 아파트를 아지트로 삼아 벽장에 술을 채우고, 여자들과 친구들을 불러 거의 매일 밤 파티를 했다.

하지만 숨어서 하는 파티, 절제된 고함, 막힌 실내에서 몰래 피워대는 연기, 누군가 도어를 노크하면 숨겨대기 바쁜 술병들에 나는 더욱 짜증이 나기 시작했다. 그래! 무슬림 사회에도 서방의 자유분방한 문화가 정착된 곳이 많다. 유학시절 인맥을 이용하고 사업 구상만 잘 하면 굳이 아버지와 형의 도움을 받을 필요도 없을 것이다. 그 인맥들을 이용하여 이미 한 차례 시험과 검증을 거치지 않았던가?

얼마 전 영국에 있는 아바자에게 전화가 왔다. 요르단 출신의 아바자와는 케임브리지에서 만난 것이 인연이 되었다. 그는 졸업 후 본국으로 돌아가지 않고 영국 런던에 있는 국제해양통제센터에 근무하고 있었다. 나와 나이가 같고 성격이 비슷한 우리는 밤거리를 쏘다니며 밤을 지배했다. 요르단 고급 군 간부의 아들인 아바자도 내면에 언제 터질지 모르는 핵폭탄 같은 것을 가지고 있었던 듯하다.

"앗살람 알라이꿈(신의 평화가 당신과 함께하기를). 나의 형제 무타이리, 잘 있었나?"

무슬림 간의 의례적인 인사를 나눈 아바자는 돈이 될 만한 일인데 해보겠느냐고 제안했다. 유럽과 선진 문화를 알고, 영어와 아랍어를 구사할 줄 알며, 아프리카 사람들을 압도할 만한 사람이 필요하다는 것이었다. 그리 나쁜 일도 아니었다. 영어와 아랍어로 통역을 하고, 협상을 하는 일종의 비즈니스 같은 것이었다. 제대로 일을 해낸다면 수입액은 협상액의 10퍼센트로 잠정 책정했다.

일상으로부터의 탈출과 돈, 두 가지 모두가 필요했던 나는 설명을 듣고 흔쾌히 받아들였다. 이동하는 경비와 수단은 모두 착수금 형태로 제공되었다.

에티오피아 공항에 내리자 잿빛 제복의 군인 두 명이 경비행기로 안내했다. 적막한 사막과 마른 나무들, 마지막 신음을 토해내는 듯 타다 남은 잔해 속에서 새어 나오는 연기 위를 몇 시간 날았을까? 다시 지프로 옮겨 타고 이동한 곳은 어딘지 알 수 없는 해변이었다. 오염 없는 밤하늘에는 수많은 별빛만 천진난만한 모습으로 내려다보고 있었다.

군용 막사와 같은 허름한 캠프에 들어서는 순간 나는 깜짝 놀랐다. 어떻게 한 줄기 빛 하나 새어 나가지 않게 통제했나 싶을 정도로 막사 안에 전기가 들어와 있었던 것이다. 허름한 외부 모습과는 달리 막사 안에는 첨단 장비들이 마련되어 있었다. 휴대용 레이더, 위성으로부터 신호를 받는 GPS. 화면 속에는 몇 개의 점들이 간헐적으로 깜박거리고 있었다.

막사 밖에서는 440킬로헤르츠의 안정적인 전기를 공급하는 발전기가 구르릉 소리를 내며 끊임없이 돌고 있었다. 막사를 보호하려는 용도인가? 대공포와 시스패로우(Sea Sparrow) 미제 대공미사일이 위장막 아래 웅크리고 있었다. 미국을 중심으로 한 연합군들의 정찰에 대비한 것으로 보였다.

소말리아 군인들은 내게 호의적이었다. 사우디아라비아 사람들에 대한 아랍민족의 감정은 대개 호의적이다. 정신적 근본이 되는 무슬림 종교가 시작된 곳이라는 이유가 가장 클 것이다. 무슬림이라면 죽기 전에 꼭 한 번 해보고 싶은 것이 메카 성지를 순례하는 것이고, 그 순례를 통해서 내세에 반드시 천국에 가리라는 확신을 갖고 있다. 종교의 종주국이라는 것 이외에도 사우디는 오일머니를 이용해 비교적 가난한 형제 나라들에 많은 지원을 해왔다. 이처럼 정신적, 물질적으로 큰형님 같은 노릇을 해왔으니 비호의적일 이유는 없었다.

단 한 가지, 미국과 친하다는 것이 마음에 걸렸지만 그것은 정치하는 사람들의 일로 접어두는 듯했다.

나에게 주어진 일은 곧 해변에 도착할 선박의 상품적 가치에 관한 견적을 뽑고, 영국에 있는 아바자 쪽으로 알리는 것이었다. 그러면 협상금액을 지시할 것이고, 나는 그 협상이 이뤄지도록 끊임없이 상대방과 얘기하는 것이었다.

몇 시간이 지났을까? 어둠 저편에서 더 짙은 어둠이 다가왔다. 아니, 그것은 어둠보다는 섬 같은 것이었다. 해변과 제법 먼 거리였지만 어마어마한 크기의 상선이 닻을 내렸음에도 압도할 만한 크기에 모두가 입을 다물지 못했다. 선외모터가 달린 전마선을 타고 상선에 올랐다. 유조선이었다.

인생은 아이러니의 연속인지도 모른다. 아니면 운명의 장난이랄까? 내가 올라탄 유조선은 아이러니하게도 내 조국의 국기가 걸린, 사우디아라비아 국적의 유조선이었다.

애국심이라는 것도 나를 인정해줄 만한 조직이나 단체에서 소속 감이 있을 때 가능한 일인가? 아니면 이기심의 하위감정인가? 아픈 자기 가족을 수술해야만 하는 의사가 슬픈 감정이나 감성에 치우쳐 일을 그르치지 않듯 나는 무감각하게, 아니 무척 이성적인 자세로, 타고난 협상가처럼 침착하게 일을 처리해 나갔다.

가장 좋은 협상은 서로 윈-윈 하는 것이다. 하지만 내가 맡은 협상은 기본적으로 우리에게 유리했다. 홈그라운드에서 인질을 잡아놓고, 인질을 위협하며 벌이는 것을 과연 협상이라 말할 수 있을까마는 나는 내게 합리적이고 이기적인 이 환경이 무척 마음에 들었다.

소말리아 군인은 이렇게 합리적인 협상을 하는 데 무척 유용한 수단이 되었다. 그들은 때로는 지시에 가까운 나의 요구를 어김없이 잘 들어주었다. 나는 나를 아무도 모르는 곳에서, 이방인의 자세로, 익명성 뒤에 숨어서 본능적 폭력을 즐겼다. 협상은 폭력을 동반할 때 더 큰 진전이 있었다. 나는 폭력을 사용하는 나보다 나를 그렇게 길들이는 상대방, 즉 돈을 아끼는 자본가, 그 사람들이 더 나쁘다고 생각했다.

한 달 만에 협상이 완료되었으나 이는 이례적이고 신속한 협상이라고 아바자의 조직에서는 찬사를 보냈다.

협상금 6백만 달러.

내게는 약속했던 금액 10퍼센트 이외에 특별수당 5만 불이 더해져 65만 불이 입금되었다. 오로지 나의 인맥과 나의 천부적 재능을 살려 벌어들인 노력의 대가이며 합당한 돈이었다.

항구도시 제다 번화가에 아파트를 얻고, 금지된 구역 안에 홈 바를 만들어 친구들과 먹고 마시는 데 쓰고, 모로코의 미녀들과 화려한 휴가를 며칠 보내자 그 돈은 금방 바닥이 났다. 하지만 그 일은 얼마간의 자본과 인맥을 이용한다면 나도 사업가로서의 꿈을 분명 이루리란 가능성을 충분히 확인할 수 있는 계기가 되었다.

모로코와 바레인, 그리고 두바이는 내 사업의 후보지로 적격이었다. 모두 아랍 형제의 국가이며, 서양 문화가 이미 밤과 낮을 지배하고 있는 나라들 아닌가? 강제된 금욕의 평일을 보낸 사람들이 목요일 저녁만 되면 공장에서 대량 생산되는 캔 음료처럼 거리로 쏟아져 나와 네온사인에 미쳐가고, 술과 담배에 찌들어가며 여자들을 껴안고 흥청거릴 것이다. 근엄하게 성역을 지켜온 가장들과 검은 베일로 얼굴을 감싼 채 집안을 지켜온 아녀자들도 자신들의 영역에서 벗어나 욕정을 쏟아내는 시간. 사람들의 이러한 이중성이 사라지지 않는 한 내 사업은 유망할 것이라고 확신했다.

일주일간 머무른 모로코는 탄력을 잃은 아가씨 같은 느낌이었다. 떠오르는 나라는 어디일까? 유흥업을 선도하는 미국이 군대를 주둔시키고 있는 나라! 오일머니를 기반으로 한 건설업이 성행하는 나라! 목요일 오후면 국경을 통과하기 위해 서너 시간은 잡아야 한다는 바레인! 이미 이곳에 클럽을 두 군데나 오픈한 유학 동기인 술탄이 있었다. 술과 여자, 그리고 놀기 좋아하는 사람에게 술집만큼 좋은 사업 아이템이 어디 있겠는가? 오늘은 술탄과 함께

회포도 풀고 사업 얘기도 해볼 작정이었다.

피곤이 몰려와 소파에 점점 깊게 몸을 파묻고 똬리를 틀며 맥주를 홀짝였다. 아직도 실내는 흥청거리고 있었다. 조명이 있음에도 낮은 조도와 희뿌연 연기 때문에 꿈속에 있는 듯 몽환적인 느낌이 들었다. 신경을 쓰면 누가 누구인지를 알아볼 수는 있겠지만 굳이 그럴 필요를 느끼지 못했다.

무슬림 국가 안에 있는 술집이나 클럽의 특징이랄까? 절대 손님을 끌기 위해 의도적으로 화려하고 밝은 조명을 쓰지 않는다. 그런 조명 아래에서 춤을 추는 사람들도 없다. 금욕이 미덕으로써 지켜지기를 바라는 무슬림으로서의 마지막 양심인가? 술집에서는 욕망의 *끄나풀*을 잡고 있는 자신의 모습을 누군가 보아서도 안 되고, 또 아는 사람이 있다고 해서 서로 아는 체를 해서도 안 되었다. 설혹 아는 사람이 있더라도 사전에 약속한 사람이 아니면 오지랖 넓게 아는 체를 해서 상대방을 당혹케 해서도 안 되는 일이었다. 조심스럽게, 절제하며 몰래 분출하는 욕망. 역설적인 단어의 배합에 나는 잠깐 쓴 웃음을 지었다.

─드르르르, 드르르르르.

주머니에 찔러놓은 휴대폰의 진동이 소파 깊숙이 파묻었던 나의 신경을 흔들어 깨웠다. 술탄인가? 두 명의 아내와 함께 살고 있는 술탄은 학교 다닐 때에도 약속시간을 안 지키기로 소문이 났는데 그 버릇은 아마 평생 못 고칠 것이다.

"헬로우~."

"헤이 데팔라! 앗살람 알라이꿈!"

"네, 데팔라입니다. 오 알라이꿈 앗살람!"

데팔라 알 무타이리. 친한 친구가 아니면 부르지 않는 이름 데팔라. 그 이름을 입에 담은 이 사람은 누구지?

"나 아바자야!"

"어이, 아바자! 그래, 나야 신의 은총 아래 항상 잘 있지."

2년 전 협상을 완결한 뒤 자주 연락하고 지냈지만 근 6개월간 연락이 없어 그러잖아도 소식이 궁금하던 아바자였다. 전 세계의 바다에서 돌아다니는 상선을 한눈에 파악할 수 있다는 국제해양 정보센터에 근무하는 아바자, 그 아바자에게서 연락이 온 것이다.

아바자는 내게 간단한 안부를 묻고는 바로 사업상의 이야기를 꺼냈다. 지난번과 같은 협상건의 제안. 신속히 짐을 싸서 이동이 가능하냐는 주문이었다. 이번에는 더 큰 보상을 받을 수 있다는 얘기, 기본금이 50만 달러였다.

주저할 것이 무엇인가? 내게는 딸린 가족도 없고, 짐만 싸면 그곳이 거처요, 사업장인데 마다할 이유가 없었다. 바레인에서의 사업은 다녀와서 추진해도 된다. 50만 달러. 그리고 조금 더 협상을 잘 이끌어내면 더 많은 돈을 받을 수 있을 것이다. 사업 기반을 마련하는 데 큰 도움이 될 것이다. 아바자에게서 몇 개의 위성전화 번호를 받고 바로 일어섰다. 일을 원만하게 처리하기 위해서는 개인 위성전화를 한 대 사야겠다는 생각이 들었다.

때마침 술탄이 부리부리한 얼굴을 덮은 수염을 한 번 쓰윽 문지르고서 양팔을 벌리며 클럽의 출입문으로 들어왔다.

"어이! 마이 브라더 무타이리! 앗살람 알라이꿈!"

왼쪽 가슴 한 번, 그리고 "오 알라이꿈 앗살람", 오른쪽 가슴 한 번, 털이 덥수룩한 팔로 두 번의 포옹을 한 후 그가 껄껄 웃으며 늦은 변명을 했다.

그가 늦게 온 것이 오히려 다행이란 생각이 들었다. 함께 술을 먹고 흥청거렸다가 이 중요한 전화를 놓쳤으면 어쩔 뻔했는가. 사업이 잘 진행되려는 좋은 조짐이다. 이런저런 구상으로 머릿속이 복잡했으므로 그럴싸한 이유를 대고, 다음에 다시 보자는 말을 남기고 술탄과 헤어졌다.

소말리아에 다시 가야 한다. 바레인에서 에티오피아로, 다시 소말리아로. 그때 그 해변일까? 이번에도 협상금액을 제시하겠지만 이번에는 견적 자체를 높게 책정해야겠다. 선박의 가치, 적재물의 가치, 돈이 되는 것은 모두 견적서에 넣어 가치를 올려야 한다. 그래, 인질들도 숫자에 맞춰 견적서에 넣어야겠다.

미군부대 앞에 있는 커다란 전자상가에 들러 위성전화 이리듐 (iridium)을 한 대 사들자 마음이 급해졌다.

위성전화기를 쥔 손에 알 수 없는 힘이 느껴졌다. 얼마 만에 느껴보는 긴장감인가? 이번 일은 사업과 인생의 성공을 위한 시험대이자 큰 도박이 될 것이다. 미간이 꿈틀대며 의욕이 솟구쳤다.

9

드러나는 음모

지부티 항을 떠나온 지 23시간, 저녁 여덟시.

24시간 동안 내내 가스터빈 소리를 들었다. 귀청이 먹먹하다. 가는 곳이 어디인지, 해야 할 일이 무엇인지 정확하게 이해했다는 듯 어둠 속으로 미끄러져 가고 있는 배. 나는 후갑판에 나가 현측 난간에 서서 어두운 바다를 응시했다. 놈들은 본능적으로 행동하고 있을 것이다. 바다에서 잔뼈가 굵은 놈들. 나도 바다에서라면 놈들보다 뒤떨어지지 않을 자신이 있다. 섬에서 나고 섬에서 자랐으며 줄곧 바다를 삶의 현장 삼아 살아온 삶이 아니던가! 내게는 이런 자신감뿐만 아니라 어떠한 위기의 순간에도 당황하지 않고 침착하게 문제를 해결하던 아버지에게 물려받은 유전적 유산이 세포 속에 기억되어 있었다.

어렸을 적에 우리 집은 김 양식으로 생계를 이어나갔다. 어느 겨울, 아버지를 따라 새벽바다에 나갔다. 한겨울의 바다는 살을 에 듯 추웠다. 김을 한참 채취하고 나서 집으로 돌아갈 때 낡은 배에 물이 차오르기 시작했다. 그렇게 마른 생선뼈처럼 비틀어진 앙상한 늑골 사이로 물이 새어 들어와도 아버지는 당황하는 기색이 없었다. 단지 당신의 어깨 위에 있는 인생의 무게를 조금씩 덜어내듯 차분하고 흔들림 없는 자세로 한 바가지, 한 바가지 물을 떠서 버리셨다.

언젠가 여름에는 바로 밑의 동생과 함께 바다에 나온 적이 있었다. 이웃 섬에 사는 이모님 댁에서 김 양식에 필요한 부자재를 실어오기 위해서였다. 작은 선박으로 두세 시간이면 집에 도착할 수 있는 거리였다. 이번에도 낡은 배가 문제였다. 집에 도착해도 이미 했을 시간에 아버지와 우리 모두는 바다에 있었다. 진작부터 육지는 안 보였고 사방은 어두컴컴해졌다. 그믐달로 치닫는 달그림자가 슬픈 얼굴로 우리 삼부자를 내려다보고 있었다. 나와 동생은 정글 한가운데서 나침반을 놓친 탐험가처럼 당황하며 아버지만 쳐다보았다.

─푸르르 피시~ 푸르르르 시~

플라이휠에 로프를 야무지게 감은 다음 있는 힘껏 잡아당겨도 소용없었다. 일하기 싫어하는 게으른 망아지가 큰 콧구멍을 벌름거리며 제 살갗이 찢어져라 당기는 코뚜레에서 선홍빛 피가 질질 나도 아랑곳없이 꽁무니를 빼듯, 노쇠하고 녹슨 엔진은 연거푸 푸르르, 푸르르 하며 살아나질 않았다.

그러나 그때에도 아버지는 당황한 기색이 없었다. 예상하고 있었던 일이 일어난 듯 뱃전 한구석에 놓아둔 연장을 챙겼다. 기름때와 바닷물에 찌든 헝겊뭉치 안에 이미 한참 전부터 녹이 슬어 손으로 털어도 녹이 부슬부슬 떨어지는 몽키 스패너를 들고 엔진 구석에 있는 점화플러그를 뜯어냈다. 마치 약속된 싸움이라도 하는 듯, 왼쪽을 치면 오른쪽으로 막고, 오른쪽을 공격하면 왼쪽을 막듯, 그 모습이 아주 자연스러워 일상처럼 보이기도 했다.

뜯어낸 플러그를 공중에 치켜들고 실눈을 뜬 아버지는 신중하면서도 제법 거만한 모습으로 검은 입술을 삐죽 내민 다음 훅! 훅! 하고 불어댔다. 그러고는 플러그의 이물질을 당신의 윗도리에 쓱쓱쓱 문질러댔다.

과정은 익숙해 보였지만 작업을 하는 세부절차는 어딘가 어색한 아버지의 조립과정이 끝났어도 엔진은 살아나질 않았다. 계산이 틀어진 탓일까? 아버지는 우리에게 간단한 작업을 명령하셨다.

"태진아, 바닥의 널빤지를 떼내라! 노를 저어가자."

늑골 사이로 고이는 물을 퍼내고 좁은 공간에다 물건들을 적재할 요량으로 바닥에 조립식으로 깔아놓은 널빤지를 노처럼 사용해서 앞으로 저어 가자는 것이었다.

"어디로 저어요?"

아버지는 잠시도 머뭇거림 없이 믿음직스러운 손가락을 들어 한 방향을 가리켰다.

"태철아! 너는 바닥의 물을 퍼내."

아주 조금씩 늑골 사이로 스며들어온 바닷물 때문에 배는 어느새 묵직해졌다. 동생은 바다의 물을 열심히 퍼내기 시작했다.

아버지는 이제 가느다란 파이프라인을 가지고 씨름했다. 그것은 아마도 연료가 지나가는 라인일 것이다. 맨입으로 기름을 마시는 듯 쭉쭉 빨고 뱉기를 몇 번 반복했다. 그리고 플러그를 고칠 때처럼 훅훅 불기를 몇 번. 자격증 없는 시골 의사가 환자를 이리저리 쳐다보며 정확한 진료는 하지 못한 채 알고 있는 모든 곳을 한 번씩 두드려보고 쳐다보듯 아버지는 조금은 엉성한, 그러나 최선을 다하는 모습으로 다시 조립을 마쳤다.

─ 푸르르, 푸르르…….

─ 털, 털, 털……. 피시~ 피시~ 팡, 팡, 팡…….

나는 그때 무생물에게도 마음이 있구나 하는 생각을 했다. 그 녹슨 엔진이 아버지의 노력에 보답한 것처럼 느껴졌던 것이다.

배가 살아나자 아버지는 지체 없이 한곳만을 응시하며 항해했다. 아마도 본능이 집으로 인도했을 것이다. 해안선을 따라 들어선 공장들이며 여기저기 마을에서 비친 불빛이라도 있으면 방향을 잡겠지만 내 고향에는 공장은커녕 어느 집이든 전기가 들어오는 곳이 없었다. 희미하게 촛불이라도 켜져 있으면 다행이련만. 아무튼 아버지는 동물적 감각인지, 아니면 자식들 보기에 민망해서 그저 앞만 보고 가는 것인지 모르지만 그렇게 한곳만을 우직하게 바라보며 배를 몰았다. 어둠 속에 육지가 어렴풋하게 보였을

뿐인데 신기하게도 우리 마을에 정확하게 도착했다.

당황하지 않고 정신을 똑바로 차리면 반드시 길이 있다는 것. 그것이 아버지가 내게 물려준 유전자였다.

나는 그 본능적 유전자를 가동하여 사냥개처럼 놈들을 찾아 나섰다. 예상대로라면 놈들은 저 바다 어딘가, 이제 우리로부터 멀지 않은 곳에 있을 것이다. 예상 거리는 대략 200킬로미터. 헬기를 띄워 먼저 사전 정찰을 해야 한다. 우리를 노출시켜서는 안 된다. 합참의 첫 번째 단편명령은 탐색작전을 실시하라는 것이었으나 앞으로 상황이 어떻게 전개될지 모른다. 공격이 아닌 정찰만을 위한다면 굳이 가까이 갈 필요는 없다.

무엇보다 접촉을 해서 그것이 우리 상선인지 파악하는 것이 급선무였다. 적외선 열상장비를 사용한다면 놈들에게 노출되지 않고도 영상을 얻을 수 있을 것이다. 헬기의 소음을 노출시키지 않으려면 10킬로미터 정도는 이격해야 하고 헬기의 작전 능력도 고려해야 한다.

부대장은 헬기 출격을 명령했다. 이번 비행의 목적은 정찰하여 항공사진을 확보하는 것이었다. 헬기 기체를 최대한 가볍게 하기 위해 중무장기관총 K-6는 떼어냈다. 야간비행에 베테랑인 박 중령이 기장을 맡고 부기장은 조 대위가 맡았다. 최대비행 가능 시간까지 비행할 필요는 없을 것이다.

조종사와 저격수, 정찰사진사가 각자의 위치에서 엄지와 검지를 동그랗게 말아 오케이 신호를 보내자 비행보조원들이 신속하게 캐노피를 닫았다. 이어 동체를 갑판에 고정시키던 네 개의 고정체인을 풀자 비행 안내원의 경광봉이 모든 준비가 끝났음을 알렸다.

"잠자리, 여기는 드래곤. 비행 갑판 이상 없음. 비행을 허가함. 임무 완수를 빈다. 이상!"

관제탑에서 비행을 허가하자 박 중령은 어둠 속에서 엄지손가락을 흔들며 비행 전 마지막 의식을 마쳤다.

— 쐐애액~

일순간 엔진소리가 높아지는가 싶더니 동체가 흔들거리며 비상했다. 갑판 상공에 떠서 잠시 고민하는 듯이 제자리 비행을 한 후 박 중령은 왼편으로 기체를 기울여 지체 없이 빠져나갔다. 헬기가 떠난 방향으로 엔진이 공기를 세차게 가로지르는 소리만이 뒤따랐다.

헬기는 야간비행을 할 때 필수적으로 켜고 다니는 안전등화도 모두 끈 상태였다. 해적들의 감시망을 피하기 위한 조치였다. 자신의 안전을 위해서 지켜야 하는 최소한의 안전망이었지만 작전의 성공을 위해 조종사들은 기꺼이 위험을 감수하고 있었다. 돌아올 때서야 안전등화를 켜고 비행 갑판으로 접근할 것이다. 전투는 시작되었다.

이제는 기다려야 한다. 은밀하게 정찰한 다음 돌아와 통신이 가능하기까지는 50분 이상의 시간이 걸릴 것이다. 헬기의 이동속도, 정찰과 보고 시간 등으로 머릿속이 복잡해져 헬기가 떠난 비행 갑판에서 나는 자리를 뜨지 못했다. 하늘의 별은 무심하게도 밝게

빛나고 있었다. 해적들도 같은 하늘을 보고 있을 것이다. 고향에 있는 나의 아내와 아이들도 바라보고 있을 저 별들과 저 하늘……

같은 바다와 같은 하늘 아래에서, 같은 사람들끼리 서로 평화롭게 살아갈 수는 없는가? 서로의 이익이 다르면 총부터 들이대고, 생명을 위협하는 이 치명적인 살상 본능은 언제 어디서부터 시작되었을까?

수십 년 동안 내전을 겪으면서 죽임과 죽음을 수없이 접한 그들은 그렇게 죽임으로써 또는 죽음으로써 도대체 무엇을 얻었을까? 그들의 가족이나 부족을 죽인 자에 대해서는 분노했을 것이고 복수를 다짐했을 것이다. 아는 자의 죽음에 대해서는 어떠했을까? 슬퍼했을까? 많이 죽이고 죽음으로 인해 인간의 생명을 무감각하게 취급하는 것은 아닐까?

매스컴의 보도와 정보 분석 결과를 보더라도 해적들이 사람의 생명을 존중하거나 인질들을 인간적으로 취급한다고는 볼 수 없다. 그렇다면 저 바다 위에서, 알지 못하는 죽음의 땅 소말리아로 끌려가고 있는 인질들, 우리 국민들의 생명은 어떻게 될 것인가?

반드시 구해야 한다. 그렇다! 무슨 일이 있어도 반드시 구해야만 한다.

헬기가 돌아올 시간이 한참 멀었음에도 이무기를 해치우고 돌아오는 서방님이 뱃전에 승리의 빨간 깃발을 매달고 돌아오기만을 기다리는 아녀자의 심정으로 검은 바다 위를 다시 한 번 응시했다.

"머리가 복잡하십니까, 작전참모님?"

어둠 속에 악바리 박, 박 준위가 장승처럼 서 있었다.

"담배 하나 태우시겠습니까?"

"그럽시다."

나는 평상시에 피우지도 않는 담배를 손가락에 끼우고 박 준위가 붙여주는 라이터를 따라 목을 길게 뺐다. 바닷바람에 흔들리며 꺼질 듯 위태로운 라이터불이 저 바다 위의 인질 목숨만큼, 그들을 구해야 하는 나의 마음만큼 초조하고 위태롭게 휘청거렸다. 박 준위는 얼른 두 손으로 감싸 한 번 크게 휘청거리는 라이터의 노란불을 살려냈다.

후우~~.

담배연기는 단 한 모금만으로 답답한 나의 폐부를 가득 채우고 잽싸게 콧구멍과 입을 통해 동시에 빠져나와 하얀 꼬리와 함께 검은 하늘로 순식간에 흩어졌다. 니코틴은 허파를 훑고 식도를 따라 역류한 다음 유스타키오관을 통해 바로 뇌로 직진한 듯했다. 손가락 끝까지 혈관이 순식간에 수축한 듯 창백해지고 머리가 멍한 것이 긴장의 이완을 강요당한 것 같은 느낌이 들었다.

"참모님! 아무래도 구출작전으로 가닥이 잡히겠지요? 제 느낌은 그렇습니다만, 구출작전에 대비하고 있는 특전요원들의 각오도 비장합니다."

박 준위는 은색 지포라이터의 뚜껑을 딸깍 닫으며 헬기가 떠난 방향을 응시했다.

"내 느낌도 다를 바가 없군요. 일단 피랍 선박을 찾아내서 상황을 살펴보고 상부의 지시를 기다려야 하겠지만 우리 국민들이 인질로 잡혀 있으니 최선의 선택은 결국 구출작전이 될 겁니다. 구출작전의 성패는 우리 국민의 생사와 군의 명예, 국가의 자존심까지 걸려 있는 문제가 될 거고. 어떤 희생을 치러서라도 반드시 구해야 하는 이유를 알겠지요?

본토에서 많은 인원과 장비가 지원되면 더욱 좋겠지만 우리에게 시간이 많질 않아요. 구체적인 작전 지시는 받아봐야 알겠지만 작전계획부터 집행까지는 24시간이 채 안 걸릴 수도 있어요. 요원들과 전술을 짜보고, 좋은 아이디어를 한 번 만들어보세요. 쥬얼리호 설계도와 관숙훈련 결과를 참고해서 대원들이 눈감고도 들어갈 수 있도록 몸에 완전 숙달되게 해야 하니 시간을 헛되이 보내서는 안 됩니다. 그리고 은밀작전을 위해서는 H-hour(작전집행시간을 나타내는 군사용어)가 새벽 시간이 될 텐데 대원들이 그 시간에 맞춰 최대의 집중력을 발휘할 수 있도록 훈련 스케줄을 조정해서 무수면 훈련을 실시하세요."

무수면 훈련.

전쟁이라는 것은 클라우제비츠가 말한 그대로다. 안개 속을 거니는 것. 희뿌연 안개 속을 가득 채운 미세한 물방울 알갱이만큼이나 변수가 많고 한 치 앞을 예측할 수도 없다. 특수전 상황은 어떠한가? 더욱 복잡하고 심각하다. 마치 안개 속에서 눈을 감고 가야 하는 상황처럼 수만 가지의 변수가 작용한다. 가정하고 상상할 수 있는 모든 상황에 대비하여 변수들을 제거해 나간다 하더라도 정규전과는 또 다른 문제들이 발생한다.

무수면 훈련도 그런 수많은 변수들을 제거하기 위한 특수훈련법이었다. 적과 싸우겠다는 의욕만 높아서 자나 깨나 훈련을 하다 보면 정작 싸워야 할 시기에 체력이 바닥에 있거나 수면을 취하지 못해 집중력이 흐려지고 순발력과 판단력이 떨어질 수 있다. 무수면 훈련은 바로 잠을 자는 시간을 최소화하면서 집중력을 고도로 높이는 프로그램이다. 거듭되는 강한 훈련 중에도 특전대원들은 어느 때 구출작전을 실시하더라도 정확한 판단을 통해 인질과 해적을 신속하게 선별하여 사격할 것이다.

"네, 잘 알겠습니다. 참모님."

짧은 수명의 말만 남기고 악바리 박은 격납고 안으로 사라졌다. 대테러 복장을 한 그의 왼쪽 어깨에 박혀 있는 태극기가 조명 아래에서 잠깐 빛났다.

시간의 강과 의식의 강물이 거꾸로 흐르는가? 빨리 지나갔으면 하는 시간은 더디게 지나간다. 반면, 천천히, 조금만 천천히 흘러 갔으면 하는 시간은 어떠한가? 애타는 마음을 비웃기라도 하듯 속 절없이 휙 지나가버린다. 헬기를 어둠 속에 파견한 지 몇 개월이 흐른 듯하다. 소식이 왜 이리 늦지?

통신기의 통달거리가 안 되니 연락할 방법이 없다. 기다리는 수밖에 없다. 박 중령은 고주파 통신기를 통해서 보고할 것이다. 헬기가 출격한 지 1시간이 다 되어 가는데 항공기를 감시하는 대공 레이더 화면에 아무것도 잡히는 것이 없다. 놈들이 감시하는 대함 레이더에 포착될 것에 우려해 박 중령은 고도를 높여서 비행하고 있을 것이 분명했다. 전투지휘소로 돌아온 나는 초조해지기 시작했다.

"대공 레이더! 아무것도 잡히는 것 없나? 지금쯤 임무를 끝내고 복귀하고 있을 가능성이 높아! 신경을 집중해서 접촉물이 나타나는지 살펴봐. 대함! 탐색 스케일이 몇 마일이야? 한 가지 탐색 폭만 고집하지 말고 근거리부터 원거리까지 탐색 폭을 바꿔가면서 접촉을 시도해봐! 통신 채널에서도 아무런 신호도 안 잡히나? 모두 신경 바짝 쓰고 수시로 상황을 보고해."

나는 대원들의 근무상태를 점검하고, 점점 격앙되는 불안감을 잠재울 겸 모든 당직자들을 독려했다. 레이더 탐색 폭을 확대하라는 지시와 함께 통신기도 재확인했다. 우리의 위치를 헬기에 자동 송신하는 헬기 유도장비도 다시 한 번 확인하라고 지시했다. 모든 장비에는 이상이 없었다.

모든 것에 이상이 없다. 그렇다면, 지금쯤은 돌아와야 한다. 지금쯤은 돌아올 시간이…….

나는 초조한 마음으로 상황실의 여러 전술 화면들과 시간을 번갈아 보았다.

"대공 접촉물 보고!"

대공 레이더 작동수의 목소리가 구세주의 음성처럼 상황실에 퍼졌다.

"방위 210도, 거리 37마일, 150노트, 본 함으로 접근 중입니다. 본 함의 링스로 판단됩니다."

순간적으로 시계를 쳐다보았다. 22:00시가 아직 안 되었다. 헬기 탐색 차 파견한 것이 20:30분, 한 시간이 조금 더 걸렸다. 좋은 조짐이다. 예상되는 위치에 우리 상선이 없다면 수색하는 데 더 많은 시간이 걸렸을 것이다. 그런 경우라면 작전 가능한 최대의 거리까지 탐색하려고 돌아다녔을 것이고 최대 비행시간이 임박할 때까지 돌아오지 못했을 터였다. 예상 비행 시간에 맞춰 돌아오고 있다는 것은 놈들이 우리가 예상했던 위치에서 소말리아 동부 연안으로 향하고 있다는 사실을 반증하는 것이다.

"드래곤, 여기는 잠자리. 미션 클리어(mission clear)!"

박 중령이 임무 완수를 알리는 짧은 교신을 일방적으로 보내왔다. 작전 보안이 중요하니 필요한 교신만 하라는 지시를 명확하게 이행한 것이다.

"좋아."

짧은 탄성이 상황실에 퍼졌다.

헬기가 10킬로미터 정도 떨어져 있을 때 안전등화를 켜도록 지시했다. 놈들과는 80마일 정도 이격되어 있으니 당분간은 안심해도 된다. 어둠 속에서 은빛 섬광이 반짝거리더니 녹색과 적색의 불빛이 보이기 시작했다. 부대장과 나는 헬기를 맞으러 갑판으로 갔다.

어느 때보다도 헬기 엔진과 바람을 가르는 주 날개의 블레이드

소리가 역동적이고 경쾌하게 들려왔다. 갑판 위에 착륙을 유도하는 불빛이 켜지고, 착륙 유도사가 붉은 경광봉을 들고 허공에 동그라미를 그리며 오케이 사인을 보내자 함의 좌현 쪽에서 체공 중이던 헬기가 미끄러지듯 갑판에 착륙했다.

박 중령은 사진을 찍어 화면으로 볼 수 있도록 만든 정보 수집용 PMP를 들고 내렸다. 수고했다는 한마디와 함께 부대장과 참모들이 모두 지휘소에 모였다. 찍어온 사진을 컴퓨터로 연결하고, 몇 장을 프린트했다. 여러 정보들과 비교하여 한 치의 착오도 없어야 한다.

삼호쥬얼리 호의 소속회사에서 보낸 삼호쥬얼리 호 사진과 유럽 해운정보센터의 홈페이지에 탑재되어 있는 사진, 그리고 헬기가 찍어온 사진은 정확히 일치했다. 프린트된 사진은 흑백으로 출력되었다. 우리의 작전이 노출되지 않도록 멀리서 찍은 영상이지만 사방의 각도에서 찍은 모든 사진들이 삼호쥬얼리 호임을 증명했다. 상선은 엄청난 덩치를 무겁게 끌고 가는 듯 기관실의 연돌에서 검은 폐기를 토해내고 있었다.

이제 '18일. 21:00시, 지부티 항을 출항하여 삼호쥬얼리 호를 탐색하라'는 합참의 단편명령에 대한 임무 완결 보고를 해야 한다. 나는 부대장의 지시를 받아 전보를 타전했다.

192210시, 탐색결과 보고

1. 삼호쥬얼리 호 위치 확인.

2. 경도 064.00E, 위도 21.30N, 침로 090도, 15노트.

3. 적외선 열상장비 촬영 판독 결과 삼호쥬얼리 호가 정확하며 선박회사, 유럽해운정보센터에 등록된 사진과도 일치함. 사진 첨부함.

4. 지휘관 작전 의도 : 항해 레이더 탐지권 내에서 은밀 추적하며 구출작전을 위한 세부작전계획을 수립하겠음.   끝.

간단한 전문과 사진을 상부에 팩스로 보고했다. 부대장은 헬기에서 수집해온 상선의 위치로 가스터빈 전속 명령을 내렸다.

소말리아 연안까지 이제 750마일, 이 속도로 계속 항진한다면 사흘이 채 되기 전에 소말리아 영해로 진입한다. 구출작전을 펼칠 계획이라면 무슨 수를 써서라도 소말리아 영해 외곽에서 시도해야 한다. 어쨌든 우리가 지금 해야 할 일은 상부의 지시가 있을 때 당장이라도 그 임무를 집행할 수 있도록 사전에 여건을 조성해놓는 일이었다.

상선의 레이더보다 군함의 레이더 성능이 뛰어나므로 놈들에게 들키지 않고 30마일(약 60킬로미터) 밖에서 접촉을 유지하며 동조 기동하는 것은 문제가 되지 않을 것이다. 낮 시간만 아니면 10마일(약 20킬로미터) 안으로 들어간다 해도 큰 문제는 없을 것이다. 망원경을 사용한다 하더라도 눈으로 확인할 수 있는 가시거리는 한정되어 있으니까. 야간에는 놈들의 레이더에 걸리더라도 그냥 지나가는 상선으로 위장하면 될 것이다.

이제 우리와 놈들 간의 이격 거리가 채 70마일(약 140킬로미터)도 안 된다. 지금의 속도로 거리 차를 좁힌다면 8시간 후면 우리의 레이더망에 포착될 것이다.

군함은 목적지를 감지했다는 듯 더욱 확신에 찬 모습으로 쐐애액 거친 숨을 뱉으며 어둠 속을 달려갔다.

나의 의식은 다시 복잡해졌다. 해적의 상황을 예측해야 했고, 합참의 명령도 예상하여 미리 모범답안을 만들어야 했다.

놈들은 지금 무엇을 하고 있을까? 인질들은 어떻게 하고 있을까? 갈수록 난폭해지는 해적들에게 잡혀 있는 인질들의 생명에는 이상이 없는가?

상급부대에서는 비상대책회의를 개최하고 있을 것이다. 구출작전을 집행한다면 해외에서의 군사작전이니 어찌 고민이 되지 않겠는가? 모든 보고를 분석하고 정황을 판단하여 합당한 명령을 내릴 것이다. 어떤 작전을 지시할까? 차단작전? 구출작전? 구출작전을 한다면 우리 작전요원이든, 인질이든 인명손실이 불가피하겠지만 어떤 명령이라도 수명하고 완수해야 한다. 그것이 전쟁터가 삶의 현장인 군인의 삶이다.

지금 당장 우리가 겪고 있는 가장 큰 제한점은 무엇인가?

생각들이 엉키고 있었다. 이런 망할! 안 된다. 이렇게 생각이 엉망으로 엉키면 큰일이다. 이럴 때일수록 하나씩 하나씩 풀어 나가야 한다. 상부의 명령 중 가장 시간이 많이 걸릴 작전을 대비해두면 문제가 없을 것이다. 작전계획을 세워야 한다.

지휘소가 분주해졌다.

선박등반 훈련시에 삼호쥬얼리 호와 같은 화학물질 운반상선에서 관숙훈련을 해본 경험자들, 그리고 악바리 박도 지휘소로 소집되었다. 우리의 강약점, 해적의 강약점을 분석하며 하나씩 우리의 약점을 제거했다.

특수작전을 하는 데 꼭 많은 인원이 필요한 것은 아니다. 물론 모든 조건을 갖추면 좋겠지만 본국으로부터 전력 증원을 기다릴 수가 없었다. 인원과 장비 문제는 베테랑 요원들을 중심으로 숙달을 시키는 방법밖에 없다.

가장 큰 제한점은 시간이었다. 상선을 제지하지 못한 상태에서 이대로 놔둔다면 사흘 후면 소말리아의 영해로 진입해버릴 것이 뻔한 사실이었다. 인질과 작전요원의 안전을 최대한 보장하면서 효과적인 작전을 감행할 최적의 시간, 그 기습의 시간은 밤과 새벽 시간으로 한정해야 한다.

그러잖아도 시력이 좋은 해적들이 망원경을 가지고 경계하고 있다면 은밀작전과 기습작전이 쓸모없게 될 것이다. 우리에겐 야시경이 있고 어둠과 밤에 강한 장점이 있다. 야음을 틈탄 은밀 기습작전을 감행하기 위해서는 밤과 새벽, 놈들이 영해 내로 진입하는 데 사흘이라는 시간이 걸린다 하더라도 하루에 두 차례밖에 시간이 없다. 작전 감행을 위한 최종 리허설을 통해서 다시 한 번 문제점을 짚어볼 시간도 반드시 필요한 요소였다.

지휘관과 참모들이 이렇게 수많은 논의를 하며 제한 요소를 극복할 방법을 논하고 있을 때였다.

"대함 미식별 접촉물 접촉. 방위 198도, 거리 28마일, 침로 속력 090도, 15노트. 레이더 화면에 나타나는 크기로 보아 대형 상선 쥬얼리 호의 예상 위치와 일치합니다."

해상의 표적을 식별해내는 대함 레이더 작동수가 또랑또랑한 목소리로 보고했다. 이어 팩스로 전달된 용지 한 장을 전령이 들고 지휘소로 뛰어 들어왔다.

발신 : 합동참모본부

수신 : 청해부대

제목 : 단편명령

피랍 선박을 구출하고, 인질 선원과 작전요원들의 인명 피해 없이 현장에서 작전을 종결하라.

나는 전령에게서 용지를 받아들고 부대장 앞에서 모든 참모들과 지휘소 인원들이 듣도록 또박또박한 목소리로 보고했다.

"구출작전 명령입니다."

보고한 후 부대장의 얼굴을 올려다보았다. 부대장은 입술을 굳게 다물고 나를 응시했다. 잠시 침묵이 흘렀다. 나는 부대장의 침묵과 나를 향한 시선이 어떤 의미인지 눈치챘다.

구출작전의 감행.

그것은 전투를 의미했고, 총탄이 오가는 전투에서 어느 누구도 생환을 보장할 수 없었다.

이런 상황이 벌어지지 않도록 청해부대에 파병 나오면서 제발 우리 선박이 납치되는 일이 없도록 얼마나 많은 기도를 하고, 얼마나 많은 노력을 했던가? 해적과의 작전은 인질 상황이 발생하기 전에 끝냈어야 했고, 우리는 이제껏 그렇게 처리함으로써 우리 국민의 생명과 재산뿐만 아니라 우리 부대원의 생명도 지켜냈던 것이다. 그런데 전혀 예기치 않은 곳에서의 납치사건으로 최악의 상황을 준비해야 한다니, 어떻게 마음이 무겁지 않겠는가?

하지만 명령은 명령이다. 이제 우리가 생각해야 할 단 하나의 임무는 명령대로 인질 선원과 구출작전 요원들의 인명 피해 없이 현장에서 상황을 종결해야 하는 것이었다. 누군가의 희생이 생긴다면 그 또한 명령을 제대로 수행하지 못한 것이 될 것이다.

"부대장님, 우리가 이제껏 토의한 것을 토대로 구출작전 계획을 작성하고, 합참에 보고토록 준비하겠습니다."

작전계획은 3단계로 작성했다. 1단계는 심리전과 기만작전이다. 이 단계에서 우리에게 유리한 작전 환경이 되도록 사전에 여건을 조성해야 한다. 2단계에서는 1개의 해상침투조를 편성하여 은밀작전을 실시한다. 그리고 3단계에서 2개의 해상침투조와 공중헬기를 이용하여 협동 기습작전을 실시한다.

합참은 청해부대의 작전계획을 승인했다. 작전계획에 대한 승인에 따라 세부작전계획을 발전시켜 나갔다.

부대장은 특수전요원들과 함정요원, 그리고 항공대원들을 모두 집합시키고 작전 지시를 내렸다.

"모두들 명심해서 들어라. 상부로부터 우리에게 하달된 명령은 구출작전을 실시하는 것이다. 이 명령이 무엇을 의미하는지 알 것이다. 해적들이 순순히 인질을 석방하지 않는다면 그들과의 교전이 불가피하며 작전 중 사망자가 생길 수 있다. 우리는 군인이므로 전투 중 사망하는 것을 두려워해서는 안 된다. 그러나 인질로 잡혀 있는 우리 국민은 단 한 사람의 생명도 잃게 해서는 안 된다. 얼마 남지 않은 시간 동안 우리가 얼마나 치밀한 작전계획을 세우느냐에 따라 그 목적을 이룰 수 있을 것이다. 각 작전 단계별 팀장은 작전을 성공적으로 완수하기 위하여 명확한 과업을 뽑아내고, 팀 요원들과 세부작전계획을 작성한 다음 두 시간 내에 지휘소에서 브리핑하기 바란다. 질문 있나? 없으면 각자 위치로 해산!"

부대장의 지시에 따라 모든 요원들이 지휘소에서 빠져나가기 시작했다. 검문검색대장과 악바리 박은 나와 다시 한 번 비장한 눈빛을 교환한 후 작전요원들을 대동하고 지휘소를 빠져나갔다.

10

변질되는 모든 것

　나는 끝없는 수평선을 바라보았다.

　선박을 납치한 지 이틀이 지나갔다. 대부분은 우리나라 소말리아로부터 가까운 곳에서 납치를 했기 때문에 이렇게 오랜 시간 동안 항해를 하며 이동하는 것은 드문 일이라 했다. 시간이 흐르자 긴장이 느슨해졌다. 깜빡 졸거나 비몽사몽간에 들었는지, 아니면 꿈을 꾸었는지 헬리콥터 소리를 들은 것도 같다. 두목 아부디 형은 술을 마시고, 험상궂게 생긴 아부카드에게도 금단의 전리품을 한 잔씩 나누어주었다. 그리고 그는 원로처럼 행동하고 원로처럼 베풀며 서서히 군주가 되어가고 있었다.

　군함에서도 연락이 왔다. 일순간 긴장감이 맴돌았지만 무슨 일인지 알라를 외치는 상대방 때문에 일단 안심이 되었다. 두목도 완벽하게 통제되고 있는 이 상선과 적당히 오른 취기 때문인지 그리 긴장하는 기색이 없었다. 처음으로 이 일을 한 나에게는 모든 것이 신기하지만 두목과 다른 사람에게는 금방 식상한 일인 듯 상선에서는 일상적인 일들이 진행되었다.

그도 그럴 것이 사흘이 지나가고 있지만 우리 말고는 이렇다 할 움직임이 없었다. 하기야 우리도 일주일이 넘게 표류하다 만난 상선이니 이 망망대해에 누가 이들을 구하러 오겠는가? 또 여차하면 총을 쏴 죽여버리겠다는 의지를 초장에 확고하게 해놓았으니 인질들은 자신들의 운명에 순응했고 고분고분 말을 잘 듣고 있으므로 딱히 큰 소리를 칠 일도 없었다.

이렇게 망망대해에서 우리와 인질들 간에는 아주 짧은 시간에 운명적이며 공고한 지배자와 피지배자의 관계가 형성된 것 같았다. 우리에게 마치 스물한 명의 하인들이 생긴 착각마저 들었다.

그들은 시간이 되면 우리가 먹어보지 못한 요리를 해서 끼니를 해결해주었다. 이 사람들의 천성이 본래 착한 것인지, 아니면 우리의 모습이 험악해서 그런 것인지 그 이유가 모호하지만 처음 상선에 올라타면서 총을 쏘고, 선장을 구타했던 그런 긴장감은 서서히 상선에서 사라져가고 있었다.

배우지 못한 사람들은 좋고 싫은 것을 감추는 것이 힘든가 보다. 좋으면 좋은 것이, 싫으면 싫은 것이 금방 드러난다. 지금 당장, 이 상황은 모든 것이 만족스러운 듯 보였다. 마치 알라가 이 세상을 만들고 만족했듯 말이다. 두목의 표정에도 그런 자족의 느낌이 묻어 있었다. 물을 가져오라 하면 물이 오고, 음식을 가져오라 하면 음식이 들어온다. 당직을 바꿔라, 순찰하라는 공식적인 명령도 있지만 사소한 명령들을 재깍재깍 해결하는 하인들이 대체 몇 명이란 말인가.

놀라운 것은 불과 하루도 안 되어 나 또한 내가 모르는 본성을 깨달았다는 것이다. 나에게도 부릴 사람이 생겼다. 두목이 내게 명령을 하면 나는 그 옆에서 두목의 마음에 들게 크게 복창하고 까만 피부의 미얀마 사람에게 다시 지시를 하여 잔심부름을 시키는 요령과 여유가 생겼다. 내가 누구를 부리고, 내 한마디에 굽실거리며 일을 하는 사람을 갖게 될지 꿈속에서라도 생각해보았겠는가?

덥다, 에어컨을 틀어라, 창문을 열어라, 닫아라, 이런 단순한 명령이지만 가지지 못한 자가 가진 자의 흉내를 내고, 작은 권력의 맛에 길들어지기까지는 결코 많은 시간이 걸리는 것은 아니었다.

이런 좋은 분위기, 그러니까 상선을 처음 올라탔을 때의 살벌한 분위기가 아닌, 조금은 느슨한 분위기로 바뀐 것은 우리의 단순함과 총구 앞에 무기력해진 인질들의 비겁함 때문이기도 하겠지만, 그 무엇보다 돈이 되는 이 상선의 새로운 주인이 된 두목 아부디의 예기치 않은 관대함 때문이라고 나는 확신했다. 그리고 두목의 예기치 않은 관대함은 바로 그 금고, 그러니까 머니박스 속에서 돈다발을 지키고 있었던 그 호위병들, 바로 그 위스키에서 비롯되었다.

무슬림들은 근본적으로 술과 담배를 금기시했다. 알라의 이름으로 금기시된 것이다. 하지만 모두가 공감하듯, 금기시된 모든 것은 치명적인 매력을 가지고 있다. 그런데 신의 장난일까, 아니면 인간에 대한 시험일까? 그 치명적인 매력들은 금기시된 모든 것에 접근하고 싶은 치명적인 이유를 만들고 그 유혹들은 우리의 마음을 무장 해제시켜버린다. 그리하여 악한 것은 나쁘기 때문에 빨리 해치워야 한다느니, 나는 스스로 강하기 때문에 이러한 나쁜 것들을 접한다 하더라도 충분히 극복할 수 있다느니 그런 건방진 무모함까지도 생기는 것이다.

그 돈 상자가 판도라의 상자였을까? 두목은 그 상자를 열지 말아야 했을지도 모른다. 돈이 들어 있어야 할 돈 상자에 그 위스키 병들이 왜 들어 있었을까? 나는 그 맛을 알지 못하지만 돈을 지키고 있던 그 호위병들이 두목의 가슴과 머리에 어떤 식으로든 서서히 침투하고 있는 것이 분명했다.

지금 분위기는 좋다. 두목의 얼굴에서 자족과 행복의 웃음기가 사라지지 않고 있다. 술은 두목의 까만 피부를 달아오르게 하여 더욱 까맣게 만들어 놓았고 이따금씩 웃는 그의 얼굴에서 하얀 치아가 번쩍이는 유성처럼 스쳐 지나갔다.

두목은 새우를 볶게 하고, 커리와 치킨 요리를 가져오게 했다. 허락되지 않은 짓을 함께했을 때 느끼는 동질감과 유대감을 의도한 것일까? 소말리아 해안에 도착했을 때 생길 수 있는 다른 잡음을 미리 제거하기 위한 것인가? 두목은 아부카드도 불렀다. 이 일은 초짜인 내가 생각하기에 전략적이지 못한 것으로 보였다. 하긴 나보다 나이도 많고 경험이 풍부한 사람들이며 영웅들이니 내가 감히 평가한다는 것은 괜한 짓인지도 모른다. 아부카드도 금세 합류했다. 조타실은 둘만의 향연이 시작된 듯 즐겁고, 두 사람이 즐거우니 나도 행복했고, 구타가 없으니 인질들 모두 행복한 듯 보였다.

모두가 행복하니 늘 우리가 했던 말이 생각났다. 유 해피, 미 해피, 에브리바디 해피! 조금씩 손해 보더라도 못사는 우리들끼리 스스로를 자족하며 외치던 그 말. 너도 행복하고 나도 행복하고 그러면 모두가 행복하다는 그 말. 지금 인질들이 행복한지 모르겠지만 구타로부터는 해방되었으니 그들도 행복, 나도 행복, 모두가 행복한 시간이다. 까만 창밖으로 별빛이 무수했다.

─탕, 탕!

이 평화와 행복을 깨트린 것은 두 발의 총성이었다. 난데없이 총소리가 울리자 두목과 아부카드가 반사적으로 일어났다. 나도 벌떡 일어나 소리가 나는 곳으로 신경을 곤두세웠다. 두목은 인질들을 바닥에 다시 엎드리게 하고 감시자를 붙여놓은 다음 조심스레 밖을 살폈다.

반란인가? 아니면 인질들에게 허가되지 않은 총을 누가 쏜 것인가? 혹은 어디에선가 또 다른 향연을 펼쳐 흥을 이기지 못해 해안가에서처럼 하늘에다 영웅적인 난사를 한 것일까? 영웅들이 돌아와 해변에서 자축할 때 보면 제 기분을 주체하지 못하고 하늘에 몇 발의 축포를 쏘기도 했다.

그런 총소리인지, 아니면 반란의 시작인지, 또 어떤 가능성 때문인지 알 수 없었으므로 두목과 아부카드는 또다시 원초적 감각을 가진 동물이 되어 조타실 철문을 조심스레 열었다.

"헬리콥터, 헬리콥터!"

조타실 밖에서 당직을 서고 있던 동료 하나가 소리를 질렀다. 조타실 위쪽, 마스트 옆으로 마치 갈매기가 날아오르듯 길게 뻗은 난간 위에서 감시를 하던 동료가 헬리콥터의 출현을 알리며 긴급히 발사한 것이다. 두목과 아부카드, 견시 둘, 나, 이렇게 다섯 명이 난간 위에 모였다.

당직을 서던 동료의 진술에 의하면 두두두 하는 소리가 들렸고, 멀리서 불빛이 반짝거렸다고 했다. 헬리콥터 소리가 분명하다는 것이다. 그의 설명에 모두가 쥐죽은 듯 그가 향한 하늘을 향해 다시 귀를 기울였다. 가르랑거리며 수면 위를 미끄러지듯 가고 있는 상선의 동체, 부질없이 부딪치며 사라지는 파도, 이내 곧 사라지는 포말들 외에는 딱히 들려오는 소리가 없었다.

"확실히 들었어? 헬리콥터 맞아?"

아무 소리도 들리지 않고 까만 하늘에 별빛만 무성하자 두목이 큰 소리로 외쳤다. 감시자가 머뭇거리자 두목과의 귀중한 연대감을 형성하다가 판이 깨진 아부카드까지 다그쳤다.

"확실히 들었냐고? 어느 방향이야?"

몇 번씩 계속 되묻는 두목과 닦달하듯 몰아붙이는 아부카드의 질문에 정작 충실히 당직을 섰던 동료는 당황해하고 있었다.

사람은 보고 싶은 것만 보고, 듣고 싶은 것만 듣는다고 했던가? 두목과 아부카드는 헬리콥터 소리를 듣고 싶지 않은 듯했고, 헬리콥터를 지금 이 상황에서 보고 싶지 않은 듯했다. 그리고 자신이 듣고 싶은 대답은 따로 있다는 듯 계속해서 다그치고 있었다. 그러자 분명히 들었다던 소리는 "들리는 것 같았어요"로 변했고, 반짝이던 불빛은 별똥이 떨어지는 상황으로 변했다.

"그럼 그렇지, 이 망망대해에 무슨 헬리콥터야."

아부디 두목과 아부카드는 보고를 해프닝으로 정리하고 다시 조타실로 내려갔다.

한 차례의 소동이 일어난 후 몇 시간이 지났을까? 여전히 두 사람의 성대한 향연은 계속되었고, 두 사람의 기분은 최고였으며, 우리가 머물고 있는 이 공간의 분위기도 행복했다.

— 치익, 치익!

상선의 조타실 창문 앞에 설치되어 있는 무전기가 삶과 죽음을 반복하는 생물체처럼 이따금씩 귀에 거슬리는 소리를 냈다. 벌써 몇 시간째 끊어졌다 이어지기를 반복하고 있었다. 그럼에도 두목은 이 무전기만은 부수지 않았다. 두목이 가지고 있는 위성전화기가 고장 나거나 먹통이 됐을 때 마지막으로 사용할 수 있는 통신 수단이라는 것이 그 이유였다. 이 무전기는 처음엔 꺼져가는 생명처럼 가늘게 소리를 내더니 몇 시간째 저렇게 칙칙거렸다.

그 소리는 점점 선명하게 들리더니 마침내 무전기에서 목소리가 흘러나왔다.

"Samho Jewelry, this is Korean Navy. Over."

간간이 끊어지기는 했지만 이제 제법 알아들을 만한 메시지가 흘러나오고 있었다. 분명히 이 배를 찾는 목소리인 듯했다. 선장과 인질들의 눈빛에서 그것을 단박에 알아차릴 수 있었다.

두목도 알아차린 듯했다. 두목은 뭉툭한 검정 막대기 같은 손가락을 무겁게 들어 올려 선장을 가리켰다.

"You? This ship?"

지금 이 배를 찾고 있느냐는 질문에 선장은 대답 대신 고개를 끄덕였다.

"OK. Answer!"

두목을 힐끗 쳐다보던 선장의 눈동자에서 두려움과 희망이 순간 교차하는 듯했다. 선장은 무전기의 폰을 잡고 끈질기게 말을 걸어온 미지의 상대에게 응답했다.

"Korean navy! This is Samho Jewelry."

11
작전계획

3단계로 작성된 세부작전계획을 성공적으로 집행하기 위해서는 먼저 여건 조성 작전이 필요했다. 차질 없이 공격 팀을 침투시킬 사전 여건은 심리전과 기만작전이었다. 이를 통해서 동물적 감각을 가진 놈들의 주의를 분산시키고 집중력을 흩어놓아야만 승산을 높일 수 있다.

지적 능력보다 동물적 감각이 뛰어난 놈들에게 우리의 존재를 전혀 알지 못하도록 깜짝쇼를 하기란 불가능하리라. 또한 상선에 있는 선장과 승조원들에게 우리의 작전에 대한 암시를 어떤 식으로든 보내야 하지 않겠는가? 그래야 피해를 최대한 줄일 수 있다.

그나저나 인질들은 무사할까?

해적들이 상선을 탈취하는 과정에서 인질들이 다치거나 살해되는 경우가 종종 있었다. 이번 경우도 그런 가능성을 배제할 수 없다. 심리전과 기만작전을 성공시키려면 우리 상선과 선원들이 지금 어떤 상황인지 제대로 이해하는 것이 필요하다.

부대장은 조금 더 상선에 접근하여 조난 통신망으로 호출을 해보자는 결심을 세웠다. 무슨 얘기라도 들을 수 있다면 듣고 난 후 상황을 파악하자는 것이다. 합리적인 판단이었다.

상선과의 거리가 40킬로미터 정도 되자 호출을 시작했다. 놈들이 듣고 있는지, 선장이 듣고 있는지는 알 수 없다. 만약 통신기를 꺼놓았다면 허공에 외치는 소리가 될 것이다. 우주에 전파를 발사하면서 외계인이라도 응답하기를 바라는 심정이 되었다.

"삼호쥬얼리, 삼호쥬얼리, 여기는 연합해군입니다. 응답바랍니다. Samho Jewelry, this is Coalition Navy. Radio check, Do you hear me. Answer me. Over."

애타게 불렀으나 되돌아오는 것은 외계인이 보내는 듯한 무심한 전파소리가 칙~칙~ 가래처럼 끓으며 통신기를 휘감을 뿐 아무런 응답이 없었다.

"삼호쥬얼리, 삼호쥬얼리. 여기는 청해부대. 대한민국 해군입니다. 응답바랍니다. 혹시라도 응답하지 못할 상황이면 무전기를 두 번 잡았다 놓았다 해서 신호를 주십시오. Samho Jewelry, This is Cheong-Hae Escort Squadron, Korean Navy. Answer me. If you are not available to answer my communication. Keying twice. Over."

나는 우리말과 영어를 번갈아 사용하며 삼호쥬얼리 호의 목소리를 추적했다.

국적은 우리나라로 등록되어 있어도 외국인이 선장인 회사들이 있었다. 원양어선이든 상선이든 다국적 사람들을 통제하기 위한 공용어가 영어이므로 나는 우리말과 영어를 번갈아 사용해서 불렀다.

교신을 못할 상황이면 무전기 송신키를 두 번 잡았다 놓았다 해서 어떤 신호라도 보내줄 것이다. 이는 곧 통신기가 켜져 있다는 신호였다. 그렇다면 일방적으로라도 우리의 메시지를 방송하듯 보낼 수 있을 것이다. 놈들은 한국말을 모르므로 유사시에 우리말로 주의하라는 신호를 보내면 우리 선원들이 알아들을 수 있는 가능성이 높다.

답답한 마음에 통신기의 잡음을 없애는 조절 스위치를 이리저리 돌려보았다. 막막하고 답답한 우리의 마음을 대변하듯 가래 끓는 소리는 치익칙~칙~칙거리며 사라질 줄 몰랐다.

한참을 불렀을까? 그르렁거리거나 칙칙거리던 스피커 소리가 요도를 타고 내려오는 결석처럼 날카롭게 신경을 긁더니 주저하듯 잠깐, 잠깐 하고 끊어졌다. 일순간 상황실의 모든 시선들이 통신기에 쏠리면서 시간과 공간이 정지하는 듯했다. 통신기 앞에 앉아 있던 나도, 옆에서 교신상황을 지켜보던 부대장도 반사적으로 일어나 엉거주춤한 자세로 통신기와 서로의 얼굴을 번갈아 쳐다보았다. 두 귀가 쫑긋해졌다.

"두 번 누른 거 아냐, 응? 그런 거 같지?"

부대장이 다그치듯 내게 물었다. 나는 말없이 동조하듯 고개만 천천히 끄덕였다.

이것은 무슨 신호인가? 교신을 못 보낸다는 신호인가? 아니면 그냥 무신경하게 이어지던 잡음이 잠깐 단절된 것인가? 긴장감에 호흡을 멈춘 탓인가? 잠깐 동안의 기다림이 엄청 길게 느껴졌다.

─치익~

─치익~

"Korean navy, Korean navy, this is Samho Jewelry. Captain speaking."

절제하려는 듯했으나 자신의 의식으로는 통제가 불가능한, 낮게 떨리는 목소리가 영어로 통신기에서 흘러나왔다.

"This is Korean navy. Are you captain of Samho Jewelry?"

나는 상황실에서 즉각적으로 응답한 다음, 바짝 마른 콩깍지 안의 콩알이 도리깨질에 놀라 튀어오르듯 자리를 박차고 함교로 뛰어올라갔다. 함교의 통신기가 더 우수한 성능을 유지하고 있었으므로 미세한 떨림이나 목소리에서 전해져 오는 정보를 하나라도 더 얻기 위해서였다.

긴장을 하면 근육이 수축하고 정상적인 호흡을 할 수 없으므로 같은 양을 운동하더라도 훨씬 힘이 든다. 치타에게 쫓기는 가젤이 달리는 속도로 나는 함교로 올라갔다. 수직에 가까운 계단들을 순식간에 돌아 상황실에서 조타실까지 단숨에 달려간 나는 숨을 헐

떡이며, 그러나 의도적으로 차분히 다시 선장을 불렀다.

"삼호쥬얼리, 여기는 대한민국 해군입니다. 선장님, 저는 청해부대 작전참모입니다. 선장님께서는 볼 수 없겠지만 옆에서 지켜보며 항해하고 있습니다. 이제 걱정 마십시오. 모두 무사하십니까? 이상."

우리 국민과 선원들을 일단 안심시켜야 한다. 동물적 본능을 가지고 움직이는 사람들은 약자들의 약한 틈을 교묘히 이용하는 법, 절대 동요해서는 안 된다. 선장을 일단 안심시키고 선장의 옆에 강력한 무기를 가진 한국 해군이 엄호하고 있다는 사실을 놈들에게 알릴 필요가 있었다. 이 해적들과의 작전에서 이기려면 정신적인 면에서 놈들을 쥐락펴락해야 한다. 때로는 겁을 주고, 때로는 안심을 시켜서 우리가 무엇을 진행하고 있는지 알 수 없도록 만들 필요가 있었다.

"작전참모님, 반갑습니다. 정말 반갑습니다. 통신기에서 우리나라 말이 나오고, 우리 해군이 함께 항해를 하며 지켜주고 있다 하니 정말 안심이 됩니다. 우리 선원들은 아직까지는 모두 무사합니다. 이상."

선장의 목소리는 격앙되었으나 처음 교신을 보내왔을 때보다는 덜 떨고 있었다.

아직까지는 무사하다? 말할 상황이 아닌지는 모르나 무슨 일이 있었던 것은 분명했다. 우리 국민들에게 무슨 짓을 했는지 확실히 알 필요가 있었다.

"선장님, 혹시 해적들이 등반할 때 사람이 다쳤거나 사살된 사람이 있는 것 아닙니까? 이상."

"아닙니다. 해적 두목처럼 생긴 사람한테 제가 좀 맞기는 했습니다만 그리 많이 다치지는 않았습니다. 사망한 사람도 없습니다. 이상."

선장의 목소리로 보아서 거짓말을 하는 것 같지는 않다. 그런데 어쩐 일로 한국말로 이렇게 교신을 하게 놔두는 것인가?

해적들에게 아직 본토에서 구체적인 지시가 떨어지지 않은 듯하다. 그렇다면 이 어수선한 순간을 이용하여 구출작전에 필요한 모든 정보사항들을 뽑아내야 한다. 작전요원의 은밀침투와 기습작전의 효과를 배가하려면 놈들에 대한 정보사항이 세부적일수록 좋다.

이런저런 생각으로 머릿속이 복잡할 때 선장이 내 생각의 고리를 끊었다.

"작전참모님, 이제 그만 아웃해야겠습니다. 교신을 끊으라고 총구를 들이댑니다. 이상."

선장의 목소리는 다시 다급하고 떨리는 목소리로 변했다.

이대로 교신을 끊어서는 안 된다. 교신이 연결된 이상 무슨 수를 써서든 해적 두목과 담판을 지어서 해결해야 할 일들은 해결해야만 한다. 해적 두목은 어떤 놈일까? 어떤 성향을 가지고 있을까? 성질이 급한 편일까, 아니면 무슬림의 가난한 사람들이 그렇듯, 인생 대부분의 일들을 그들의 신 알라에게 의지하는 편일까?

어쨌든 그놈들이 원하는 것은 상선과 인질을 잡고 협상하여 돈을 받으려는 것이지만 지금 당장은 두목과 교신하여 우리의 강력한 메시지를 전달해야 한다. 우리 국민들에게 해코지를 하면 너희가 꿈꾸는 모든 것이 한순간에 사라질 것이며 죽음으로 갚아야 한다는 사실을 인식시켜야 우리에게 협상 카드가 돌아올 것이 분명했다.

어느 순간 함교로 올라와 내 옆에서 지켜보던 부대장에게 간단하게 의도를 보고하고 다시 통신기를 잡았다.

"선장님, 이대로 끊으시면 안 됩니다. 해적 두목이 옆에 있으면 바꿔주십시오. 제가 전달할 메시지가 있습니다. 반드시 교신을 해야만 합니다. 이상."

내가 해적의 두목과 얘기를 해보겠다는 용기를 낸 그 바탕에는 사적인 경험이 한몫했다. 소말리아 호송전대에 파병되기 전 나는 아프리카 문화와 무슬림 종교에 관한 책을 많이 읽었다. 적을 알아야 무슨 일이 생겨도 유리한 고지에 설 수 있는 법이니까.

민중을 통치하는 정치철학의 기반이 되는 거의 모든 종교가 그렇듯 무슬림도 피통치자들, 특히 가난한 대중에게 이 생에서의 금욕과 희생을 강요한다. 이런 금욕과 희생 뒤에는 내세의 행복이 반드시 따른다는 약속도 반복적으로 교육한다. 순진한 대중은 하루 세끼 먹을 식량이 없어도 하루 다섯 번 꼬박꼬박 기도를 드리며 자신들의 구원을 바라고 기도한다. 이들에게 종교는 이 생에서의 고통스런 삶을 해결할 유일한 방책이요, 다음 생에 새롭고 행복한 생활을 하는 기반이다. 즉, 종교가 그들 인생의 처음이요, 끝이다.

종교는 모든 것을 해결할 수 있는 수단인 한편, 그들을 통제할수 있는 수단이기도 하다. 이 민감한 부분을 건드려야 했다. 자존심은 건드리지 않으면서 최대한 강력하게 메시지를 전달해야 이멘탈 게임에 승산이 있다.

특수전부대의 중대장 시절에 배웠던 인질 협상의 기술과 범죄심리학 공부도 도움이 되었다. 특수작전에는 반드시 인질 구출작전이 포함되어 있고 젊은 장교들은 성공적인 인질 구출작전의 사례들을 연구하고 토의했다. 장교들에게는 협상을 위한 전문교육이필요했고, 나는 한때 범죄심리학에 심취해 있었다.

이제 내 몸의 모든 세포가 그동안 배웠던 모든 것을 연결시키고, 지금의 상황을 종합분석하느라 번개보다 빠른 신호들을 주고받고있다.

"소말리아 해적, 여기는 대한민국 해군이다. 들리는가?"

몇 번을 불러도 대답이 없다. 그렇다면 먼저 친근감이 느껴지도록 해야 한다. 무슬림식의 인사를, 그들의 목소리 톤을 흉내 내어불러보도록 하자.

"소말리아 해적, 앗살람 알라이꿈, 여기는 대한민국 해군이다. 들리는가?"

"오! 알라이꿈 앗살람(당신에게도 신의 평화가 함께하기를), 예스, 예스!"

인사말을 받을 때 습관적으로 누구나 낮은 톤으로 답을 하는 버릇이 있는 무슬림들처럼 해적으로 생각되는 이의 낮은 목소리가 통신망을 통해 들려왔다. 종교적 접근이 먹혀들었다. 무슬림 간에 만나거나 안부를 전할 때 습관적으로 건네는 인사와 소말리아 말 몇 마디를 익혀둔 것이 쓸모가 있었다. 놈은 내가 자신의 문화를 이해하고 무슬림 종교를 가지고 있는 사람이라 생각할 것이다.

놈의 거친 목소리가 통신기에서 흘러나왔다. 그리고 놈은 내가 통신기에 응답하라 했는데 응답한 것이다. 놈이 거친 것은 어쩔 수 없는 일이라 하더라도 인질을 어떻게 다뤄야 하는지에 대해서는 초보가 분명한 듯했다.

협상에서 중요한 것은 누가 협상의 키를 가지고 있는가이다. 협상에서 유리한 고지에 서려면 상대방을 초조하고 불안하게 만들어야 한다. 자신이 손해를 볼 수도 있을 것이라는 불안한 마음, 즉 안달하도록 만들어야 한다. 그래서 내가 가지고 있는 협상의 카드가 훨씬 크다는 것을 보여주거나 아니면 허풍이라도 부려야 한다.

그런데 이놈은 자신이 인질을 붙잡고 있으면서도 그 기술을 쓰지 못하고 있다. 놈이 어리바리한 틈을 타서 우리의 메시지를 확실히 할 필요가 있었다.

"소말리아 해적, 여기는 대한민국 해군. 앗살람 알라이꿈!"

나는 다시 한 번 내가 알고 있는 무슬림의 인사말과 축복을 그들에게 전했다. 종교의 끈을 잡은 이상 이 민감한 부분을 가지고 놈의 마음을 열어야 한다.

"오 알라이꿈 앗살람!"

놈은 나에게 다시 알라의 평화를 빌며라고 응답을 했다. 됐다. 이것은 종교적 *끄나풀*을 가지고 어느 정도 요리를 할 수 있다는 얘기다.

"소말리아 해적, 여기는 한국 해군. 지금부터 천천히 말하는 내 말을 잘 들어라. 너희는 한국 상선을 납치했다. 너희가 원하는 것이 돈이라는 것을 안다. 너희가 원하는 돈은 반드시 해결할 것이다. 그러나 한 가지 조건이 있다. 우리 국민을 절대 다치게 해서는 안 된다. 그렇다면 너희는 돈을 받을 수도, 고향에 돌아갈 수도 없다. 민간인을 살상하는 것은 너희 신, 알라도 용서치 않는 아주 나쁜 짓이다. 이해하는가? 너희가 이것만 지켜준다면 너희가 원하는 모든 것을 가지고 집으로 돌아갈 수 있을 것이다. 인샬라(알라가 함께하기를)! 이상."

나는 해적들의 낮은 교육 수준을 생각해서, 매우 쉬운 단어를 써 가며 천천히 메시지를 전달하려 애썼다.

"오케이. 유 해피, 미 해피. 인샬라."

시간이 조금 지나자 놈은 나의 의도를 알았다는 듯 응답을 해오고 나에게도 자기들의 신 알라의 축복을 빌었다. 좋다. 아직까지는 순조롭다. 한 번 더 강도 높은 요구를 해야 한다. 내가 손해 볼 것은 없다. 안 된다 하면 다시 달래면 되니까.

"소말리아 해적 두목, 여기는 한국 해군. 우리 국민이 안전하다는 사실을 나는 반드시 확인해야 한다. 우리 쪽에서 15분마다 교신을 보내겠다. 만약 우리 선장이 통화가 안 되면 우리 국민이 다치거나 죽은 것으로 알고 즉각 군사작전에 들어가겠다. 15분마다 교신하고, 국민들이 안전하다면 군사작전은 없을 것이다. 너희가 원하는 것은 돈! 내가 원하는 것은 우리 국민들의 안전! 이 두 가지의 약속만 지킨다면 모두가 행복하다. 인샬라. 이상."

15분마다의 교신! 이는 매우 중요하다. 무엇보다 우리 국민이 다치지 않고 잘 있다는 것을 계속 확인할 수 있는 통로가 될 것이다. 뿐만 아니라 차후 진행할 구출작전 시 놈들에 대한 정보를 수집하고, 우리 국민들에게 작전에 대한 암시를 주어 피해를 줄일 수 있을 것이다. 만약 놈이 이것을 오케이만 한다면 의외로 정보수집이 쉽게 될 것이다.

"OK, You call, captain answer. I want money, you want safe. We happy. in shā' Allāh(인샬라)!"

두목은 매우 간단한 단어를 통해, 내가 요구한 모든 메시지를 이해했다는 응답을 해왔다.

이로써 선장과 선원들이 안전하다는 사실과 앞으로도 지속적으로 그 사실을 확인할 수 있는 루트를 확보했다.

나는 통신기를 내려놓고 부대장을 쳐다보았다. 선장과의 대화와 해적과의 협상 과정을 모조리 지켜본 부대장의 얼굴에도 국민들이 안전하다는 소식에 다소의 안도감이 비쳤다.

그의 마음은 나보다도 몇십 배 무거울 것이 분명했다. 나는 작전 참모로서 작전을 계획하지만 최종 결정은 부대장인 그가 내려야 하고 모든 작전의 책임을 떠맡아야 하는 입장이니 그 짐이 오죽하 겠는가? 정의를 위해 총을 뽑아야 하지만 만에 하나 선원들이든 부대원들이든 사랑하는 가족들이 희생된다면 그 도의적 책임을 어찌 씻을 수 있겠는가?

부대장이 내 어깨를 감싸며 다독거리는 손끝에서 '이번 작전을 꼭 성공시켜야 한다'는 무언의 메시지를 느낄 수 있었다. 나는 부대장이 보낸 신뢰의 손길을 어깨에 얹고, 상황실로 다시 내려왔다. 이런 사실을 상부에 보고하고, 임무와 관련한 자들에게 임무를 재지시하기 위해서였다.

해적들과 교신하고 있다는 사실을 알고 주요 참모들과 검문검색 대장, 그리고 악바리 박도 상황실에 리모트 된 통신기 앞에 모두 모여 있었다.

"귀관들도 알다시피 선원들 모두가 무사한 것으로 판단된다. 통신기의 상태를 그 어느 때보다도 최상의 상태로 유지해야 한다. 통신 당직자들은 작은 숨소리 하나도 놓쳐서는 안 돼. 지금은 비상사태다. 내가 계속 상황실과 지휘소에 남아 있겠지만 선장이든 해적이든 우리와 교신을 원하면 즉각적으로 나, 작전참모를 찾아야 한다. 협상이란 일관성이 있어야 하므로 이 얘기 저 얘기 생각나는 대로 해서는 안 된다. 의견을 통일하고 일관성 있는 협상이 되어야만 우리 얘기에 신뢰를 갖게 될 것이다. 각 참모들과 작전대장들은 선장을 통해서 알아내야 할 정보목록을 작성해서 15분 이내로 집합하라. 질문 있나? 이제부터 작전에 필요한 정보를 수집하고, 그 정보를 이용하여 치밀한 계획을 세우는 것이 성패의 핵심이 될 것이다. 시간이 생명이다. 질문 없으면 15분 이후 이 자리에 집합한다. 모두 해산!"

사람들이 무엇을 해야 할지 알고, 그러한 능력을 가지고 있을 때 보이는 눈동자는 여느 때와 사뭇 다르다. 그럴 때 눈동자는 생명을 얻고 살아나 반짝인다. 장교들은 그런 눈동자로 지휘소의 철문 밖으로 사라졌다.

12

꿈과 희망의 땅

협상을 원만히 타결하면 기본급이 50만 달러라 했다. 50만 달러. 첫 번째 협상 이후 뭉칫돈을 만져본 적이 없던 나는 긴장감과 묘한 흥분감에 사로잡혀 에티오피아 아디스아바바의 볼레 국제공항에 도착했다. 몇 개월 전에 왔던 그 땅, 아무도 오지 않으려는 그 땅 소말리아. 그런데 이제 그곳은 내게 꿈과 희망의 땅이었다.

이번에는 유조선에 대한 협상을 맡았을 때 타고 이동했던 그런 경비행기는 없었다. 요즘 들어 줄담배와 불어난 몸무게 때문에 혈압이 높고, 어쩌면 위태위태한 비행기를 타지 않게 돼서 다행인지도 모른다. 군용 지프를 타고 또다시 긴 시간을 캠프까지 이동해야 하지만 기꺼이 참을 수 있을 것 같았다.

이번 여행은 모로코나 바레인으로 이동할 때와는 또 다른 느낌,

무언가 생동감이 밀려왔다.

모든 말초적 본능은 무뎌지기 마련일까? 돈을 주고 산 여자들, 돈을 보고 들러붙는 여자들과의 하룻밤으로 흥청망청 보냈던 성애의 여행도 점점 식상해져 갔다. 몸과 정신은 조금 더 강도 높은 자극을 원했고 강한 자극에 노출된 이후에 바라본 나의 모습은 정말 끔찍한 짐승 같았다.

그런데 아바자가 제안한 이 일은 마치 니코틴과 마약에 절어 있는 내 몸의 모든 피를 신선한 피로 바꾸고 만성신장병 환자가 새로운 콩팥을 이식받은 것과 같은 느낌을 주었다. 심지어는 창의적인 느낌까지 들었다.

협상가, 네고시에이터(negotiator). 상대방의 심리와 상황을 이해하고 머리를 쓰면 쓸수록 우리 편의 이익을 극대화하는 전략가. 비록 납치해온 선박과 인질에 대한 협상이기는 하지만 상대방의 입장에 대해서 객관적 태도와 감정을 가지고 우리 편의 이익을 극대화하면 되는 것이다.

그런 차원에서 본다면 처음 협상 때 모국 사우디아라비아의 유조선을 상대한 것이 잘된 일이었다. 그때도 충분히 이방인적 자세로 익명성 뒤에서 협상을 잘 이끌어냈다. 어쩌면 나에게 이 분야에 천부적인 재능이 있는지도 모를 일이었다.

이런저런 생각을 하고 있을 때 군인들로 보이는 남자 두 명이 다가왔다.

"앗살람 알라이꿈!"

"오 알라이꿈 앗살람!"

무슬림 형제들 간에 나누는 의례적인 인사와 두 번의 포옹을 한 다음 바로 지프에 올라탔다.

150미터가 넘는 상선, 무엇을 실었는지는 모르지만 흘수선이 많이 내려간 것으로 봐서 적재물이 만선이라는 것, 피부 색깔이 다른 사람들로 구성된 인질이 21명, 가라카드로 항해하고 있다는 것, 이제 채 이틀도 안 되어 항구에 입항할 것이라는 간략한 정보를 강인한 턱선을 따라 검고 기름진 구레나룻 수염을 기른 군인이 뒤도 보지 않고 브리핑을 했다. 그러고 나서 여러 번 접은 누런 종이에 적힌 전화번호를 암호마냥 신중하게 건넸다. 위성전화번호일 것이다. 이 번호는 납치에 성공한 두목과 연결하여 입항할 때까지 구체적인 행동강령을 알려줄 지령선이 될 것이 분명했다.

생각이 여기에 미치자 갑자기 헛웃음이 나올 뻔했다. 서방국가들, 돈 많고 힘이 강한 나라들이 더욱더 많은 돈을 벌고 싶어 쏘아 올린 위성들이 아니던가? 이 위성전화가 없었으면 그 먼 거리에 있는 해적들과 통신할 엄두라도 낼 수 있었을까? 아니다, 꼭 그렇게 생각할 것도 아니다. 이것도 상업 활동 중 하나 아닌가! 위성은 상업의 활성화를 위해서 반드시 필요한 수단이라고 생각하며 전화번호를 받아들였다.

배터리를 충분히 충전시켰고 여분의 배터리까지 챙겨왔으니 전화기의 전원을 켜놓을까 생각하다가 해안가에 가서 해도 늦지 않겠다는 생각이 들었다. 서류가방 속의 뭉툭한 이리듐 전화기를 만

지작거리다가 다시 넣어두었다.

아무튼 이번에는 협상 금액을 올릴 만한 모든 여건을 조성해야 한다. 적재물도 꼼꼼히 챙겨볼 생각이다. 색깔이 다른 사람들, 고용한 사람과 고용된 사람들이라는 이야기. 느낌이 좋았다. 유리한 협상을 위해서는 사람이 많으면 많을수록 좋으니까.

세단의 부드러운 엔진소리와 푹신한 시트의 감촉과는 비교도 되지 않는 비포장도로를 덜컹거리며 달리는 지프 안이지만 의욕과 엔돌핀이 솟은 뇌는 그 어떤 각성제를 만났을 때보다 기분이 좋았다. 환경이 어떻게 변하더라도 나의 능력을 확인하고, 존재감을 얻을 수만 있다면 절망의 땅이 꿈과 희망의 땅으로 변하는 것은 한순간이라는 생각마저 들었다.

무거운 엔진소리, 덜컹거리는 시트가 규칙적으로 몸을 흔들자 어느덧 피곤이 몰려왔다.

"Brother! We are here!"
한참을 잤을까?

다 왔다며 잠을 깨우는 군인의 목소리, 그리고 지프 주변을 포위하듯 에워싸고 왁자지껄 떠드는 아이들 소리에 눈을 떴다. 희망이 없는 어린아이들의 눈동자는 술 취해 주정을 부리는 창녀를 보는 것보다 더 저주스러운 일이라는 생각이 들었다. 나는 황급히 그들에게서 눈을 돌려 먼 바다를 응시했다.

돈! 돈에 집중하자!

일을 빨리 마무리해서 새로운 사업을 시작하는 거다!

위성전화기를 꺼내들고 전원 버튼을 누르자 잡다한 생각들은 포맷되고 다량의 호르몬이 동시에 분비되는 듯이 뇌가 각성하기 시작했다.

13

끝없는 욕심

　구출작전 명령을 수명한 뒤 모든 상황이 긴박하게 진행되었다. 세부계획을 발전시켰고 특전 팀들은 숙달훈련을 병행했다. 평화로운 바다에서의 통상 활동을 방해하고 사람의 생명을 위협하는 노략질을 하는 해적들이 공공의 적이 된 이후 해적들의 행위가 갈수록 지능화되고 포악해지자 연합해군의 공조도 신속하고 매우 협조적으로 이루어졌다.

　피랍 상선이 긴 시간 소말리아 쪽으로 이동함으로써 초계기들의 정찰작전 구역 안에 들어오자 유럽연합군의 스페인 초계기에서 제일 먼저 삼호쥬얼리 호에 대한 항공사진을 보내왔다. 그 사진은 지부티에 기지를 마련하고 아덴 만 일대에 대한 초계비행작전을 하고 있는 일본 초계기 P-3에서 보낸 사진과 일치했다. 주·야간

지속적으로 촬영해서 보낸 정찰사진을 바탕으로 정보참모를 중심으로 한 정보분석 팀이 분석을 실시했다.

선교에 몇 명의 해적들이 분산되어 있었다. 엄폐물을 중심으로 경계당직을 서고 있는 듯했다. 선교 좌우현 윙브릿지 구석에 각각 한 명씩, 놈들이 들고 있는 무기는 모두 AK-47 소총으로 보였다.

냉전시대부터 지금에 이르기까지 빈자와 약자들의 무기로 대변되었던 구소련의 소총. 당시 사회주의 국가의 체제 아래에서는 사유재산권이 인정되지 않았고 당연히 지적재산권도 없었으므로 설계도는 무차별적으로 뿌려졌다.

이를 바탕으로 심지어 대장간에서도 만든다는 그 소총을 놈들은 사용하고 있을 것이다. 또한 직경 7.62밀리미터, 길이 39밀리미터 탄환은 명중률이 다소 떨어지기는 하지만 500미터까지는 위협적인 무차별 난사가 가능할 것이다.

특전 팀의 공중엄호를 위해서 헬기를 투입한다면 반드시 놈들의 사정권 밖에 위치해야 생존을 확보할 수 있었다.

문제는 우현 쪽에서 망을 보고 있는 놈이 들고 있는 정체불명의 뭉툭한 물체였다. 저것은 무엇인가? 정보참모가 벌써부터 우려하는 눈빛으로 커다란 돋보기를 들고 이리저리 살펴보았다.

"아무래도……."

정보참모가 뜸을 들이며 말을 이었다.

"RPG-7 대전차 로켓 같습니다."

신화를 만든 요술방망이라는 별명을 가진 알피지—세븐. 이 무기는 원래는 무적의 전차를 잡기 위해 보병들이 사용하는 대전차 로켓이었다. 이것 또한 값싸고 튼튼해서 테러리스트나 영세한 군대를 중심으로 많이 밀수되어 보급되는 무기였다. 화력 또한 막강해서 해적들에게도 아주 매력적인 상품이 되었을 것이다.

1990년대 초, 미국을 중심으로 펼친 소말리아 평화복구작전(Somali Peace Restore Operation) 때였다. 미 육군은 모가디슈 전투에서 첨단 무기로 무장하고 반군 진압에 나섰다. 그런데 미 육군 특수부대를 태운 특수전 헬기 블랙호크 두 대가 반군들이 쏜 대전차 로켓에 격추되었다. 조종사는 사살되었고 시신은 훼손되었다. 그 충격에 따른 반전(反戰) 여론으로 결국 미군은 소말리아에서 철수할 수밖에 없었다. 소규모 반군이 세계적인 미군을 퇴각시키는 데 썼던 바로 그 무기. 그런데 해적들이 그 대전차 로켓을 가지고 있었다.

이는 우리의 공중작전과 해상엄호작전에 심각한 제한사항이 될 것이 분명했다. 하지만 놈들도 약점은 분명히 있게 마련이다. 로켓을 쏠 때 나오는 백파이어(back fire, 역화. 로켓탄이 발사되면서 나오는 추진열과 가스) 때문에 반드시 실외에서 쏠 것이고 일정한 고각(高角)을 유지할 수밖에 없기 때문이다. 그렇지 않으면 놈들은 자신들이 쏜 로켓 열에 통닭처럼 익어버린다는 것을 모를 리 없다. 특전요원이 침투할 때 헬기를 일정한 고도 이상으로 높인다면 우리에게는 유리하고 놈들에게는 불리한 위치가 될 것이다. 그 위치를 반드시 선점해야 한다. 그리고 저격수를 최대한 배치하여 선교 주변에서 움직이는 표적들을 정확하게 제거한다면 방법이 없는 것도 아니라는 생각이 들었다.

선장과의 몇 번의 통신을 통해서도 많은 정보사항이 파악되었다. 아직 해적 두목이 본국이나 브로커와는 연락이 닿질 않아서인지 우리가 요구한 대로 호출할 때마다 약간의 지연은 있지만 선장과의 통신을 허락했다.

선장은 선원들의 이상 유무를 영어로 이야기하다가 몇 마디씩 우리말을 섞어 구출작전에 유용한 정보를 알려주었다.

해적 열세 명의 위치, 놈들은 선교와 조타실 안팎에서 2명이 1개조로 당직을 서고 있다, 두목으로 보이는 놈은 조타실에 위치하고 있으나 술에 약간 취해 있다는 것, 얼마 전부터는 휴대용 위성전화기를 들고 자주 밖으로 왔다 갔다 하고 있으나 일이 제대로 풀리지 않은 듯 나갔다 올 때마다 신경질을 부린다, 쥬얼리 호의 식당에서 요리를 만들지만 음식은 가져다가 먹으므로 경계위치를 떠나는 법이 없다, 인질들은 대부분 조타실에 있고 기관장과 해적 1명만 기관실에 있다, 음식을 만들 때는 조리장을 해적이 앞장세워서 식당까지 이동한다, 해적들은 모두 소총을 들고 있으며 조타실 밖에 있는 한 놈은 바주카포를 들고 있다, 식사는 아침 7시와 오후 2시, 저녁 7시경 세 차례 하고 있으며 거의 시간을 준수한다는 것, 무엇보다도 무슬림들이 밥은 굶어도 지킨다는 다섯 번의 기도시간에는 최소한의 경계만 붙이고 모두 각자의 장소에서 서

북쪽을 향해 기도한다는 것 등등이었다.

구체적인 구출작전을 위해서 선장은 우리가 궁금해하는 중요한 정보들을 놈들이 알아채지 못하게 한마디, 한마디씩 눈치껏 전해 주었다.

서북쪽을 향해 기도한다는 것은 그들이 살아생전에 한 번은 꼭 가보고 싶어 한다는 이슬람의 성지 메카를 향한다는 의미일 것이다. 새벽, 정오, 오후, 일몰, 밤, 이렇게 다섯 번. 이 시간에는 최소한의 경계를 붙인다고 하지만 놈들이 가장 많이 깨어 있다는 이야기이기도 하다. 정확히 정해진 시간 없이 해의 위치에 따라 변하는 그들의 기도 시간을 고려했을 때 작전이 가능한 시간대는 새벽과 밤이어야 할 것이라는 생각이 들었다.

그렇다면 놈들의 경계심이 가장 이완될 때는 언제일까? 그때가 언제든 심리적인 압박과 이완을 반복적으로 강요해서 우리가 공격하는 시기를 예측할 수 없도록 해야 한다.

작전개념과 세부계획이 작성되었다.

대양 한가운데에서 철저히 경계태세를 취하면서 항해하는 선박에 아무도 모르게 승선한다는 것은 사실상 불가능한 일이다. 따라서 먼저 군함과 헬기의 위협기동을 실시한다. 이것은 놈들에게 심리적인 압박이 될 것이다. 그리고 기만작전을 통해 놈들의 경계심을 이완시키면서 되도록 탄약의 소모를 강요한다. 우리의 압도적인 화력의 우세를 과시함으로써 전투의지를 약화시키고 놈들의 전투의지가 상실될 때까지 몰아붙인다. 마지막 순간에 투항을 권고하고 이를 받아들이지 않으면 적이 예측할 수 없는 시간에 신속한 기습작전을 통해 강제진입을 실시한다. 작전요원 간 엄호하여 생존을 확보하고 선원들을 모두 안전하게 구출하여 상황을 현장에서 신속하게 종결한다.

우리는 이런 내용을 골자로 상부에 보고했고 곧바로 작전이 승인되었다.

이제 모든 것이 준비되었다.

군함은 육상선수가 출발신호탄 소리를 기다리듯 쥬얼리 호 선미 쪽 20킬로미터쯤 이격하여 은밀하게 추적했다. 이 정도 거리라면 놈들의 가시권 밖에 있을 것이고 레이더를 통해서 본다 하더라도 함께 항해하고 있는 선박으로 인식할 것이다.

상황이 발생한 후 지금 이 순간까지 파악된 모든 정보사항을 놓고 참모들은 성공적인 작전을 위해 탁자 위에서 생각할 수 있는 모든 위험 변수들을 제거하고자 노력했다. 그 결과물이 나오자 나는 상황실에 함정의 작전요원들, 항공대장, 검문검색대장, 특전요원 훈련관 박 준위, 그리고 참모들을 집합한 뒤 부대장에게 작전 브리핑을 실시했다.

시종일관 무거운 표정으로 브리핑을 청취하고 난 부대장은 간단명료한 명령과 지시사항을 시달했다.

"작전참모의 브리핑을 잘 들었을 줄 믿는다. 우리는 군인이다.

부여받은 명령은 목숨을 걸고 완수해야 한다. 우리 모두 각자의 위치에서 전우들을 철저하게 엄호해야만 이 임무를 달성할 수 있다. 모든 인질들을 안전하게 구출하고 다시 이 자리에서 보자. 모든 작전은 상황실에서 지휘관인 내가 통제할 것이다. 작전참모는 옆에서 적극 보좌하도록."

"네, 알겠습니다."

나는 매우 단호한 목소리로 대답했다.

"그러나 부대원의 생명과 인질의 생명에 관해 시간이 촉박하여 보고할 시간이 없거나 중차대한 일은 바로 현장의 지휘관이 즉각 집행한 후에 보고해도 좋다. 질문 있나?"

실전! 사태의 심각성을 다시 깨달은 듯 상황실에 집합한 모든 대원들이 입을 굳게 다물자 잠시 정적이 흘렀다. 사선으로 뛰어들 특전요원들도, 자신의 엄호만을 무작정 믿고 총탄 속을 헤치고 들어갈 대원들을 지원하는 함정이나 항공기 요원들도 모두 말이 없었다.

비장한 침묵을 깬 것은 항해 레이더를 감시하던 전탐사 강 하사의 보고였다.

"넘버 원(#1) 대함 레이더 작동수 15:00시 보고. 삼호쥬얼리 호 대각도 변침중. 침로 030도-속력 15노트. 이대로 항해하면 삼호쥬얼리 호 함수전방에서 090도-10노트로 항해하고 있는 대형 상선과 충돌할 가능성이 높습니다. 충돌 예상 시간 30분 후."

강 하사의 보고가 종료됨과 동시에 의문의 대형 상선도 충돌의 위험을 감지했는지 변침을 시도하며 삼호쥬얼리 호에 충돌 경고 통신을 보내는 소리가 들려왔다. 국제상선 호출망을 통해서 삼호쥬얼리 호에게 충돌의 위험을 알리며 교신을 시도한 상선은 몽골 국적의 선박이었다.

갑작스러운 침로 변경. 놈들이 추적의 낌새를 알아차린 것일까? 계속 항해를 해서 신속하게 자기네 영해 내로 진입하는 것이 급선무일 텐데 갑자기 변침을 해서 방향을 바꾼 이유는 무엇일까? 작전계획을 변경해야 하는가? 갑자기 내 머릿속이 복잡해지기 시작했다.

우발적인 사태에 대해서 고민하고 있을 때 강 하사의 보고가 이어졌다.

"삼호쥬얼리 속력 감소 8노트, 삼호쥬얼리 선미에 레이더상 소형 물체 하나 확인됩니다. 표적의 크기로 보아 소형 어선으로 판단됨."

그러자 레이더 작동수의 보고를 정보 공유하고 있던 광학장비 당직자가 보고를 이어받았다.

"광학 카메라 작동수 보고. 삼호쥬얼리 선미에 자선 한 척 육안 식별, 삼호쥬얼리로부터 분리된 스키프로 판단됨."

부대장과 나의 시선은 반사적으로 광학장비 스크린에 박혔다. 지금 우리 쪽에서도 삼호쥬얼리 호를 육안으로 볼 수는 없지만 성능 좋은 디지털 줌 카메라가 달린 광학장비는 얘기가 달랐다. 과연 놈들이 선박을 납치한 이후 유사시에 도주할 때 쓸 수 있도록 끌어 올려놓은 스키프 두 척 중 한 척이 진수되어 선미 쪽에서 항해하고 있었다.

"스키프 갑판에 해적으로 보이는 인원 네 명이 식별되고 있습니다."

부대장과 나는 동시에 서로의 얼굴을 쳐다보았다.

우발상황이었다. 놈들은 우리가 추적하고 있다는 사실을 모른 채 납치한 선박이 한 척으로는 만족스럽지 않았는지 느린 속력으로 항해하고 있는 몽골 선박까지 납치해서 의기양양하게 귀항하고 싶어 하는 것 같았다. 네 명의 해적이 또 다른 납치를 위해서 무기를 소지하고 내렸다면 인원은 분산되었을 것이고 소총과 실탄의 무장 차원에서도 놈들의 전투력은 지금이 가장 약해져 있는 상태일 것이 분명했다.

우발적인 상황이지만 지금이 기습작전의 최적기라고 참모진은 분석하고 부대장에게 권고했다.

"좋아. 먼저 고속단정을 모두 진수하여 2척의 공격 팀을 먼저 투입하는 것이 좋겠어. 나머지 1척은 지원 태세를 유지하고 공격 팀의 후방에 위치하라. 헬기는 발진하여 해적 자선이 쥬얼리 호로 복귀하는 것을 차단하고, 유사시 공격 팀의 선박 등반 시 공중엄호를 실시하라."

부대장의 명령이 떨어지자 고속단정을 진수하고 헬기를 발진하기 위한 함 내 방송이 실시되었다.

"실전! 고속단정 진수 요원 배치, 헬기 이함 요원 배치."

군인에 대한 가장 훌륭한 사기 진작과 복지는 강한 훈련을 시키는 것이라 했던가? 군인이 명령에 따라 전투에 임하고 임무를 완수해서 살아서 돌아올 수 있도록 하는 유일한 방법은 평상시에 실전을 방불케 하는 강한 훈련을 통해서만 가능할 것이다. 실전에 투입하여 교전을 벌일 생각을 하니 이 말은 절대적인 진리라는 생각이 들었다.

군함에 탑승해 있는 모든 대원들은 '실전!'이라는 함 내 방송에 따라 평상시 연습했던 대로 각자의 위치에서 톱니바퀴처럼 일사불란하게 움직였다.

"부대장님! 드릴 말씀이 있습니다."

특전요원들을 지휘하던 검문검색대장 변 소령이었다.

"무슨 일인가?"

전투상황실의 CCTV를 통해 고속단정의 준비 상태와 헬기 이륙 준비 상태를 점검하던 부대장이 변 소령에게 되물었다.

"부대장님! 제가 대원들과 함께 출동해서 현장을 지휘하도록 허락해주십시오. 인질들이 해적 손아귀에 있는 최악의 상황이라서 요원들을 일사불란하게 통제하고 현장에서 신속하게 결단 내려야 할 것 같습니다. 제가 직접 현장에 가도록 허락해주십시오."

선원들과 해적이 혼재한 상황에서는 즉각적인 결단을 내려야 한다. 복잡한 현장을 효과적으로 통제하기 위한 최적의 방안이 무엇일까? 세부적인 작전계획을 작성할 때 한참을 고민하다가 변 소령과 나는 아무래도 경험 많은 선임장교가 출동하는 것이 좋겠다고 논의했었다.

실전상황이 발생했을 때 검문검색대장의 전투 위치는 지휘관 곁에서 특수작전 중에 발생하는 문제들에 대한 적시적인 지휘 권고를 드리는 특수전 참모의 역할이었다. 이런 직무 분담을 알고 있는 부대장은 변 소령의 권고를 듣고 난 뒤 변 소령의 얼굴을 의미심장하게 바라보았다.

"자네의 임무는 내게 특수전에 대한 지휘 결심을 보좌하는 것이 아닌가?"

부대장은 본연의 역할과 임무를 다시 물어서 왜 그런 생각을 하게 되었는지 그 이유를 듣고 싶어 하는 것 같았다.

"네, 그렇습니다. 하지만 사안이 매우 위중하지 않습니까? 그리고 작전참모가 특수전부대의 경험이 풍부하고 상황을 잘 알기 때문에 실시간으로 전송되는 전투상황을 영상장비 카이샷(KAISHOT, 현장 상황을 촬영하여 영상과 음성을 실시간으로 지휘소에 보낼 수 있는 무선영상전송 시스템)을 통해서 보시고 특수전에 대한 지휘 결심 권고는 작전참모를 통해서 들어도 큰 문제가 없다고 봅니다."

이미 확고한 결심을 내린 듯 변 소령은 작전에 투입시켜달라고 종용했다. 부대장은 나의 의중을 알고 싶은 듯 나의 얼굴을 쳐다보았다.

"현장에서 작전 중에 일어난 특수전 상황에 대해서는 제가 충분히 결심 보좌해드릴 수 있습니다. 변 소령의 권고처럼 사안이 위중하니, 변 소령 뜻이 정 그러하다면 현장에 투입시키는 것이 좋겠습니다. 총탄이 빗발친다면 상황이 정상적으로 보고되지 못할 수도 있습니다. 현장에서 책임을 지고 결심할 선임장교가 필요합니다."

나 역시 변 소령과 뜻을 같이하자 부대장은 변 소령의 출동을 결심했다.

"임무 완수하고 복귀하겠습니다."

짧은 경례와 함께 변 소령은 굳게 입술을 다물고 내게 무언의 눈길을 보내면서 살짝 고개를 끄덕인 다음 전투상황실의 무거운 철제문을 열고 나갔다.

짧은 그의 눈길. 그는 철제문을 열기 전 손잡이를 잡고 아주 잠깐 멈춰서더니 뒤도 보지 않고 빠져나갔다. 그 짧은 순간을 남들은 눈치를 못 챘을 테지만 그의 고뇌가 느껴지는 듯했다.

문은 출입하는 곳이다. 생명체가 오고 가고 희로애락이 오고 가는 곳이기도 한 그 문이 그에게는 생사를 구분 짓는 선으로 느껴졌을지도 모른다. 총탄이 빗발치는 전장으로 진입하는 대원들, 생명을 위협하는 해적들에게 납치되어 있는 선원들까지 모두 안전하게 가족의 품으로 복귀시켜야 하는 막중한 책임감이 그의 어깨를 짓누르고 있을 것이다. 그리고 어쩌면 다시는 넘어오지 못할수도 있는 그 선상에서 어찌 잠깐의 주저함과 멈춤조차 없겠는가? 그는 그렇게 결사의 눈빛과 의지를 가지고 문 저편으로 사라졌다.

변 소령이 문 밖으로 사라지자 우리의 눈은 다시 상황실의 벽면을 가득 채운 전술화면과 CCTV의 화면에 집중되었다.

문득 이런 생각이 들었다. 우발적 상황의 연속 속에서 작전을 결심하고 집행하는 일련의 과정이 마치 우리가 새로운 환경에 적응하며 진화해가는 지구상에 처음 나타난 새로운 생물체 같다는 생각 말이다.

　이미 표적을 향해 날아간 화살처럼 고속단정 세 척과 링스헬기 한 대가 작전요원들을 태우고 떠났다. 이제 전장의 상황은 눈을 감고 안개 속을 걷듯 더욱 예측할 수 없는 상태가 계속될 것이다. 이제는 부대원들을 믿는 수밖에 없다. 아니, 그동안 우리가 피땀을 흘리며 겪어낸 훈련의 결과들과 그 모든 과정을 기억하고 있을 감각과 근육, 그리고 세포들의 본능과 반응을 믿어야 하겠지. 그리고 평화를 지켜줄 신의 가호를 믿는 수밖에 없다.

14

덫, 그리고 알 수 없는 그림자

　"브라보(BRAVO), 찰리(CHARLIE)! 델타(DELTA) 여기는 알파(ALPHA) 레디오 체크(radio check, 작전요원들 간 통신망을 확인하는 절차), 준비되면 보고."

　현장 지휘를 자청한 변 소령은 공격 팀이 탑승한 고속단정 RIB 두 척의 호출부호 브라보와 찰리, 지원과 후방 엄호를 맡을 고속단정 델타를 차례대로 호출하며 통신감도와 전투 준비 상태를 재차 확인했다.

　"알파, 여기는 브라보. 감도 양호, 준비 완료!"

　"찰리 감도 양호, 준비 완료!"

　"델타 감도 양호, 준비 완료!"

　"여기는 알파, 수신 완료. 잠시 대기! 잠자리, 여기는 알파, 레디오 체크!"

변 소령은 공중엄호를 맡은 박 중령을 호출했다.

"여기는 잠자리, Your radio loud and clear(매우 잘 들린다)."

"잠자리, 여기는 알파. Your radio also loud and clear. 드래곤, 여기는 알파! 모든 국과 교신설정 완료. 준비 완료, 출발하겠음. 지시 바람."

표적을 향해 날아갈 화살촉의 맨 끝단이라 할 수 있는 특전요원들이 준비되었다는 최종 보고가 상황실 통신망을 통해 보고되자 부대장은 지체 없이 출발 명령을 내렸다.

"Go!"

변 소령의 출발 신호가 떨어졌다. 공격 팀이 탑승한 고속단정은 마치 적토마가 힘찬 질주를 하기 전 앞발을 크게 들고 준비를 하듯 선수를 약간 치켜들었다. 그리고 나서 가아앙~ 500마력의 경쾌한 엔진소리와 더불어 푸른 물결을 가르며 삼호쥬얼리 호로 향했다.

공격 팀을 후방에서 엄호 지원할 고속단정이 그 뒤를 순식간에 따라붙었다. 이미 엔진 시동 상태에서 대기하고 있던 링스헬기도 이륙했다. 링스는 다른 선박을 납치하기 위해 진수한 해적선의 감시와 차단, 그리고 공중엄호를 맡을 것이다.

상황실의 대형 전술화면에는 특전요원들의 헬멧에 착용된 영상장비 카이샷을 통해서 현장의 상황이 정상적으로 실시간 전송되어 들어왔다.

20일 15:25시.

날씨는 맑고 해는 중천에 떠 있었다. 우리의 고속보트는 표범이 사냥감을 낚아채기 전 낮은 자세로 포복하듯 은밀한 항해를 계속했다. 그러나 고속보트가 아무리 은밀하게 접근하고 헬기가 원거리에서 엄호한다고 해도 백주대낮에 은밀작전을 감행하기에는 제한이 많이 따를 것이다. 더군다나 놈들은 육감이 동물처럼 살아 있을 해적들이 아니던가!

그렇다면 거대한 군함의 위용을 내세워 심리적인 위압감을 심어 줄 필요가 있다. 그리고 군함 쪽으로 시선을 돌리도록 유인이 가능하다면 특전요원들이 상선에 쉽게 등반할 수 있도록 도울 수 있을 것이다.

특전요원들을 태운 고속단정이 삼호쥬얼리 호의 우현 쪽으로 접근하고 있었다. 그리고 헬기는 우측 후방에서 지원할 태세였다. 그렇다면 함정은 교전이 발생했을 때를 대비해서 우군 간의 오인사격과 상호 간섭을 막기 위한 쪽으로 기동해야만 한다. 해적들을 유인하고 특전요원들을 쉽게 등반시킬 수 있는 쪽, 우리는 군함을 삼호쥬얼리 호의 좌현 쪽으로 신속히 기동시켰다.

놈들이 가지고 있는 소총과 대전차 로켓 RPG-7이 위협적이기는 하지만 사정권 외곽에서 기동하면 문제없을 것이다.

저격수들도 이미 각자의 위치에 배치했다. 조금 더 넓은 시야를 확보하며 전반적으로 모든 저격수들을 지휘하고 동시에 선별적 저격을 실시할 저격수와 관측수 한 조(이들을 우리는 God이라 불렀다)는 함교 위쪽에서 방아쇠에 손가락을 걸고 있었다. 함교 바로 옆의 윙브릿지(wing bridge, 함교 옆의 외갑판)에 배치해놓은 저격수들도 밖으로 나와서 사격을 시도하는 해적들을 해치울 것이다. 이들은 1킬로미터 밖에서도 목표물을 정확하게 타격할 수 있는 능력을 갖추도록 특별히 훈련된 전문 저격수들 아닌가?

저격수들은 흔들리는 배 위에서, 그리고 진동이 심한 헬기 동체 안에서도 정밀 사격능력을 갖추기 위해 별의별 아이디어를 짜내고 노력해온 전사들이었다. 그네를 만들어 흔들고 그 위에서 사격 훈련을 해왔으며 파도 위에서 요동치는 배와 비슷한 기계장치를 만들어 일발필중의 능력을 키워왔다. 진동이 심한 헬기 동체와 유사한 환경이 되도록 저격수 좌석 밑에 진동장치를 설치하여 육상에서도 충분한 사격 숙달을 한 베테랑들이다.

그들은 고배율 렌즈 안의 조준선에 표적을 정렬하고 헤라클레스가 제우스에게 선물한 번개처럼 명령에 따라 단 한 발의 총성으로 표적을 제거할 것이다. 그리고 그 곁에서는 믿음직스러운 K-6 해병 사수들이 연발사격을 통해 충분한 엄호를 실시할 것이다.

"드래곤, 여기는 잠자리. 해적선 접촉. 거리 7마일. 육안으로도 식별 가능함. 표적 흰색 스키프. 몽골 선박으로 항해 중, 해적선으로부터 몽골 상선까지 거리 2마일, 삼호쥬얼리로부터 1마일. 현재 거리를 유지하며 동태를 지켜보겠음. RIB 세 척은 정상적으로 삼호쥬얼리로 향하고 있음."

군함이 가스터빈으로 전환하고 삼호쥬얼리 호의 좌현에서 위협과 압박을 위한 기동을 시작했을 때 하늘의 수호신 링스로부터 연락이 왔다.

놈들이 또 다른 해적질을 하기 위해 정신이 없을 때, 그쪽으로 정신이 집중되어 있을 때, 이때가 우리의 전투력을 집중하여 제압할 수 있는 최적의 시기가 될 것이다.

30노트로 고속 기동하여 삼호쥬얼리 호로 향하는 RIB와 거리가 1킬로미터 이상 벌어지지 않도록 함의 엔진을 가속하고 있을 무렵이었다.

"드래곤, 여기는 잠자리. 스키프 대각도 변침, 빠른 속력으로 삼호쥬얼리 호를 향해 기동 중. 복귀하고 있는 것으로 판단됨. 눈치챈 것으로 판단됨. 스키프 방향으로 즉각 진입하여 차단하겠음."

예감이 맞았다. 갑자기 변침을 해서 삼호쥬얼리 호로 복귀한다는 것은 우리 측의 작전을 눈치챘다는 증거다. 아니, 구출작전을 모두 눈치챘다기보다는 무엇인가 불길한 예감이 엄습했기 때문에 눈앞에 있는 또 다른 거대한 먹잇감을 포기하고 복귀하고 있을지 모른다.

과연 동물적 감각을 가진 놈들. 눈이 좋은 것일까, 귀가 좋은 것일까? 10마일 밖 상공에서 기동 중인 헬기를 눈으로 식별하기란 아무래도 무리가 있을 텐데…….

눈으로 보지 못했다면 공기를 가르는 헬기 주 날개 소리를 들었을 가능성이 높다. 때로는 눈보다는 귀가 더 정확할 때가 있는 법. 우리도 집중하기 위해서, 보다 정확한 정보를 얻기 위해서 눈을 감고 귀에 의존하곤 하지 않는가?

그들에게 결코 익숙하지 않은 소리, 그들이 성공적인 납치 직전에서 등선을 위해 갈고리를 걸어놓고도 무기력하게 손을 들고 포기해야 했던 순간들마다 등장했던, 저승사자의 목소리보다도 더 싫은 그 소리를 들었을지 모른다. 놈들의 시선은 분명 또 다른 먹잇감을 향해 있었을 것이다. 그리고 그들은 곧 벌어질 사냥과 포획 후의 영웅적 서사시에 대해 떠벌리고 있었겠지. 하지만 그들의 민감한 귀는 모든 방향으로 열려 있었을 것이다.

"잠자리, 여기는 드래곤. 최대속력으로 기동하여 스키프를 차단하라. 알파는 전 세력을 최대 속력으로 기동하여 해적선의 복귀를 차단하라. 해상에서의 일전에 만전을 기하라. 유사시 사살해도 좋다. 이상."

"잠자리, 수신 완료."

"알파, 수신 완료."

하늘과 바다에서 즉각적으로 수명했다는 신호가 돌아왔다.

전투상황실은 부대장의 전투 명령과 작전요소 간의 간단명료한 응답, 복잡한 기계장치들을 식히는 냉각팬 소리, 그리고 허공을 떠도는 잡다한 전파 속에서 무엇이든 유용한 정보를 걸러내려는 컴퓨터들의 디지털 신호음들만 답답하게 들려오고 있었다.

소음과 적막감의 불균형은 묘한 분위기를 자아냈다. 디지털의 컴퓨터 신호음이 기계적으로 돌아가고 있는 냉각팬에 눈치 없이 시끄럽게 한다고 꾸짖는 듯한 그런 묘한 분위기 말이다. 이는 상황실 각자의 위치에 앉아 전투를 지원하는 조작사들, 그리고 해상과 공중에 나가 있는 작전요원들까지도 상황이 어떻게 흘러가는지 궁금해서 묻고 싶은데, 무엇인가 대화를 하지 않으면 답답해 미칠 것 같은데 감히 물어보거나 입 밖에 낼 수 없는 그런 분위기처럼 느껴졌다.

"드래곤, 여기는 잠자리. 최대 속력으로 차단 진입 중. 스키프 거리 3마일. 해적선과 쥬얼리 간 거리 500야드 정도 판단됨. 마린마크는 투하 불가 판단. 등선하지 못하도록 상선 흘수선을 중심으로 위협 사격하겠음."

"잠자리, 여기는 알파. 해적선 해상 차단을 위해 고속기동 중 속력 45노트."

링스는 해상에 참조점이 필요할 때 떨어뜨려 연기를 피워 올림으로써 위치를 파악하게 하는 마린마커를 위협적인 차단 수단으로 응용하고 있었다. 헬기의 위협적인 선회기동을 통해 먼저 압박감을 받은 해적들은 공중에서 발사된 미지의 물체를 폭탄으로 인식할 것이 분명했다. 그리고 거기에서 하얀 연기가 피어올라오는 것을 보고 자신들을 강력하게 저지할 의도를 감지하고 대부분 투항해왔기 때문이다.

그런데 지금은 그 마린마커 투하 전술을 쓸 겨를이 없다는 것이다. 이는 해적선이 이미 삼호쥬얼리 쪽으로 가깝게 붙었다는 것을 의미했다. 그렇다면 시간이 없다. 놈들이 다시 성공적으로 복귀한다면 우리의 의도만 노출시키는 셈이 되고 우리가 얻는 것은 하나도 없기 때문이다.

"신속히 차단하고 위협사격을 실시하라."

차단기동과 위협사격을 승인받은 헬기는 전속으로 돌격하듯 삼호쥬얼리 방향으로 진입했다.

"드래곤, 여기는 잠자리. 스키프 거리 1마일, 삼호쥬얼리 좌현 쪽으로 선회하여 잠시 시야에서 사라졌음. 상선에 거의 접근하여 붙은 것으로 판단됨."

우현 쪽에서 항해하고 있는 몽골 선박을 납치하기 위해 놈들은 은밀성을 유지할 필요가 있었을 것이다. 그러기 위해서는 좌현 쪽에 사다리를 설치하고 진수했겠지. 그렇다면 사다리는 아직 삼호쥬얼리의 좌현 쪽에 있을 것이 분명했다. 군함이 놈들의 좌현 쪽에서 위협과 압박을 가하기 전에 특전요원들의 고속보트가 먼저 현장에 도착할 것이었다. 특전요원들을 놈들이 사다리를 내려놓은 좌현 쪽으로 진입시켜야 했다.

"잠자리, 여기는 드래곤. 스키프를 놓쳐서는 안 된다. 등선하지 못하도록 위협하고, 필요시 격파사격을 실시하라."

"여기는 잠자리, 수신 완료."

"알파는 전속으로 기동, 삼호쥬얼리 좌현으로 접근하여 스키프를 해상 차단하라."

"여기는 알파, 수신 완료."

변 소령의 즉각적인 수신 신호가 들려왔다.

해적들이건 작전요원들이건 간에 등선을 할 때 가장 어려운 점이 이동하는 선박에 사다리를 거는 것이다. 흔들리는 동체에서 가만히 서 있는 것도 어려운데 원하는 곳에 쇠로 만든 무거운 사다리를 거는 일은 결코 쉽지 않았다. 그리고 이때가 상대적으로 가장 취약한 시간이다. 사다리를 걸기 위해 두 명 이상이 비틀거리며 서서 작업을 해야 한다. 또 보트를 조종하는 사람은 반드시 타이밍에 맞춰 현측에 보트를 계류시키도록 조종에 집중해야 하기 때문이다.

그러나 지금은 상황이 달랐다. 놈들은 이미 사다리를 설치해놓은 상태였기 때문이다. 이미 설치된 사다리를 통해 원숭이가 나무를 타듯 순식간에 등선이 끝나버릴 수도 있다. 서둘러야 한다. 해적들의 입장을 치밀하게 머릿속에 그려보고 생각이 여기에 미치자 내 입술이 바짝바짝 타들어가기 시작했다. 부대장도 초조한 듯 손에 든 볼펜을 계속 똑딱이고 있었다.

"드래곤, 여기는 잠자리. 스키프 육안 재식별. 스키프 보트선상 해적들은 보이지 않음. 상선 선교에서 본국을 향한 불꽃과 총성이 들려오고 있음. 본국을 향해 사격을 실시하고 있는 것으로 판단됨. 사정권 외곽에서 K-6 대응 사격하겠음."

─타타타타타타타.

조종사의 보고와 거의 동시에 헬기의 기관총 사격소리가 통신망을 통해서 들려왔다. 자위권을 확보하고 동시에 제압하려는 박 중령의 현명한 판단이었다.

"잠자리, 여기는 드래곤. 상황 보고하라."

"여기는 잠자리. 삼호쥬얼리 호 좌현 측 흘수 선상부터 조타실 방향으로 K-6 100발 사격 끝. 외부 갑판상 인원이 보이지 않음.

스키프는 계속 선회하며 기동 중. 갑판 위에 인원이 없는 것으로 보아 자선을 버리고 도주한 것으로 판단됨. 육안 정밀수색 차 접근하겠음."

삼호쥬얼리 호는 화학물 운반선이었다. 구출작전을 준비하며 정보를 분석할 때 우리는 이미 상선에 사격을 해야 할 경우를 대비한 토의를 병행했다. 선체의 외판 두께는 17밀리미터 정도, 인산과 메탄올을 적재한 탱크들과 주요 적재물 창고는 이중 격벽으로 구성되어 있으므로 기관총 사격에 큰 손상을 입지는 않았을 것이다. 놈들로부터 기습사격이 시작되자 박 중령은 이 점을 감안하여 우리 특전요원들과 군함이 근방에 도착할 때까지 제압사격을 실시한 것 같았다.

"좋아. 잠자리는 RPG-7을 조심하고, 조준이 힘들도록 안전고도를 철저히 유지하면서 계속 선회 기동하라.

알파! 알파는 유기된 스키프에 접근하여 정밀 검색을 실시하고 필요시 격파사격을 실시하라."

잠자리와 알파의 수신 응답을 받고 나서 얼마 지나지 않아 군함도 삼호쥬얼리 호에 근접하여 동조기동했다. 거리는 2마일 정도. 고속단정이 스키프를 정밀 검색하는 절차에 따라 더욱 근접할지는 차후에 결정할 생각이었다.

"드래곤, 여기는 알파. 스키프 정밀 검색 차 접근 중. 해적들은 스키프 갑판 위에 보이지 않으나 모터는 계속 작동 중. 조종수가 없어 제자리에서 계속 선회하고 있음. 스키프 갑판 위에 소총 및 기타 다수의 장구가 그대로 남아 있음. 오버."

공격 팀의 대장 변 소령은 여기까지 보고하고 나서 다시 다급한 목소리로 통신기에 등장했다.

"드래곤, 여기는 알파. 삼호쥬얼리 호 선교 쪽에 백기 발견. 백기를 흔들고 있음. 투항하고 있는 것으로 판단됨. 선미 쪽으로 접근하여 진위를 파악하겠음."

스키프 갑판 위에 아무도 없다? 그들에게 중요한 소총과 물건들을 두고 어디론가 사라졌다면 두 가지의 가능성만 남는다. 잠깐 동안 헬기의 시야에서 사라진 순간 바다로 뛰어들었거나 아니면 이미 등반을 마쳐서 복귀했을 가능성이 농후하다. 아무튼 지금 중요한 것은 스키프에 대한 정밀검색보다도 선교에서 발견되었다는 백기의 정체를 확인하는 것이 급선무였다.

해적들이 납치할 때에 어떤 선박이든 가리는 법이 없었으나 그들 나름대로 수칙이 있었다. 그 수칙은 교활함으로 요약되었다. 먹이를 발견하고 낚아챌 때는 인정사정없고 무자비한 군인들처럼 행동한다. 하지만 자기들이 불리할 때는 여지없이 선량한 어부 행세를 하며 선처를 바라는 비굴한 행동을 주저하지 않는다. 마치 검은 하이에나 무리가 바다에 나와서 사냥을 하는 듯한 느낌마저 들었다.

이러한 전술적 특성은 연합군의 차단작전에도 여실히 드러났다. 스스로의 열세를 느끼고 피랍에 성공을 할 수 없다고 생각할 때는 의외로 빨리 포기하고 투항하는 사례가 많았던 것이다. 놈들의 해적행위가 발생하면 연합해군들은 신속하게 먼저 헬기를 띄워 현장으로 이동한 다음 마린마커를 이용해서 차단작전을 실시했다.

해적들은 납치가 성공하지 못할 것 같다고 판단할 때마다 총기류와 사다리 등 해적행위에 사용한 장비들을 바다에 신속하게 버린 뒤 백기를 흔들며 작은 스키프 갑판 위에서 두 손을 들고 투항의 의사를 밝혔다. 흉악한 해적에서 순진한 어부로 갑자기 변모하여 동정을 유발함으로써 훈방 조치를 노리는 놈들의 교활한 행동 매뉴얼이기도 했다.

링스헬기에 의한 즉각적인 차단, 이후에 나타난 고속단정, 그리고 위용을 자랑하는 최신예 군함까지 속속들이 수평선상에서 순식간에 나타났으니 예전에 해왔던 것처럼 선처를 구하는 투항을 할 만한 여건은 조성되었다고 볼 수 있었다. 그러나 조금 더 신중할 필요가 있다. 아직은 상선 위에 있는 놈들이 무기를 가지고 있지 않은가? 놈들이 가진 AK-47 소총은 정확도가 떨어진다 해도 여전히 위협적인 무기였다.

부대장은 링스의 공중엄호 속에 고속단정을 상선의 선미 방향으로 신중하게 접근하라고 지시했다.

"작전요원들은 고속단정의 엄폐물을 최대한 이용하여 신중하게 접근하라. 해적들의 기만책일 수 있으니 각별히 유의하고 유사시 즉각적으로 대응사격을 실시하라."

변 소령이 부대장의 지시에 따라 고속단정의 조종을 맡고 있는 정장 고 상사에게 15노트의 속력으로 상선의 선미 쪽을 향해 접근하라고 지시하는 소리가 흘러나왔다. 고속단정 내의 모든 대원들은 방아쇠에 검지를 걸어놓고 엄지손가락을 안전잠금장치 위에 올려놓았을 것이다. 무슨 일이 생기면 엄지와 검지는 반사적이고 기계적으로 움직여 안전장치를 풀어 제치면서 방아쇠를 당기는 연습을 충분히 해왔던 그들이었다.

특전요원들의 총구는 세 파트로 나뉘어 흔들리는 백기와 선교, 그리고 상선의 후미를 각각 향했다. 그들의 눈동자는 외계에서 파견된 로봇 전사가 배 전체에서 생명체를 감지해 내기 위해 스캐닝을 하듯 자동으로 줌인과 줌아웃을 하며 움직이는 물체를 감지하고 있을 것이 분명했다.

"거리 500! 계속 백기를 흔들고 있음. 조금 더 접근하겠음."

카이샷을 통해서 자동으로 전송되는 변 소령의 음성에 모두들 숨을 죽였다. 놈들의 유효 사정거리 안으로 특전요원들이 진입하고 있었다. 놈들의 총구가 불시에 기습적으로 불을 뿜는다면 사상자가 발생할 수 있는 거리다.

"거리 400! 특이 동향 보이지 않음."

변 소령의 보고가 채 끝나기도 전에 헬기의 보고 소리가 매우 다급하게 들려왔다.

"알파! 여기는 잠자리, 긴급상황 발생! 상선 선미 방향! 움직이는 사람 발견. 주의하라. 계속 엄호하겠음."

　박 중령이 보고를 하는 중이었을까, 아니면 보고를 막 끝낼 무렵이었을까?

　—드르르르르륵······.

　카이샷을 통해서 한 무더기의 총탄소리가 전송되었다. 그리고 계속 총성이 이어졌다.

　교전이었다! 분명한 교전이 진행되고 있었다.

　"선미 방향 적 발견. 계속 사격하라!"

　"빵! 빵! 빵! 빵!"

　선회를 하여 일단 적의 사정권 밖으로 이탈을 지시하고 있는 듯한 변 소령의 목소리가 다급하게 들려왔다. 콩을 볶아대듯 가늘고 빠르게 쏟아지는 기관총 소리, 그것은 우리 대원들이 사용하는 대테러 기관총 MP-5 소리가 분명했다. 그리고 둔탁하면서도 묵직하게 들려오는 것은 고속단정에 탑재된 K-6 기관총 소리였다. 헬기의 주 날개가 바람을 가르는 소리가 원근감이 교차하면서 들리고, 고속단정 조정석의 방풍창이 깨지는 소리일까? 정체가 불분명한 유리창 깨지는 소리까지 혼재해서 들려왔다.

　"으윽!"

　그리고 외마디의 비명소리가 상황실에 울려 퍼졌을 때 상황실은 마치 시간이 정지하고 모든 이의 숨소리까지 멈춘 듯했다.

　"빵! 빵! 흐읍! 빼애액!"

　사정권 외곽으로의 이탈을 외치던 변 소령의 악다문 입에서 후

퇴하라는 소리가 매우 힘겹게 터져 나왔고 이어서 신음소리가 들려왔다.

"드래곤, 여기는 잠자리. 상선 선교 현측에 선원들을 앞세운 해적들의 모습이 포착. 인간방패를 형성하고 있는 것으로 판단됨."

링스헬기에서 보고가 올라오자 부대장은 즉각적으로 공격 팀의 복귀를 명령했다.

놈들은 생각보다 교활했다. 그동안 보여왔던 해적들의 대응 태도와는 달리 어딘가 모르게 더 교활해졌으며 더 잔인해졌다. 백기를 흔들며 투항하는 모습을 보이다가 인간방패까지 등장한 것이다. 해적들이 언제부터 이렇게 전략적이고 전술적인 사고가 가능했다는 말인가? 심상치 않은 일이다. 알 수 없는 검은 그림자. 베일에 싸인 그 무엇이 저놈들의 뒤에 있는 것이 분명하다.

부대장의 명령에 따라 공격 팀이 즉각 복귀했다.

15

쫓는 자와 쫓기는 자

납치에 성공한 후 망망대해만 바라보며 항해를 한 것이 오늘로 사흘째인가? 아무튼 연속되는 긴장 때문인지, 배에서의 생활이 단순해서인지 나는 지루해지기 시작했다.

그도 그럴 것이 몇 날 며칠 동안 동네 형들은 각자의 경계당직에 배치되느라고 변변한 얘기도 나누지를 못했고, 두목 아부디와 다른 동네 형 아부카드는 둘이서만 술을 홀짝거리면서 때로는 사이좋게 때로는 언성을 높이고 있으니 지루하고 심심한 것이 당연한 일인지도 모른다. 고향에 있었다면 임신한 아내 루비나의 배를 어루만지며 허기진 낮잠을 자고 있거나 가족들과 소소한 일로 다투고 있었을 것이다.

내 일상을 돌이켜보면, 부자가 되리라는 희망은 없었지만 그 어떤 일에도 죄책감을 느끼지 않았다. 형제들끼리 소소한 일로 다투는 일이 있었다 해도 내 손으로 누군가를 죽일 수 있을 것이라고는 생각지 않았기 때문이다. 해변에 횃불을 밝혀놓고 밤하늘을 향해 총을 갈기며 포효하던 형들의 영웅다운 모습은 부럽고 보기 좋았다. 그런데 누군가를 죽이겠다고 위협하고 약탈해서라도 기어이 가져야만 하는 것일까? 내 꿈도 누군가를 죽이고 빼앗아서 이룰 수밖에 없는 것인가? 생각은 생각을 낳고 그 답도 없고 쓸데없는 생각들이 무슨 바이러스처럼 내 머릿속을 헤집고 다녔다.

지금 내 영웅들은 무엇을 하고 있는가? 참으로 쉽게 화해했다가 언성을 높이고 또 화해하기를 반복하고 있다. 그러다가 인질들의 동작이 굼뜨고 위성전화가 제대로 작동되지 않을 때는 여지없이 그들의 손에 쥐고 있는 술병으로 인질들의 어깨를 사정없이 갈겼다. 통제되지 않은 폭력만큼 무서운 것도 없을 것이다. 그것 때문에 나라는 벌써 몇 년째 전쟁 중이었고 수많은 사람들도 그 통제되지 않은 폭력 앞에서 죽어갔다.

두목 아부디의 권력은 소총에서, 술병에서, 그리고 절대적 공공재요, 지령선인 위성전화에서 나왔다. 그 권력을 이용하여 그는 납치한 이 배 위에서 어느덧 제왕이 되었고 우리 위에 군림하고 있었다.

"아부카드! 이번에 들어가면 나는 정말 큰 부자가 될 거야. 원로들과 군인들이 약속했어. 이번 한 건 크게 해오면 미래를 보장해주겠다고. 이제 이런 바다까지 안 나와도 먹고 살 수 있단 얘기야.

너도 열심히 해봐. 인정받으려면 한참 걸리겠지만 말이야. 안 그래? 크하하하하핫!"

기분이 좋아진 까닭인지 진위를 알 수 없는 두목의 자랑이 이어졌고 그의 웃음소리가 호탕하게 조타실에 울려 퍼졌다.

그렇게 대낮부터 딱히 할 일이 없어 술을 홀짝거리던 두목이 아부카드의 자존심을 건드린 것은 곧 다가올 재앙의 시작이었는지 모른다.

"무슨 말을 하는 거야, 아부디! 나에게 기회가 없어서 그렇지, 너보다 훨씬 크고 많은 선박을 납치할 수 있어. 그게 뭐 대수냐? 나도 너 못지않은 영웅이 되어 부자가 될 거다."

아부카드가 발끈하며 응수했다.

"뭐라고? 계집애처럼 누가 말은 못 하냐. 말만 많으면 뭐해? 남자는 행동으로 증명하는 거야, 증명. 너 증명이 무슨 말인지 알기나 해? 용맹함을 증명하는 용기. 그것이 남자, 사나이 아니겠어? 납치해서 눈앞에 먹잇감을 가져오는 것이 증명하는 것 아니겠냐 말이야. 엉?"

두목이 아부카드의 자존심을 비웃으며 후벼 파자 아부카드의 눈빛이 달라졌다.

"증명? 증명해보란 말이지? 용기를 증명해보란 말이지? 좋아! 내가 확실히 보여주지!"

술을 마신 통에 확실히 제정신이 아니었을 테고, 객기가 발동했겠지만 아부카드의 태도는 분명히 진지했다. 아부카드는 선장과 또 다른 희멀건 한 인질이 항해를 보좌하며 서 있던 항해 레이더의 화면 앞으로 다가가더니 나를 불렀다.

"알리! 이리 와봐! 선장 이 새끼한테 물어봐. 이 배 옆에 다른 상선이 있는지."

나는 평상시 아부카드에 대해 좋은 감정이 없었으므로 통역을 머뭇거리며 두목 아부디의 얼굴을 쳐다보았다. 아부디 형은 알 수 없는 얼굴로 코 한쪽을 삐죽 치켜올리는 그 특유의 비웃음 가득한 코웃음을 띠며 내게 고개를 위아래로 *끄덕*였다. 통역을 하라는 신호였다.

"뭐해, 빨리 말하지 않고? 이 자식아!"

내가 두목의 수족처럼 여기저기 따라다니는 모습이 못마땅했을 것이고, 두목에 대한 불만을 공개적으로 표출하듯 아부카드는 내 머리를 한 대 갈기며 통역을 종용했다. 두목이 긍정적 신호를 했으므로 나는 못이기는 척 몇 마디 선장에게 물었다.

"Captain. Slow ship? Where? No this ship. another slow ship."

선장은 아부카드가 저속으로 항해하고 있는 다른 선박에 대해 궁금해한다는 것을 알고 레이더 스크린을 향해 손가락으로 가리켰다.

"This ship. Slow."

거리는 3마일, 8노트로 항해하고 있는 선박이 가까이 있다는 사실을 알고 나서 아부카드는 아부디 두목에게 다가갔다.

"아부디, 내가 그 증명을 해보이겠어. 배 한 척과 사람을 줘. 저 상선을 내가 납치할 테니 쌍으로 한번 가져가 보자고. 우리 동네 사람들 네 명만 데리고 가도 충분해."

아부카드가 결의에 찬 목소리로 인상을 쓰며 얘기하자 두목은 그럴 용기나 있는지 보자는 식의 표정으로 승낙했다. 술김에, 그리고 무료한 항해를 달래고자 하는 생각도 보태졌으리라.

객기를 부려 가려는 자나, 무시하는 태도로 가볼 테면 가봐라 하는 식으로 보내는 자나 똑같았다. 저들이 방금 전까지 술을 마시며 세상에서 제일 친한 친구처럼 웃고 떠들며 얘기하던 사람들인가? 그들은 방금 전까지 친구처럼 지내다가 금세 서로를 비아냥거리는 사이가 되었고 한 사람은 비웃으며 방관하고 또 한 사람은 씩씩거리며 보트를 진수했다.

"두목! 정말 보낼 거예요?"

내가 근심스러운 표정으로 두목에게 물었다.

"뭐 어때? 어차피 성공하지 못하고 돌아올 텐데. 성공하더라도 같이 들어가서 성대한 대접을 받으면 좋잖아. 어차피 내가 승낙해서 얻은 사냥감인데 다 내게로 공이 돌아올 테니 상관없어. 실패해서 바다 어디로 흘러가버리면 우리 몫이 커져서 좋고. 다 좋은데 뭐. 한번 보자고."

아부카드는 자기 동네 사람들 네 명과 총 네 자루, 배에서 빼앗은 워키토키, 그리고 또 다른 사다리를 가지고 또 다른 사냥감을 향해서 출발했다. 보트를 진수한 다음 곧바로 먹잇감을 향해 가자 아부디 형은 조타실 밖으로 나가서 응원의 메시지인지 실패를 기원하는 비아냥거림인지 아부카드 일행을 향해 손을 흔든 뒤 그 위선적인 손으로 턱을 평화롭게 괴고는 먼 수평선을 쳐다보았다.

그렇게 얼마의 시간이 지났을까? 또다시 불안한 평화를 깨는 소리가 밖에서 들려왔다.

"헬리콥터 소리가 들린다!"

밖에서 헬리콥터 소리가 들린다는 외침이었다. 며칠 전 밤에 헬리콥터 소리가 들렸다고 보고했다가 아부디 형과 아부카드가 술자리 분위기 깬다고 윽박지르는 통에 잘못 당직을 선 것처럼 의기소침해져서 자신의 보고를 슬그머니 철회했던 바로 그 형이었다.

"뭐라고? 어디? 헬리콥터 소리라고? 어느 쪽이야? 확실해?"

술을 홀짝거렸으나 정신은 아직 말짱한 듯 속사포처럼 질문을 쏟아내면서 두목은 그쪽으로 달려갔다. 사실 아부디 형과 내 귀에는 아직 아무 소리도 들리지 않았다.

"무슨 소리란 말이야? 바람소리 아니야?"

아부디 형은 또다시 선박을 납치한 지 이틀째의 밤처럼 보고 싶은 것만 보고, 듣고 싶은 것만 듣고, 믿고 싶은 것만 믿고 싶은 그런 말투로 따졌다. 그리고 그런 신경 쓰이고 짜증나는 보고를 듣고 싶지 않다는 식으로 윽박지르며 바람소리 아니었냐고 강요했으나 그 형도 이번에는 기세를 꺾지 않았다.

"맞습니다, 두목! 분명히 헬리콥터 소립니다. 바람소리와는 달라요. 나는 귀가 좋습니다."

아다사가 두목에게 강하게 보고하자 그 옆쪽에서 경계당직을 서던 형도 헬리콥터 소리가 들리는 것 같다고 거들었다. 두 명이 동시에 헬리콥터 소리를 운운하자 내 귀에도 환청처럼 헬리콥터 소리가 들리는 듯했고 조금 후 나도 두목에게 헬리콥터 소리라고 얘기했다.

일순간 두목의 얼굴이 일그러지더니 조타실 안으로 들어갔다. 나는 두목에게 아랍 형제의 의리라는 것이 남아 있어서 또 다른 상선을 납치하러 간 아부카드를 신속히 복귀시키려는 줄 알았다. 그러나 그가 들고 나온 것은 위대한 공공재요, 지령선인 위성전화기였다. 위성전화기의 신호를 살펴보더니 난간에 기대어 바다 쪽으로 몸을 쭈욱 빼고, 기다란 팔을 하늘로 높이 쳐들어 보이는 시늉을 했다. 전화기의 위성신호가 잘 잡히지 않기 때문이라는 생각이 들었다.

아부디 형이 기이한 행동을 하고 있을 때 나는 아부카드가 놓고 간 워키토키를 생각해냈다. 그리고 조타실에 있는 워키토키를 들고 밖으로 나왔다. 아부카드는 아직 시야 안에서 다른 상선을 향해 순진하고도 위험한 항해를 계속하고 있었다.

"아부카드, 아부카드. 여기는 알리, 알리. 응답바람. 헬리콥터 소리가 들리고 있음. 복귀할 것, 복귀할 것."

내가 굳이 친하지도 않은 아부카드를 부른 것은 검은 민족은 모두 형제라는 동지애 말고 또 무엇이 있었을까? 딱히 별다른 이유가 생각나지 않으나 그들도 반드시 함께 돌아가야 한다고 느낀 것이다.

이렇게 집 나간 탕자를 찾듯 애타게 부르는 모습을 아부디 두목도 보았으나 그는 관심도, 딱히 꾸지람도 없었다. 그는 단지 자신의 일, 통화를 하는 듯 한쪽 귀는 손으로 막고, 한쪽 귀는 위성전화기를 대고 있었다. 머리 반대편에 있는 위성전화기는 그의 길쭉한 머리 때문인지, 아니면 검은 피부 때문인지 보이지 않았다. 뭉툭한 이리듐 전화기의 안테나만 보여서 그는 마치 머리에 무슨 뿔이 난 외계인 같은 모습이었다.

몇 번의 호출 끝에 아부카드에게서 응답 신호가 왔다. 그는 다급히 알았다고 대답했다. 선교 밖으로 나가 살펴보니 성급히 뱃머리를 돌려 돌아오는 아부카드의 보트가 보였다.

하늘에서 헬리콥터 소리가 분명하게 들려온 것은 그때였다. 전화 통화를 하는 아부디 형의 목소리가 커지고, 밖에서 경계를 하고 있는 형들의 움직임도 빨라졌다. 선장이 쓰던 망원경으로 먼 거리를 살피던 브랄렛 형이 선미 뒤쪽에 어렴풋이 군함의 모습이 보인다고 외쳤다. 군함까지 나타났다는 소리는 너무나 평화로워 지루하기까지 했던 시간들을 일순간 앗아가기에 충분했다.

아부카드가 복귀한 것은 그야말로 일촉즉발의 위기였다. 아부카드의 보트가 현측에 붙자마자 형들은 나무 사이를 날아다니는 원숭이처럼 보트에서 뛰어, 필사적으로 사다리에 매달려 올라왔다. 보트를 조종하던 형 데크는 거의 물에 빠지다시피 간발의 차이로 사다리의 마지막 난간을 부여잡고 필사적으로 올라왔다. 하마터면 처음 이 배를 올라탔을 때처럼 바다에 빠져서 죽는 사람이 또 생길 뻔했다. 그런데 가져갔던 총과 무전기는 배에 그냥 버려두고 왔다. 하기야 그것들을 모두 챙겨서 왔더라면 헬리콥터에서 쏘아대는 총에 맞아 모두 죽었을지 모른다. 여하튼 아부카드의 또 다른 영웅적 납치는 시도도 못 해보고 실패했고, 총도 가지고 올라오지 못했으니 아부디 두목에게 남자임을 증명하기란 이미 물 건너간 일이 되었다.

헬리콥터는 한 차례 사격을 한 이후 계속 우리 위를 맴돌았다. 이때 멀리서 매우 빠른 고속보트가 상선을 향해서 온다고 또 다른 경계가 외쳤다. 그의 다급한 소리는 조타실에서까지도 충분히 들렸다.

선원들까지 웅성웅성 시끄럽게 하는 소리가 들리자 두목은 술병을 들어 선장의 등을 내리치고 총구를 머리에 박고서는 죽여버리겠다며 윽박질렀다.

이겨낼 수 없는 폭력 앞에서 자신의 용맹함을 소신 있게 드러내는 것은 쉽지 않을 것이다. 조타실에 있는 모든 인질들은 단 한 번의 폭력과 위협, 그리고 총부리 앞에서 다시 조용해졌다.

아부디 두목은 다시 신속하게 임무를 지시했다. 마치 본능과 경험에서 우러나오는 것처럼 보였으나 해적 초보인 내 눈에도 위성전화 저쪽의 누군가에게 확고한 지령을 받는 듯했다. 그렇지 않으면 두목이 저토록 위성전화를 애지중지 다룰 일이 없지 않은가?

"세튬! 아부카드! 아이토! 까레이! 네 명은 선미로 가서 사격 준비를 하고 내 명령을 기다려. 내가 명령을 내릴 때까지 숨어서 얼굴도 나타내지 마. 모두 빨리 이동해. 시간이 없어."

단호한 명령을 내린 두목은 바닥에 엎드려 겁에 질려 있는 인질들 중 한 명의 하얀색 윗도리를 벗겨냈다. 그리고 선교 밖에서 경계근무를 서고 있는 브랄렛에게 던져주었다.

"브랄렛! 이것을 네 총에 묶어서 흔들어. 어서 빨리!"

브랄렛이 바닥에 떨어진 하얀 셔츠를 주워 주섬주섬 총 끝에 묶었다.

"이렇게 하면 우리가 포기하고 투항하는 줄 알 거야. 개새끼들! 한번 해보자는 거지? 강력하게 대항하면 물러서게 되어 있다고 했어. 아라이! 너는 인질들을 창가에 일렬로 세우고 통제해. 얼씬거리는 놈 있으면 한 방 쏴도 돼. 죽여 버려. 알리! 너도 아라이를 도와줘!"

아부디 두목은 위성전화를 하기 전과 확실히 달랐다. 그 전에는 너도 행복하고, 나도 행복하면 모두가 행복하다는 식이었는데 지금은 눈빛과 목소리가 달라져 있었다.

물러서게 되어 있다고 누가 그랬을까? 그리고 지금은 가차 없는 죽음을 얘기하고 있다. 그 누군가에게 확고하고 강력한 지침을 받았을까? 아니면 어떤 희생을 치르더라도 반드시 복귀했을 때 아주 강력하고 매력적인 보상을 약속받기라도 했을까?

선교 밖에서는 브랄렛이 백기를 계속 흔들었고, 아부디 두목은 워키토키로 조용히 선미의 매복조를 확인했다. 백기를 들어 투항하는 척하며 유인한 다음 선미의 매복조로 기습공격을 하겠다는 생각인 듯했다. 그런데 아라이가 통제하고 있는 인질들을 무엇 때문에 일렬로 세웠을까? 세워놓으면 아무래도 기습적으로 총을 뺏기기도 하고 공격당할 가능성이 클 텐데…….

조타실에 있는 인질들을 모두 일렬로 세워놓고 아라이와 나는 인질들과 아부디 두목의 얼굴을 번갈아 쳐다보았다.

"아부카드! 멋대로 쏘면 안 돼. 조금 더 기다려. 내가 신호를 보낼 거야."

"오케이."

총과 보트를 버리고 귀환한 이후 주도권을 완전히 빼앗긴 아부카드의 소심한 목소리가 무전기를 통해 흘러나왔다.

"조금만 더. 조금만 더."

두목은 자신이 매복조의 한 사람인 것처럼 워키토키에 대고 지시하고 있었다. 그의 목소리가 이내 작아지는 것으로 봐서 군함의 고속보트가 점점 가까워져 오는 것을 감지할 수 있었다. 그는 우리가 가지고 있는 총의 위력, 즉 얼마만큼의 거리가 되면 쏘아야 하는지를 정확하게 알고 있는 군인이 분명했다.

"조금만 더. 조금만. 조금만……."

"…….

"아부카드! 지금이야. 쏴. 다 갈겨버려—!"

두목의 사격명령이 떨어지자 사막에 예기치 못한 소나기가 양철지붕에 갑자기 떨어지는 듯 요란한 총소리가 울려 퍼졌다.

아부디 두목의 외침소리가 얼마나 컸던지 나는 그 소리에 놀라 하마터면 총을 들어 덩달아 인질들을 향해 쏴버릴 뻔했다. 아부카드가 분명히 먼저 시작했겠지만 선미에서 따라라락 총성이 울림과 동시에 우리 쪽으로도 총탄이 빗발치듯 쏟아졌다.

계속 총탄이 쏟아지자 두목은 아라이와 나에게 소리쳤다.

"아라이, 알리! 인질들을 데리고 밖으로 나가! 밖으로 나가서 일렬로 세워!"

아니, 총알이 빗발치는 곳으로 인질들을 데리고 나가라는 것인가? 두목이 외치는 말을 아라이는 금세 알아차린 듯했으나 나는 무슨 영문인지 몰라 두목과 아라이의 얼굴을 번갈아 쳐다보았다. 그러는 순간 상선 쪽으로 쏟아지는 총탄이 잦아들었다. 하지만 헬리콥터의 선회가 더 급해지고, 헬리콥터에서 이따금씩 총성이 들려왔다.

"아부디! 고속보트가 도망가고 있다."

아부카드가 선미에서 워키토키로 보고하자 두목은 그 자리에서 다시 지시할 때까지 기다리라 얘기하고 직접 인질들을 밖으로 내몰았다. 아라이와 두목의 총부리에 떨면서 나간 인질들을 앞에 세운 두목은 하늘에서 계속 감시를 하고 있는 헬기를 향해 목이 터져라 미친 듯이 외쳐댔다.

"잘 봐라, 인질들이다! 우리는 소말리아 군인들이다. 한 번만 더 우리들의 항해를 방해하거나 인질들을 구출하러 올 때에는 다 죽여버리겠어. 사람 한두 번 죽여본 줄 알아? 너희 같은 놈들 한두 놈 죽이는 거 눈도 깜빡하지 않고 죽일 수 있어, 이 개새끼들아!"

몇 마디 외치는데도 힘에 부치는지 외치는 중간중간에 목소리가 갈라지는 듯싶더니 마지막에는 쉰 목소리까지 나왔다. 그러고 나서는 확고한 의지를 천명하고 확인도장을 찍듯 하늘의 헬리콥터를 향해 총질을 해댔다. 한 줄기의 불꽃이 헬리콥터를 향해서 직선으로 날아가다 곧장 힘을 잃고 곡선을 그리며 바다로 떨어졌다.

인간방패.

아부디 두목은 인질들을 이용해서 인간방패를 만들었다. 그걸 위해서 통제가 힘듦에도 불구하고 인질들을 세워서 대기시킨 것이었다. 영웅으로 돌아온 사람들에게서 이런 얘기를 들은 적이 없다. 병신 같은 새끼들이, 전쟁을 모르고 돈만 아는 놈들이 선박을 납치하면 협상을 못 해 안달이니, 선박만 데려오면 된다고 했다. 분명히 사람을 해치지 않고도 돈을 벌 수 있다고 했고, 살아 있는 사람이 많을수록 돈도 많이 할당된다고 했다. 소말리아 해적은 사람을 죽이는 일을 하는 것이 아니라 물건을 빼앗는 일을 하는 것이라고 오르바 형이 얘길 해줬다. 그런데 두목은 인간방패를 세웠다. 그냥 겁을 주기 위한 것이 아니었고 정말 다 죽일 판이었다.

갑자기, 덜컥 겁이 나기 시작했다. 마음속에 두려움이 번질수록 남겨두고 온 동생들, 그리고 주머니 속에 감춰둔 금반지라도 주면 행복해할 가난한 아내 루비나가 생각났다.

나는 그저 가난에서 탈출하고 싶었고, 가족들을 먹여 살리고 싶은 가장일 뿐이었다. 그런데 지금, 인간방패 뒤에서 숨어 있는 나는 군인인가, 아니면 어부인가? 우리의 정체성은 더욱 모호해져 갔다.

아부디 두목이 고래고래 쉰 목소리로 몇 번을 외치고 나서 한참이 지난 다음 헬리콥터는 크게 한 번 원을 그린 뒤에 군함을 향해 날아갔다.

16

이겨놓고 싸운다

공격 팀의 고속단정이 복귀하고 난 뒤 스키프를 정밀 검색한 엄호 고속단정과 헬기가 차례대로 군함 갑판 위로 복귀했다. 다행히 우리 대원들의 손실은 크지 않았다. 변 소령은 등에 파편상을 입었고 보트 위의 저격팀장과 저격수가 부상을 당했으나 중상은 아니었다. 부상 없이 돌아왔으면 얼마나 좋았겠는가? 하지만 인명 손실은 없으니 하늘이 도왔다는 생각이 들었다.

지원 및 엄호임무를 수행하던 마지막 고속단정 델타가 놈들이 해상에 버려둔 스키프를 노획물로 가져오자 갑판 위로 끌어올렸다. 갑판 위에는 녀석들의 땀과 손때, 기름으로 반질반질해진 AK-47 소총 네 자루와 납치를 위해 상선 현측에 걸칠 사다리, 워키토키 한 대, 그리고 탄피와 총알이 방치되어 있었다. 놈들이 우리 상선에, 우리 국민들을 향해 총질을 해댔을, 그리고 공격작전에 나섰던 특전요원들을 부상시킨 구체적인 범행 무기를 눈앞에서 보자 적개심과 분노가 끓어올랐다. 나는 놈들이 남겨둔 노획물들을 분석하고 정리한 다음 상부에 보고했다.

이제 다시 위기를 관리해야 할 시간이었다. 이미 과거가 된 작전은 교훈으로 삼고, 현재의 상황을 다시 재판단하여 치밀한 계획을 세워야 했다. 나는 부대장의 명령에 따라 참모들을 상황실에 집합시켰다. 악바리 박 준위, 그리고 변 소령의 부상으로 직무를 대신할 검문검색대의 선임공격팀장 김 대위도 함께 합류했다.

나는 바둑기사가 한 판의 대국을 치른 다음 어떤 전투에서는 이겼고 또 어떤 전투에서는 왜 졌는지를 분석하기 위해 복기하는 것처럼 머릿속으로 순식간에 지나간 상황을 정리했다. 비명을 지르며 돌아온 전우가 있다고 해서 정신적 공황에 휘말려서는 안 된다. 교활한 놈들을 상대하기 위해서는 냉정하게, 차분히 상황을 정리할 필요가 있었다.

놈들은 어떤 이유에서인지 모르지만 세력을 분산시켜 또 다른 납치를 기도하려 했다. 이런 상황을 우리는 전혀 예측하지 못했지만 야생에서 스스로 진화하며 적응하는 짐승처럼 우리는 이 우발적 순간을 최대한 우리에게 유리하도록 최선을 다했다. 부상자가 있긴 하지만 우리에게도 성과가 없는 것은 아니다. 그렇다면 우리가 얻은 것은 무엇인가?

놈들은 생각보다 교활하고 잔인하다. 매복과 인간방패까지 등장했으니 최악의 수가 이미 등장했다고 봐야 한다. 몽골 상선을 납치하려다가 긴급히 복귀한 네 놈들이 복귀했는지, 바다에서 헤엄을 치고 있는지는 모른다. 허나 복귀했다 하더라도 그놈들은 무기와 약간의 탄약까지 스키프에 유기했다. 무기가 없어졌으니 화력은 현저히 떨어졌을 것이다. 열세 놈 중 아홉 놈만 소총을 가지고 있다.

탄약은 어떠할까? 선장의 정보에 의하면 상선에 처음 올라왔을 때 총을 쏘았다고 했으니 이미 그때 탄약의 일부를 소모했을 것이다. 또 유인과 매복작전에서도 탄약을 소모했다. 그리고 스키프에서 미처 가져가지 못하고 남겨둔 탄약까지 합친다면 놈들은 탄약도 충분치 못한 상태다. 공개적이고 지속적인 압박작전을 통해 탄약을 소모하도록 함으로써 전투력을 약화시키고 기만작전을 통해 은밀침투를 실시한다면 반드시 우리에게 승산이 있다.

우리는 자체적인 분석을 끝내고 이러한 작전개념을 중심으로 한 작전계획을 작성하여 다시 상부에 보고했다.

합참의 작전 승인이 떨어질 때까지 이제 세부적인 사항들을 하나씩 점검해야만 한다. 합참은 어떤 결정을 내리든지 간에 신속하게 결심할 것이고 우리는 상선이 소말리아 영해 내로 진입하기 전에 작전을 종결해야 할 것이다.

청해부대의 작전참모로서 확인해야 할 작전요소가 한두 가지 아니었지만 우선 특수전요원들을 확인해야만 했다. 총탄과 파편에 의해 부상을 입어 신속히 의무실로 후송한 세 명의 특전요원들을 만나러 갔다. 두 명의 군의관과 전 의료진이 총동원하여 응급조치를 하고 있었다. 생명에 이상이 없다고는 하지만 등쪽에 파편상을 입은 변 소령은 부상이 심했다.

부대장과 내가 의무실에 도착하자 등쪽의 부상 때문에 엎드려 있던 변 소령이 몸을 돌려 일어나 앉으려 했다.

"그대로 누워 있어라. 몸은 좀 어떤가?"

특전요원들을 현장에서 지휘하다 부상을 입고 돌아온 검색대장을 심리적으로 안정시키고 격려하기 위해 부대장은 자상한 목소리로 물었다.

"괜찮습니다. 임무를 완수하지 못해 죄송합니다."

변 소령은 고개를 떨구며 입술을 굳게 다물었다.

"아니다. 모두들 생명에는 지장이 없으니 얼마나 다행이냐. 그리고 성과가 전혀 없었던 것도 아니니 걱정 말고 신속히 회복하는 데만 신경 써라."

"네, 죄송합니다."

부대장과 나는 병상에서 치료받고 있는 저격대장 김 상사와 저격수 이 하사를 차례로 위로하고 의무실을 빠져나와 다시 상황실로 향했다.

아무 말 없이 통로를 앞서가는 부대장의 어깨가 무겁게 짓눌려 있었다. 그의 머릿속에는 우리와 해적들이 처한 모든 변수들을 놓고 수많은 가상전투를 치르고 있을 것이다. 그의 마음속에는 선원들의 생환과 곧 전투를 치를 부대원들의 안전, 그리고 부상당한 전투원들을 위한 복수심으로 가득 차 있을 것이라고 생각하니 내 어깨와 마음도 더욱 무거워졌다.

상황실에 도착하자 어느 사이에 따라왔는지 졸지에 수장을 잃고 공격 팀을 총지휘하게 된 김 대위와 야전의 베테랑 악바리 박 준위가 내 뒤에 서 있었다.

위기가 닥치면 그것을 극복하기 위해 모든 사람들이 정신을 집중하기 때문일까? 누가 이렇다 할 얘기를 하지 않음에도 생각과 행동이 비슷해진다. 마침 그 둘을 불러 세 명의 전투력 손실을 극복할 최적의 방안을 함께 논의하고 구체적인 행동요령에 대해 논의하고 싶었던 차였던 것이다.

내가 특수전부대 출신이라는 유대감 때문인지 변 소령을 중심으로 한 검문검색대는 어려운 일이 있거나 상의해야 할 일이 있을 때마다 마치 나를 검문검색대원들의 맏형처럼 대하며 찾아오곤 했다. 이는 불가능은 없다는 정신으로 함께 동고동락해온 해군특수전부대 UDT/SEAL 요원들 간의 부대 정신이자 전우애가 바탕이 되었을 것이다.

"작전참모님, 드릴 말씀이 있습니다."

김 대위가 먼저 말을 꺼냈다.

"응, 그래. 그러잖아도 마침 두 사람을 호출할 생각이었어. 부대원들의 사기는 어떤가?"

우발적인 상황을 맞아 구출작전을 펼친 실전에서 진두지휘했던 검문검색대장과 특전요원 두 명이 부상을 입고 돌아와 병상에 누워 있으니 나는 부대원들의 사기를 먼저 확인했다. 작전 승인이 떨어지면 곧 다시 전투 현장으로 돌아가야 하는 전사들이 행여나 정신적 공황상태에 있거나 사기가 떨어져 있으면 곤란하기 때문이다.

"부대원들은 모두 이상 없습니다. 놈들의 총탄이 날아오고 파편이 튀고 그러니까 겁먹을 줄 알았는데 오히려 적개심이 불타오르는 것 같습니다. 대장님도 부상을 입었고 놈들이 교활한 전술을 쓴다는 것도 알았으니 모두들 긴장해서 하나씩 하나씩 꼼꼼하게 확인해서 준비하고 있습니다."

악바리 박 준위가 부대원들의 정신 상태와 사기에 대해 보고했다. 박 준위는 부대원들과 한솥밥을 먹으며 짧게는 수년, 길게는 십수 년이 넘는 야전훈련을 거듭한 까닭에 요원들의 눈빛만 봐도 전투지수를 측정하는 전투안(warrior's eye)을 감각적으로 갖게 된 듯했다.

내가 악바리 박 교관에게 교육생으로 훈련을 받을 때에도 그랬다. 아침에 기상하여 50가지가 넘는 UDT/SEAL 체조를 마치고 나면 그날 계획된 훈련에서 누구누구가 실패하고 누구누구가 낙오할 것인지 신 내린 사람처럼 맞혔다. 컨디션이 나쁜 사람, 훈련에 열외를 시켜야 하는 사람을 정확히 짚어내는 예리한 전투안이 감각적으로 발달되어 있었다. 그도 그럴 것이 훈련 중에도 자칫 잘못하거나 집중력을 놓치면 생사가 오가는 고강도의 긴장 상황이 지속적으로 반복된다. 훈련에 관한 모든 확인목록(check-off list)을 하나씩 검증하더라도 그와 같은 동물적 감각이 없으면 안개 속의 전쟁에서 어떻게 승리할 수 있겠는가? 그의 이러한 전투안은 어쩌면 다년간의 야전생활에서 자연스럽게 얻은 또 하나의 필연적 감각인지도 모를 일이었다.

"잘 알겠습니다, 박 준위. 박 준위는 경험이 풍부하니까 공격 팀을 중심으로 행동 하나하나를 확인해서 훈련을 시키세요. 놈들은 박 준위가 말한 대로 조타실, 휴게실, 기관실에 분산되어 있을 겁니다. 그러나 가장 유력한 곳은 놈들의 화력이 열세이기 때문에 조타실에 집중해 있을지도 몰라요."

나는 삼호쥬얼리 호의 설계도를 가리키며 계속 지시했다.

"아무튼 간에 쥬얼리 호 설계도 봤잖습니까? 최적의 진입로와 가장 유사한 환경을 이 배에서 찾아 눈 감고도 그 길을 찾아갈 수 있는 수준까지 숙달시키세요. 한 사람 한 사람 사격위치, 경계위치, 엄호위치들을 정확히 짚어서 실전처럼 훈련시키지 않으면 선원들을 구출하기는커녕 모두 몰살합니다. 놈들, 교활하고 잔인한 것 봤죠? 그리고 놈들이 장애물을 설치해놓았을 경우도 생각하세요. 놈들 중에 군인 출신이 있으면 부비트랩(booby trap, 위장폭탄)도 설치해놓았을 것을 가정해야 합니다."

그렇다. 지금 놈들은 순진한 어부나 학생들이 아니라 전투경험이 풍부한 적으로 봐야 한다고 생각하니 애초에 생각지 않았던 부비트랩까지 머릿속에 떠올랐다.

"놈들의 행태로 봤을 때 분명히 지금쯤은 위성전화를 통해 모기지와 연결하고 있을 것이고 행동지령을 받고 있을 겁니다. 놈들은 지금 안부 인사나 주고받는 그런 어수룩한 어부들이 아닙니다."

"네, 알겠습니다."

악바리 박의 눈동자가 살기를 머금은 듯 반짝였다.

"김 대위! 변 소령과 두 명의 부상자가 생겼지만 지금 우리에게 변한 것은 아무것도 없다. 본국으로부터의 지원을 기다릴 상황도 아니다. 이 문제는 우리가 우리 손으로 해결해야 한다. 그리고 애초에 김 대위가 공격팀장으로 들어가도록 훈련을 계속 해왔잖아. 그렇지? 그러니 전혀 동요할 필요가 없다. 훈련해오던 대로 하면 돼. 훈련이든 실전이든 박 준위가 자네를 엄호할 거야. 부상당한 저격수들 대신에 예비 인원을 투입하면 문제없을 것이고. 지금은 아무 생각 없이 임무에 집중하는 것이 최선이다. 대원들에게도 그렇게 지시하고."

사람이 어떻게 아무 생각 없이 임무에만 집중할 수 있겠는가? 하지만 이런저런 생각이 복잡해지면 자칫 일을 그르치는 법이다. 전투에 임했을 때 전사의 생각은 오로지 적과의 교전만을 생각해야 한다고 나는 강조하고 싶었다.

적과 총칼을 교차하기 전에 수많은 변수를 가지고 생각으로 먼저 싸워서 이겨야 한다. 생각으로 먼저 싸워서 우리에게 불리한 것은 제거하고, 유리한 것은 최대로 만들어야 희생이 없을 것이다. 우리의 전투력과 훈련의 숙달 정도는 국제적 수준이고, 놈들은 소총 몇 자루를 든 해적의 무리라고 얕봤다가는 낭패를 볼 것이다. 그리고 의욕만 앞세웠다가는 엄청난 희생만 따를 것이 분명하다.

勝兵先勝 而後求戰(승병선승 이후구전)
敗兵先戰 而後求勝(패병선전 이후구승)

천재적 군사 전문가 손자(孫子)도 전쟁터의 경전이자 군사 이론서의 바이블이라 불리는 『손자병법(孫子兵法)』의 「군형편(軍形篇)」에서 승리하는 군대는 먼저 이겨놓고 그다음 나가서 싸우고, 패배하는 군대는 먼저 싸움을 걸고 나서 그다음에 이기려고 한다고 하지 않았던가. 그렇다! 지금이 바로 그때, 이겨놓고 싸워야 할 때였다.

달콤한 신혼의 꿈을 접고 파병을 지원해서 나온 그가 나약한 생각을 할 일이 없겠지만 나는 목구멍까지 올라온 걱정을 눌러 삼키며 김 대위를 다시 쳐다보았다.

"이겨놓고 싸운다는 말 알지? 지금이 바로 그때다. 놈들과 먼저 생각으로 싸워서 이겨야 한다. 그리고 특전요원들은 그 생각들을 몸이 기억하도록 만들어야 해. 알았지? 그것을 명심하고 숙달시켜라. 시간이 없다. 병기와 탄약 모두 재점검하고 상황이 어떻게 전개될지 모르니까 최루탄, 비살상탄을 포함해서 모든 탄약을 준비해야 돼. 알겠지?"

"네, 잘 알겠습니다."

김 대위와 악바리 박 준위가 동시에 대답을 하고 나서 상황실을 빠져 나갔다.

지속적인 압박을 통한 소모전 강요, 기만작전을 통한 해상과 공중 기습구출 작전 시행계획 준비상황을 현장에서 확인하고 있을 때 허리춤의 워키토키가 소리를 질렀다.

―치치칙～

"작전참모님, 응답바람. 오버."

워키토키를 통해 상선이 납치된 것 같다는 최초 보고를 받은 이후 무전 교신을 주고받기 전에 들리는 특유의 칙칙거리는 소리에 나는 경기 들린 아이처럼 움찔했다.

"여기는 작전참모, 무슨 일인가?"

"변경된 작전계획에 대한 승인 수신했습니다."

격납고에서 특전요원들의 무장상태, 방탄조끼와 헬멧 등을 꼼꼼하게 확인 중이던 나는 좁은 통로를 뛰어 상황실로 향했다. 검색대의 김 대위도 나를 따랐다. 우리가 보고한 작전계획이 승인되었으니 더 이상 지체할 겨를이 없었다.

상황실에 도착하자 작전관이 팩스 용지를 내밀었다. 열을 감지하도록 만들어진 얇고도 팔랑팔랑한 팩스 용지 위에 간단명료한 상부의 작전지침이 선명한 흉터처럼 낙인 찍혀 있었다.

단편명령

청해부대는 작전요원의 피해를 최소화하고 선원을 구출하라.

나는 의무실의 부상자를 재점검하던 부대장이 상황실에 도착하기 전에 이 전투를 승리로 이끌도록 모든 지혜를 모아줄 참모들과 상황실의 모든 당직자가 들을 수 있게 또박또박 상부의 작전지침을 읽어 내려갔다.

사태의 위중함을 아는 듯 간간이 컴퓨터를 식혀주는 냉각팬의 소리도 들리지 않고 상황실을 무거운 침묵이 장악할 때쯤 부대장이 도착했다.

검은색 결재판에 꽂힌 단편명령을 훑어보던 부대장은 미간을 잠깐 찌푸렸다. 하지만 이미 작전 승인을 예상하고 있었고 우리가 할 수 있는 모든 것을 동원하여 준비하고 있었으므로 부대장은 즉각적으로 세부적인 명령을 하달했다.

"다시 작전을 재개할 때다. 일전에 내가 여러분에게 지시했듯이 반드시 선원을 구출하고, 모두 다 반드시 생환토록 해야 한다. 이것은 상부의 명령이며 나의 명령이다. 시간이 많지 않으므로 우리가 가진 모든 무기체계를 총동원할 것이다. 때로는 전략적으로 아주 느리게, 때로는 전광석화처럼 움직여야 우리의 목표를 달성할 수 있다. 놈들을 먼저 지치게 만들어야 한다. 우리가 먼저 지치는 일이 없도록 각자의 당직 위치에서 반드시 전우들을 엄호하라. 획기적인 생각이 놈들의 허를 찌르고 전투를 승리로 이끌 수 있는 열쇠가 될 수 있으니 어느 누구도 건전한 건의나 권고를 주저하지 말라. 모두들 이해했겠지? 질문 있나? 다시 한 번 강조하지만 모든 선원들을 안전하게 구출하고 모든 대원들은 반드시 생환하라. 질문 없으면 작전참모의 전반적인 작전개념을 듣고 전장의 마인드를 일치화하기 바란다."

승인받은 구출작전에 대해 경각심을 일깨우고 전투의지를 고양시키기 위한 부대장의 지시가 끝나자 나는 시간계획에 따른 작전개념을 요약하여 브리핑했다.

전투상황실 요원들, 함교 위아래에 배치될 저격수들, 함교 외곽의 K-6 사수, 검문검색대의 공격 팀과 엄호 팀, 헬기작전 요원들이 모두 브리핑에 집중하기 위해 원을 만들고 온 촉각을 세우듯 몸을 앞쪽으로 기울였다. 작전요소는 여러 곳이더라도 모두가 하나의 유기체처럼 움직여야만 상부의 명령에 따른 임무를 완수하고 돌아올 것이었다.

"지금부터 시간 계획에 따른 작전개념을 설명할 테니 잘 듣기를 바란다. 여러분이 이제껏 느꼈다시피 계획대로 순탄하게 착착 진행된 경우가 없었을 것이다. 하지만 다행스럽게도 우발상황에 잘 대처하고 희생을 최소화한 것은 모두가 서로를 철저하게 엄호하며 작전을 했기 때문이다. 지금이 20일 17:05분. 상선이 다행히 저속으로 이동하고는 있지만 그렇다 하더라도 이 속도로 진행한다면 내일 오후쯤이면 소말리아 영해 근처까지 진입하게 된다. 다시 말해 우리에게 약 12시간의 시간밖에 없다는 얘기다."

우리에게 주어진 시간을 구체적으로 얘기하자 브리핑을 받는 대원들의 표정이 더욱 굳어졌다. 나는 차분하고 또렷한 목소리로 브리핑을 이어갔다.

　"따라서 내일 아침에는 공개적이지만 기습적으로 구출작전을 실시하는 것이 최선의 방책이라 할 수 있다. 공격 팀이 침투하는 시간, 즉 H-hour는 내일 아침 놈들이 해 뜨기 전 기도를 올리고 난 다음, 그러니까 경계심이 최하로 떨어지는 여명시간이 될 것이다. 내일 아침 해 뜨는 시간은 06:40분. 놈들은 대략 04:30시나 05:00시경 알라에게 기도를 올릴 것이다. 우리는 놈들이 기도를 올리는 시간 직전까지 또는 약간 경과한 시간까지 의도적으로 우리의 모습을 노출한 다음 놈들의 사정거리까지 근접과 이탈을 반복하며 탄약 소모를 강요할 것이다. 이때 함교의 K-6 요원들과 소병기 근접 전투요원들은 놈들의 총탄에 대비하여 추가적인 방탄판 설치 등 생존대책을 강구해야 한다."

　"네! 알겠습니다."

　K-6 사수의 임무를 맡고 있는 해병대원 한 명이 강한 의지를 보이며 큰 소리로 대답했다.

　"이렇게 지속적이고 반복적인 공격을 하다가 기도하는 예정시간에 공격을 멈추면 놈들은 자신들의 신 알라가 함께 돕는다고 생각하며 안도의 기도를 올릴 것이라고 판단된다. 약 30분간의 휴식을 준 다음 본격적인 공격에 들어가는 것이 좋다고 생각하는데 이렇게 우리가 움직이면 놈들은 또 의례적인 접근이라고 생각하며 긴장을 늦출 것이다. 이때가 바로 최적의 시간으로 판단된다. 따라서 H-hour는 21일 05:40분으로 선정한다. 지금부터 내일 아침까지 12시간의 여건 조성이 작전 성패의 관건이다. 지속적인 압박과 소모를 강요하기 위해, 그리고 기만작전을 위해 야간에도 내일 아침 공개적인 기습작전과 마찬가지로 헬기 출격, 함포 사격 등이 실시될 것이다. 전투배치 방송에 따라 신속하게 배치하고 세부적인 작전지침에 따라 움직이면 충분히 임무를 완수할 수 있을 것이다. 모두들 이해했나? 질문 있는 대원은 질문해라."

나는 내일 아침까지 가용한 12시간 동안의 압박과 기만작전, 그리고 공개적인 은밀 기습작전에 대해 간단히 설명했다.

여기저기서 머리를 끄덕이며 전장 마인드를 일체화하고 있었고, 또 어떤 대원은 수첩에 메모하고 있었다. 질문이 없자 나는 부대장의 명령에 따라 모든 대원들의 의사소통이 원활하도록 당직자 중심으로 배치시키고 세부작전계획을 정리하여 상부에 보고했다.

적을 속이고 감각을 무디게 하는 기만작전. 무엇보다도 인내심을 갖고 놈들을 서서히 길들여서 치명적인 한 방으로 성공해야 하는 이 작전을 계획하면서 나의 머릿속에는 어렸을 적 아버지가 들려준 이야기가 스쳐지나갔다.

정밀하게 속을 파내고 치명적 독극물을 집어넣은 다음 촛농으로 막아 여기저기 뿌려놓은 콩알을 먹고 즉사한 꿩 몇 마리와 덫을 놓아 잡은 토끼를 전리품으로 들고 염전 둑방길을 걸어올 때였다.

아버지는 갈대숲에서 부리를 깃에 품고 쉬고 있는 야생오리 몇 마리를 보며 오리사냥에 대한 얘기를 꺼냈다. 아무런 사냥도구 없이도 오리를 잡을 수 있다는 사냥. 그것이 사실인지 아닌지 모르지만 아버지의 얘기는 내가 배울 수 있는 지식의 한 경로였고 또 그 대부분이 진실이었다.

먼저 긴 비행에 지친 오리들이 밤을 샐 만한 장소를 물색한 다음 매복을 시작한다. 지루하고 인내심이 필요한 매복, 쉼터를 찾는 오리가 찾아오고도 몇 시간을 계속 매복해야 한다. 오리들이 한참 쉬고 있을 무렵 아주 작은 돌멩이 하나를 살짝 던진다. 당직을 선 오리가 눈치챌 정도의 소음이면 된다. 당직 오리는 비상사태를 모든 오리들에게 전파한다. 오리 우두머리는 사태를 파악하고 무리를 이동시켜야 할 것인지를 판단할 것이다. 그런데 아무런 일도 없는 거다.

다음번에는 조금 더 큰 돌을, 조금 더 큰 돌을……. 이런 일을 인내심 있게 반복한다. 그러면 두 가지의 가능성이 생긴다. 호들갑을 떨며 잠을 못 자게 만드는 당직오리를 다른 오리들이 린치를 가해 죽이거나, 아니면 조금씩 커져오는 소음과 자기들을 덮치러 오는 사냥꾼이 가까이 와도 경계하지 않는다는 것이다.

아버지의 이야기는 알고 보면 원하는 행동목표를 얻어내기 위해 상대를 길들이면 이루지 못할 것이 없다는 행동심리학자들의 접근방식과도 상통했다.

우리는 마치 야생오리를 사냥하듯 천천히, 은밀하고, 치명적으로 놈들에게 다가가기 위해서 각자의 임무를 수행해 나갔다.

21일 18:00시, 서서히 날이 어두워져 갔다.

놈들은 저녁과 밤에도 한 차례씩 기도를 올린다. 그렇다면 지금 쯤 한 번 압박적인 기동과 공격을 펼칠 필요가 있다. 참모들의 권고에 따라 부대장은 즉각적으로 전투배치를 지시했다. 아직은 해가 지지 않았으므로 모든 것이 놈들의 가시권에 있을 것이었다. 오늘 저녁에는 고속단정도 함께 기동해 놈들을 최대한 압박할 필요가 있었다.

－뚜뚜뚜뚜 뎅뎅뎅뎅~

"실전! 전투배치!"

신경을 자극하는 디지털 전자음이 함 내에 울려 퍼지자 "전투배치!" "전투배치!" "전투배치!" 복창소리가 반복적으로 울렸다. 모두들 전투위치를 향해 뛰어가는 소리, 그리고 함포의 전원이 구동되는 소리까지도 선명하게 들려왔다.

처한 환경에 따라 모든 상황의 해석이 달라지는가 보다. 노을이 지고 있는 시간, 평상시 이 시간에 비행 갑판 위에서 들었던 헬기 소리는 친근감 있고 평화로운 소리였다. 그런데 오늘은 빨갛게 물들고 있는 저녁 바다가 핏빛으로 보였고 헬기의 주 날개가 공기를 가르는 소리는 심장박동수를 증폭시켜 불안감을 극대화하는 소리로만 들렸다.

모든 전투배치가 완료되자 부대장은 함 내로 전파되는 방송 마이크를 들었다.

"총원 그대로 들어. 부대장이다. 우리 모두는 지금 실전에 돌입

했다. 오직 임무완수만을 생각하고 전우를 필사적으로 엄호하기 바란다. 모든 선원을 안전하게 구출하고 우리 모두 생환하여 사랑스러운 가족의 품으로 돌아갈 수 있도록 하자. 건투와 행운을 빈다. 이상 부대장."

전투에 임하는 나의 마음자세가 그러했을까? 나는 부대장의 방송을 들으면서 영국의 수상이었던 처칠이 생각났다. 제2차 세계대전이 발발한 후 독일로부터 무차별 폭격을 받았던 영국 국민들은 두 편으로 나뉘었다. 끝까지 싸우자는 쪽과 나치에 항복하자는 쪽이었다.

위기의 순간에 처칠은 대국민 연설을 한다. 끝까지 싸워서 반드시 민주주의를 지켜야만 한다는 그의 연설! 독일에 항복해야 한다는 여론을 연설로 잠재우고 전의를 북돋았던 처칠의 연설을 마치 현장에서 들은 것처럼 나의 몸은 소름이 끼치고 나의 정신은 얼음이 정수리에 박히듯 번쩍 깨어났다.

"헬기 이륙 준비 완료!"

"고속단정 진수 준비 완료!"

각각의 현장에서 전투 준비 완료 복창소리가 속속 접수되었다. 고속단정 세 척이 진수되고 헬기가 이륙하자 부대장은 함의 속력을 증가시켰다.

"속력 15노트, 상선 최단 접근거리 1마일로 통과하도록 기동하라. 고속단정은 0.5마일(약 1킬로미터)에서 동조기동하고, 헬기는 고도 700미터 상선거리 500미터에서 위협 선회기동하라."

1마일이면 약 2킬로미터. 함이 상선을 2킬로미터 정도의 거리를 두고 통과하라는 것은 위협적으로 시위 기동할 때 놈들에게 과연 압박과 소모전이 통하는지를 시험하고 싶다는 뜻일 것이다.

"알파, 수신 완료. 상선 후미 0.5마일에서 지그재그 동조기동 중."

"잠자리, 지정위치에서 선회기동 중."

모든 작전요소들은 신속정확하게 기동을 완료했다. 우리의 대한민국 군함은 상선 현측 2킬로미터 지점을 통과하며 대공 마이크의 볼륨을 최대로 올리고 압박적인 투항 권고 방송을 실시했다.

"해적들은 투항하라. 투항하면 안전한 귀향을 보장한다. 너희들은 포위되었다. 모든 선원들은 공격이 임박했으니 바닥에 엎드리십시오. 다시 한 번 말합니다. 모든 선원은 공격이 임박했으니 바닥에 엎드리십시오."

군함의 잘생긴 마스트 위에 위치한 성능 좋은 대공 마이크가 삼호쥬얼리 호를 향해 해적들을 꾸짖듯 근엄하고 장중한 목소리를 내며 바다를 가로질렀고 우리는 그 방송 중간중간에 선원의 안전을 위한 메시지를 끼워넣었다.

서너 차례 대공 방송을 계속하고 있을 때였다. 조타실 창가에 어른거리던 그림자 중 하나가 움직이는 듯싶더니 불빛이 반짝거리고 뒤이어 다르르르르륵 총성이 들려왔다. 우리 함교 옆의 K-6 기관총도 불을 뿜었다. 놈들의 총탄은 우리 쪽에 미치지 못하고 바다 위로 떨어질 테지만 우리가 쏜 중기관총은 충분히 놈들에게까지 도달하여 영향을 미쳤을 것이다.

놈들이 총을 쏘았다는 것은 우리가 의도한 심리적 압박을 받고 있다는 것을 의미했다. 이대로 놈들의 탄약 소모를 지속적으로 강요하며 투항을 권고한다면 피를 흘리지 않고도 임무를 수행할 수도 있겠다는 생각이 들었다.

군함은 삼호쥬얼리 호를 원 안에 가두듯 고속으로 기동하여 한 바퀴 둥그렇게 원을 그리며 다시 압박했다. 고속단정은 여전히 상선의 선미에서 함께 기동했고, 헬기는 호흡이 잘 맞는 짝꿍끼리 손을 맞잡고 돌며 춤을 추듯 군함과 반대편에 위치하며 하늘에서 엄호했다.

한 차례의 압박이 끝나자 고속단정과 헬기가 함선으로 복귀했다. 잠깐 쉬는 시간을 주어야 한다. 파블로프가 개를 길들이듯, 야생오리를 사냥하듯 철저한 계산 속에서 놈들의 심리를 압박하고 다스려야 하기 때문이다. 놈들이 공격의 규칙적인 패턴을 느끼도록 하는 것이 이 기만과 심리작전의 목적이다. 놈들은 잠깐의 시간 동안 알라를 찬미하고 자신들의 행동을 신의 뜻으로 미화할 것이다. 우리 대원들도 다음 공격시간까지 전열을 가다듬어야 한다.

다시, 놈들의 취침 전 기도시간 1시간 전, 22:00시쯤이 되었다. 잠깐 동안의 휴식을 취한 부대 전체에 다시 전투배치 방송이 울려 퍼졌다. 군함은 이전보다 조금 더 가까이 근접하여 기동을 실시하고 헬기는 동일한 간격을 유지했다. 놈들도 미끼를 덥석 물지는 않았다. 확실히 교활하고, 전투 경험이 많은 놈이 무리를 이끌고 있는 것이 분명했다. 또 몇 발만의 교전이 오갔다.

과연 놈들의 탄약 상태는 어느 정도일까? 헬기가 다시 복귀하자 정비팀이 긴급히 투입되어 항공유를 주입하고 주요 장비를 다시 확인했다.

놈들이 우리의 계산대로 비록 소량이기는 하지만 탄약을 소모하며 교전했다. 우리가 또 다른 새벽의 기만작전을 준비하고 있을 때 다시 한 장의 팩스 용지가 날아왔다. 작전명과 함께 작전지침이 시달된 것이다.

작전명 : 아덴 만 여명작전
적을 가벼이 보지 말라.
작전 성공을 위해 여건을 조성하고, 우리의 힘으로 반드시 임무를 완수하라.

아덴 만 여명작전이라……. 여명이 밝아오는 시간과 작전 지역을 고려하여 신중하게 붙인 작전명이라는 생각이 들었다. 누구에게나 희망을 상징하고, 모든 이에게 똑같이 떠오르는 여명! 하루를 마무리할 때의 결과는 다르더라도 아쉬움을 접고 또다시 희망을 약속하며 일어날 수 있는 것은 누구에게나 공평하게 떠오르는 태양 때문이 아니던가! 그리고 어둠을 밀쳐내고 밝아오는 하늘을 보며 사람들은 얼마나 많은 다짐을 하는가! 하지만 이번만큼은 아덴 만의 여명이 우리에게만 서광을 비춰주기를 간절히 바랄 뿐이었다.

시간은 계곡을 타고 내려오는 물처럼 흘러갔다. 작전을 하는 동안에는 빠르고 울컥하듯 세차게 흐르다가, 잠깐 동안의 소강상태일 때에는 어딘가 막혀 있는 시냇물처럼 정체된 듯 답답하게 느껴졌다. 그렇게 빠르게, 또는 천천히 새벽이 다가오고 있었다.

다시 새벽의 기만작전을 준비할 시간이었다. 이 시간의 기만작전은 분명히 놈들의 피로를 극대화시킬 것이 뻔했다. 우리는 저녁과 한밤중에 실시했던 기동과 동일한 패턴을 유지했다. 정신없게 끔 투항 방송을 하고 놈들의 신경이 거슬리도록 조금 더 빠른 속도로 선회 위협기동을 세 차례나 실시했다.

여명이 다가오자 철저한 시스템과 당직제도로 운영되어온 우리 대원들도 피곤한 기색이 역력했다. 놈들의 저항도 무뎌졌다. 아마도 야생오리들처럼 그렇게 길들어짐으로써 경계심이 무뎌지고 있을 것이 분명했다.

마지막 압박작전과 기만작전이 완료된 이후 놈들은 새벽의 기도와 휴식을 즐기고 있을 것이다. 그러나 상황과 시간을 통제해야 하는 우리에게 지금 이 순간 휴식은 사치였다. 우리는 신속하게 다음 작전, 결전을 준비해야 했다.

21일 05:00시, 티끌 하나 없이 맑은 반원의 하늘에 한 줌의 소금을 뿌린 듯 반짝이던 별무리들이 사라지고 회색빛 여명이 밝아오고 있었다.

죽을 것인가, 살아남을 것인가! 한 사람도 다치지 않게 모두 구출하라는 명령, 그 임무를 완수해야만 하는, 이제는 더 이상 연습할 시간이 없는 시간의 막다른 골목에 와 있었다. 짧은 기도와 하늘과 바다 앞에서의 긴 호흡을 끝내고 나자 모든 작전요원들의 동작이 긴밀하게 빨라졌다.

드디어 아덴 만 여명작전이 개시되었다.

공격 팀을 침투시키기 위한 고속단정 두 척이 먼저 진수되었다. 놈들이 끌고 가는 상선은 여전히 우리의 우측에서 도살장에 끌려가는 소처럼 느리게 움직였다. 해적들도 경이로운 인내심을 가지고 자신들의 모기지로 한 걸음 한 걸음 전진하고 있었다.

"놈들이 보는 해상 레이더 스크린에 우리 고속단정이 나오지 않도록 전자공격을 실시하라."

부대장의 전자공격 명령이 떨어지자 전자전을 맡고 있는 전자전장은 즉각적으로 수명하고 우현함수 방향의 삼호쥬얼리 호를 향해서 강한 전자파를 발사했다. 놈들의 레이더 스크린에는 이제 아무것도 보이지 않거나 여러 가지 잡음 신호만 잡힐 것이다.

나머지 엄호 고속단정이 은밀하게 진수되자 헬기는 모함에서 이탈하여 삼호쥬얼리 호로 향했다. 공중에서 K-6 기관총과 저격수의 선별사격을 통해 공격 팀의 등반을 지원하려는 것이었다. 헬기의 임무는 무엇보다도 상선의 외곽에서 얼씬대는 해적을 제거해서 해상으로 공격하는 공격 팀의 침투를 돕는 것이었다.

상선 위에서 움직이는 표적은 함교 위의 저격수 1개조(저격수와 관측수)와 함교 외부 갑판에 위치한 저격수 두 명이 동시에 지키고 있었다. 이들은 공격 팀이 등반하는 데 방해가 되는 표적, 그리고 헬기나 우리 군함을 향해 쏘는 대전차 로켓을 정확하게 도려낼 것이었다. 고속단정이 상선의 선미로 기동을 시작하자 우리 군함은 상선의 좌현에서 놈들의 시선을 끌었다.

"소말리아 해적! 소말리아 해적! 투항하라! 투항하면 집으로 돌아갈 수 있다."

마스트 위의 대공 마이크는 새벽 공기에 아직 수증기 알갱이들이 남아 있어서인지 더욱 더 강력하게 삼호쥬얼리 호를 향해 목소리를 높였다.

이때 함교 위의 저격수 목소리가 상황실에 접수되었다.

"모든 국 여기는 God! 선교 밖, 무장 표적 하나 확보. RPG-7으로 판단됨. 표적상태 레드."

대전차 로켓을 든 해적이 우리에게 위협사격을 하려는 것이 분명했다. 헬기는 충분히 안전고도를 유지하고 있고 거리도 800야드 이상 벗어나 있으니 무용지물일 것이다. 그렇다면 놈의 표적은 우리 배일 가능성이 높다. 표적상태 레드! 정확하게 조준선에 표적이 들어와 있지 않아 저격을 통한 사살은 불가능하다는 이야기였다. 그렇다 하더라도 놈의 주변에 위협사격이라도 해서 놈을 조타실 안쪽으로 들여보내야 된다.

부대장은 즉각 사격을 명령했다.

"저격수 사격 실시. 모든 해적들이 상선 외곽에 나타나지 못하도록 전 사수들은 사격을 실시하라."

"God, 수신 완료!"

함교 저격수의 수신 신호가 떨어짐과 동시에 쾅! 하는 소리가 들렸다. 2킬로미터가 넘는 사정거리의 저격총소리는 작은 포에서 나는 포성처럼 크게 들렸다. 그와 동시에 공중의 헬기에서도 K-6 기관총이 불을 뿜었다.

피를 말리는 압박과 기만작전의 성패가 눈앞에 천천히 다가오고 있었다.

17

신의 가호

인질들을 방패로 세우고 난 다음 두목과 아라이의 고함과 협박이 먹혀들었는지 군인들의 고속보트는 즉각 돌아갔다. 그리고 또한참 후에 헬리콥터가 돌아가자 아부디 두목이 쉭쉭 숨을 몰아쉬며 조타실로 들어왔다. 나는 인질들을 데리고 들어오라는 그의 명령을 철저하게 이행하며 겁에 질린 선원들에게 조타실을 향해 턱짓으로 들어가라는 신호를 보냈다.

군인들의 고속보트가 남겨놓은 물결은 이미 바다에서 사라졌고, 하늘이 열리는 소리처럼 요란하게 머리 위에서 맴돌던 헬리콥터도 사라진 지 오래됐지만 인질들은 바다와 하늘을 못내 아쉬운 눈길로 쳐다보았다. 그리고 더딘 걸음으로 조타실을 향해 걸어갔다. 희멀겋게 생긴 한 사람이 사라진 보트 자국을 향해 아쉬운 눈길을 보내며 조타실 출입문을 넘어서지 못하고 있었다. 그가 다시는 들어가기 싫다는 듯 손으로 조타실 출입문 위쪽을 잡고 버티며 주저주저하고 있을 때였다.

"이 새끼가! 빨리빨리 들어가지 못해?"

그때 굼뜬 발걸음에 인내심의 한계를 느꼈는지 아라이의 신경질적인 목소리가 들리더니 이내 개머리판의 둔탁한 소리가 들렸다. 그리고 그뿐만 아니라 다른 인질들에게도 무차별적인 구타가 집행되었다.

─ 픽! 픽!

─ 억! 악!

인질들은 외마디의 비명과 함께 여러 사람들의 땀 냄새가 습한 공기와 섞여 역한 냄새가 나는 공간으로 다시 끌려 들어가 바닥에 고꾸라졌다.

두목 아부디는 총을 어깨에 둘러메고 조타실을 서성거리면서 여전히 숨을 몰아쉬었다. 거친 숨소리의 근원지를 나는 알 수가 없었다. 군인들이 하늘과 바다에서 동시에 나타나 놀랐기 때문인지, 아니면 자기 성질에 못 이겨 야생짐승처럼 포효하며 하늘에 총을 갈겨댔는데도 총알이 거기까지 미치지 못해 성질이 난 것인지 모를 일이었다. 아무튼 몇 번씩 소리를 지른 후에도 흥분을 가라앉히지 못하고 숨을 몰아쉬는 두목은 허기진 사자가 사냥감을 놓쳤을 때처럼 지치고 힘들어 보였다. 이때 선미에서 군인들과 전투를 벌였던 아부카드가 일행을 데리고 조타실로 들어오며 소리쳤다.

"이런 빌어먹을! 언제 저놈들이 나타난 거야? 내가 보트를 내릴 때만 해도 아무것도 없었잖아. 이게 도대체 어떻게 된 일이야, 아부디?"

영웅심에 가득 차 한탕 더 해서 돌아오겠다고 나갔다가 타고 간 보트 위에 총과 실탄까지 내버리고 간신히 몸만 살아 돌아온 아부카드였다. 그가 자신의 처지를 제대로 파악하지 못한 채 의기양양하게 떠벌리자 두목은 아부카드를 잡아먹을 듯 쏘아보았다. 그리고 아무 말도 하지 말고 시끄러운 입을 다물고 닥치고 있으라는 듯 그의 두툼한 입술에 자신의 검지를 가져다 꾸욱 누르고서는 그 손가락을 천천히 들어 아부카드를 다시 가리켰다.

두목의 눈초리가 먹이를 눈앞에 앞둔 야수처럼 진중하고 평상시와는 다르게 느꼈는지 아부카드는 머쓱해져서 어깨 위에 걸쳤던 소총을 비쩍 마른 몸 앞으로 가지런히 세워 잡았다. 마치 서열 다툼을 벌이던 들개들이 절대 강자를 알아보고 몸을 비비며 지나치게 친한 척하거나, 아예 하늘을 향해 벌렁 누워서 복종의 표시를 하는 것처럼 비굴함이 배어 있는 자연스러운 동작처럼 보였다. 그리고 이런 동작들은 이 위기의 상황을 극복하고 해결할 자는 역시 두목인 아부디밖에 없다는 절대적 진리를 다시 한 번 깨닫게 하는 순간이기도 했다.

아부디 두목은 오른손에 소총을, 왼손에 위성전화기를 들고 조타실 안을 아무 말 없이 천천히 맴돌았다.

빼앗아 신은 샌들에 땀이 배어서였을까? 신경에 거슬리고 기분 나쁘게 찔꺽거리는 소리 이외에는 그 누구의 숨소리도 들리지 않았다. 인질들은 어느새 그곳이 원래 그들이 있었던 자리마냥 조타실 구석에 모여 머리를 조아리고 있었다. 조타실을 쉭쉭거리며 맴돌고 있는 두목의 신경을 그 누구도 건드려서는 안 되리라는 것을 모두 본능적으로 알고 있는 듯했다. 조타실을 맴돌던 두목의 발걸음이 느려지고 숨소리가 잦아들자 눈치를 보고 있던 나는 조심스럽게 말을 걸었다.

"아부디 형! 아무래도 위성전화를 해서 원로들에게 물어보는 게 좋겠어요."

무겁고 침울한 기운이 조타실 안에 가득 차 있는 순간에 나는 어디서 이런 용기가 나왔을까? 두목의 심각한 두 눈이 나와 마주쳤을 때 순간 움찔했으나 두목은 아무 말 없이 위성전화를 들고 조타실 밖으로 나갔다.

두목이 원로들에게 지시를 받는지, 아니면 군부의 지령을 받는지는 아무도 몰랐다. 또 협상가로부터의 지령, 아니면 신으로부터 직접적인 계시를 받는지 모르지만 밖으로 나간 두목은 하늘로 높이 전화를 들었다가 미친 사람처럼 고함을 질러댔다. 두목이 교신하는 그 크신 분이 누구든 간에 두목의 생각과 결정이 이 곤경을 헤쳐나갈 유일한 해결책이었으므로 우리 모두는 두목이 하는 얘기를 듣고 싶어 몸은 조타실에 남겨두고 귀는 두목의 목소리를 좇고 있었다.

신경질적이고 긴 통화를 마친 두목이 조타실 안으로 들어오며 외쳤다.

"이제 죽기 아니면 살기다. 이 새끼들 다시 오면 다 죽여버리는 거야. 일이 어떻게 될지 모르니까 총알 아끼고 내 명령 없이 총을 쏘는 일이 없도록 해. 안 그러면 다 죽을 줄 알아!"

죽기 아니면 살기. 두목이 조타실 밖에서의 요란한 통화를 끝내고 들어오면서 처음 꺼낸 말이 다름 아닌 죽기 아니면 살기였다.

내 나라 소말리아, 내 고향에서도 우리는 죽기 아니면 살기로 살았다. 이 상선에 올라탈 때에도 죽기 아니면 살기로 올라탔다. 이제 이것을 끌고 고향에 돌아가기만 하면 되는데, 성공의 문턱에 왔는데 또 죽기 아니면 살기로 싸워야 한단다. 우리는 전생에 무슨 잘못을 했기에 이렇게 무슨 일을 할 때마다 죽기 아니면 살기로 덤벼야만 하는 것일까? 우리가 이렇게 살면 과연 우리의 신 알라가 약속한 대로 미래에는 잘, 그리고 행복하게 살 수는 있는 것일까?

위기의 순간이 오면 사람들의 생각이 비슷해지는 모양이다. 끗발 없고 경험 없는 내가 생각만으로 우리의 신 알라를 찾고 있을 때 다른 동료들도 입 밖으로는 아무 말도 꺼내지 못했지만 두 손을 머리 쪽으로 모으고 연거푸 고개를 조아리며 신의 자비를 간구하고 있었다.

악에 받친 듯, 아니면 확실한 계시를 받은 듯 강력한 말로 죽음과 삶을 얘기했던 두목도 알라에게 드리는 기도만은 말리지 않았다. 하기야 그 누가 알라에게 올리는 기도를 막을 수 있겠는가? 그

때만큼은 모두가 평화롭고 모두가 평등하며 이 각박하고 처절한 삶으로부터 벗어나 신이 약속한 미래를 환각제처럼 처방받을 수 있는 시간이 아니던가? 그런 이유로 우리는 이 세상 어디에서 어떤 일을 하고 있든지 간에 기도시간만은 지키려 했다.

"알리! 총알이 부족하니 모두들 같이 있어야겠어. 모두들 다 불러서 조타실로 오라고 그래."

우리의 간단한 기도가 끝나자 두목은 모든 동료들을 불러 모아 더욱 철저한 당직을 지시했다.

"오늘 저녁만 버티면 돼. 내일 낮에는 군인들도 더 이상 쫓아올 수 없어. 날이 밝으면 우리가 놈들을 볼 수 있으니 무슨 일이 있어도 오늘 밤엔 정신을 똑바로 차려야 돼. 놈들이 다시 오면 따끔한 맛을 보여줄 거야. 바카디! 로켓포도 언제든 쏠 수 있도록 하고 내 명령을 기다려. 알았어?"

"네!"

RPG-7 로켓포를 들고 조타실 밖에서 당직을 서고 있던 바카디가 즉각적이고 단호하게 대답했다.

"특히 당직을 서다가 헬리콥터가 오는 소리를 듣는 즉시 나에게 알려! 아라이! 너는 알리하고 인질들을 감시하고!"

두목의 세부적인 지시가 떨어지자 우리는 각자의 위치로 돌아갔다. 매번 헬리콥터가 올 때마다 보고를 철저히 하는 아다사를 비롯해 소리 듣는 것에 자신이 있는 사람들은 갑판 외부에, 경험이 많은 사람들은 총과 로켓포를 들고 당직을 섰다.

나는 성질이 급한 아라이와 함께 인질들을 감시하는 역할을 맡았으나 별로 어려운 일은 아니었다. 잔뜩 겁에 질린 인질들이 구석에 옹기종기 모여 상황에 순응하고 있었기 때문이다.

"헬리콥터 소리다!"

우리가 저녁기도를 마치고 난 다음 고향에 돌아가서 누릴 축복과 융숭하고 합당한 대접에 대해 얘기하며 그간의 긴장을 달래고 있을 때였다. 분명히 그 귀 밝은 아다사 형이었을 테지만 누군가의 목소리인지는 정확히 알 수 없는 외침이 밖에서 들려왔고 다시 조타실 안팎은 무질서의 공간으로 변했다.

헬리콥터 소리가 점점 선명해지자 구석에 처박혀 있던 인질들은 무릎을 꿈틀거리며 목을 빼어들고 창문으로 향했고 아라이의 개머리판은 여지없이 응징에 들어갔다. 생존해야 하는 위기의 순간 앞에서 어느 누가 비굴해지지 않을 수 있겠는가? 누구 하나 편애하지 않고 밟고 찍어대는 아라이의 평등한 폭력은 분명한 효과가 있어서 인질들은 다시 구석으로 움츠러들었다.

"군함이다!"

헬리콥터뿐만 아니라 군함이 나타났다는 소리에 인질을 감시하던 나의 시선도 군함을 추적했다. 눈을 감았다 뜨니 갑자기 큰 육지가 나타난 것처럼 어느새 커다랗고 검은 그림자가 눈앞의 거리에 와 있었다.

'저렇게 큰 배가 어떻게 소리도 없이 저만큼 가까운 거리에 와 있을 수 있단 말인가!'

레이더를 쳐다보던 당직 형도 조금만 항해해서 가면 된다는 얘기만 했지, 레이더 화면에 어떤 물체가 다가오고 있다는 보고를 한 적이 없었다. 그런데 소리도 없이 어둠 속에서 유령처럼 큰 군함이 우리를 향해 미끄러져 오고 있었다. 군함은 저승사자와 같은 검은 형체로 왔으나 소리는 괴물과 같았다.

─쒜에에에엑~~

군함이 가까이 다가오면 올수록 모든 것을 빨아버릴 듯한 날카로운 소리가 우리의 심장과 머릿속으로 파고들었다. 하늘에서는 두두두두두~~ 헬리콥터 소리가, 바다에서는 쒜에에에엑 하고 바람을 빨아들이는 듯한 이상한 소리가 우리의 정신을 혼미하게 만들고 있을 때 어둠 속에서 신의 목소리가 들리는 듯 쩌렁쩌렁한 소리가 들려왔다. 천천히, 분명히. 내가 알아들은 그 소리는 항복하라는 것이었다. 집으로 돌아갈 수 있다는 소리도 들렸다.

─따라라라락~ 따라라라라락~

누군가의 기관총이 불을 품은 것은 바로 그때였다. 어느새 조타실 문을 반쯤 열고 두목 아부디가 소리 나는 군함을 향해 총알을 퍼붓고 있었다. 폭력과 공포에 길들어진 인질들은 총소리가 나자 부들부들 떨며 바닥에 엎드렸다. 나는 두목이 있는 곳으로 발걸음을 옮겼다. 두목에게 저 큰 소리가 무슨 뜻인지 알려주며 이 납치에 기여하고 싶은 기대감도 있었다. 두목이 한 차례 총알세례를 퍼붓고 난 다음에도 어둠 속의 군함에서는 차분하고도 또박거리는 목소리가 들려왔다. 항복하라, 집에 돌아갈 수 있다, 안전하다는 소리였고 알아들을 수 없는 말도 들려왔다.

"이 개새끼들이~ 가만히들 안 있어?"

내가 두목에게 저들의 메시지를 전달해주려는 순간, 아라이의 발길질과 개머리판의 둔탁한 소리가 들리며 그의 신경질적인 소리가 더욱 크게 들려왔다. 인질들은 웅성거리며 전보다도 더 복종적인 자세로 바닥에 엎드렸고 아라이는 누런 이를 드러내며 폭력을 즐겼다.

성취감에 흐뭇해하는 아라이를 사진 찍듯 망막에 기억하며 두목을 향해 돌아섰을 때였을까? 대포소리인 듯 쾅!쾅!쾅! 하는 소리가 들렸다. 그리고 군함 쪽에서 불빛이 번쩍거리는가 듯싶더니 총알이 철판을 관통하는 소리와 철판에 되튕겨 나가는 소리가 들려왔다. 군함에서 쏘는 총소리에 놀란 때문인지, 의도된 응사인지 알 수가 없으나 두목은 다른 동료들의 사격은 허락하지 않은 채 혼자서 몇 차례의 신경질적인 사격과 욕설을 퍼부었다.

"올 테면 와봐라! 다 죽여버리겠어! 인질들이 우리 손에 있는 한 알라가 우리와 함께하신다! 아라이! 아무나 한 명 이쪽으로 데리고 와!"

머리 위에서 맴도는 헬기 소리와 거슬리는 군함의 엔진소리, 그리고 간간이 쏟아지는 총탄 속에서도 아라이는 두목이 내지르는 명령을 단 번에 알아차리고 인질 가운데 한 사람을 총구로 쑤시며 데리고 갔다. 두목이 조타실 밖으로 나가지 않으려는 인질의 가슴을 개머리판으로 찍으며 강제로 내보내려 하고 있을 때였다. 쇠로 만든 괴물처럼 쉐에엑 기이한 소리를 내던 군함이 더욱더 강한 소리를 내더니 상선을 지나쳐 가기 시작했다. 군함은 상선 앞을 가로지르더니 우리를 눈여겨 감시하겠다는 듯 상선을 한 바퀴 빙 돌았다. 그러고는 다시 어둠 속으로 사라지기 시작했다.

온갖 거슬리는 소리와 긴장감이 사라지자 왠지 모를 고요함이 어둠과 함께 조타실을 채웠다. 레이더 화면에서 뿜어내는 녹색 불빛과 각종 계기판에서 나오는 희미한 전기 불빛 이외에는 캄캄한 조타실이었지만 원래 불빛이 없는 곳에서의 생활이 익숙한 우리에게는 아무런 불편함이 없었다. 상선을 가운데 두고 한 바퀴 도는 군함을 따라 이쪽저쪽으로 인질 한 명을 끌고 돌아다니던 두목은 다시 인질을 구석으로 차 넣으며 소리를 질렀다.

"개새끼들! 아무것도 아닌 것들이 사람 성질을 돋우고 있어. 인질만 있으면 저 새끼들도 별수 없어. 여차하면 다 죽여버리는 거야. 알리! 아까 저 새끼들이 뭐라고 한 거야? 알아들었어?"

"항복하라! 안전하게 집에 돌아갈 수 있다! 뭐 그런 말을 한 것 같습니다."

내가 대충 알아들은 얘기를 말해주자 두목은 갑자기 흥분한 듯 목소리를 높였다.

"뭐라고? 항복? 집에 안전하게 돌아갈 수 있다고? 개새끼들이 개수작 떨고 있네. 자기들이 그렇게 하지 않아도 내일 낮이면 고향에 돌아갈 수 있어. 한 놈씩만 죽여도 우리 의지를 알릴 수 있다고 했으니 죽여버리면 되는 거야. 인질이 있는 한 알라가 함께한다고 했어."

과연 두목의 말은 진실이었다. 그가 말한 대로 인질을 데리고 나갈 때마다 고속보트와 헬기가 사라졌기 때문이다. 신은 우리 편이었다. 그리고 이번에도 괴물처럼 나타났던 군함이 사라진 것이다. 두목에게 지령을 내리는 사람이 원로인지 누구인지 모르지만 이런 사정을 잘 아는 사람이 분명했다. 인질이 있는 한 알라가 함께하신다! 오, 그 말은 과연 진리였다! 우리가 몇 날 며칠을 굶었어도 이 큰 상선을 납치할 수 있었던 것도, 여기까지 온 것도, 헬기와 고속보트 그리고 군함에 맞서서 싸우고 돌려보낼 수 있었던 것도 모두 알라가 돌보지 않았다면 어찌 가능했겠는가? 그러고 보니 다시 기도할 시간이 다가왔다. 우리는 모두 메카를 향해 무릎을 꿇고 성공적이고 영웅적인 귀향을 기도했다.

군함과 헬기는 이후에도 밤에 한 차례, 새벽에 한 차례 우리의 심장과 머리를 흔들어놓고 간간이 우리를 향해 총질을 해댔으나 별다른 위협이 되지는 않았다.

두목 아부디의 확신에 찬 인간방패 전략, 제법 손발을 맞춰 맡은 임무를 해내고 있는 동료들의 팀워크, 그리고 무엇보다도 알라의 가호가 우리에게 있는 것이 확실했다. 곧 아침이 밝아올 것이고 조금만 더 버티면 우리는 고향으로 돌아갈 수 있을 것이다. 한 다발의 돈과 편안한 생활까지 곁들여서 가져갈 수 있겠지.

멀리서 하늘이 옅어오자 나른함이 몰려오기 시작했다.

18

아덴 만 여명작전

1월 21일 05시 30분, 아덴 만.

아프리카의 사막, 아니면 메마른 아우성의 땅 어디쯤에선가 시작되었을 바람이 수평선 저쪽에서 희미하게 떠오르는 해를 맞이하고 있는 모습은 여느 때와 다름이 없었다. 아덴 만의 바다와 하늘은 늘 그렇게 평화로운 듯, 혹은 그렇지 않은 듯 밝아오고 또 저물었을 것이다.

그러나 하늘과 땅, 바다가 수만 년 동안 습관처럼 되풀이해왔던 평범한, 아니 어쩌면 너무나 단조로워서 지루하기까지 한 일상과는 달리 오늘은 모든 것을 결판낼 작정으로 움직이는 사람들이 있었다. 그들은 모두 자기들이 원하는 것을 얻으려는 목마른 사람들이었다. 그리고 각자의 무기를 가지고, 저마다의 정의와 논리의 칼날을 들이대며 반드시, 꼭 원하는 것을 얻을 것이었다.

상선 안의 해적들은 남의 것을 빼앗고 죽여서라도 일확천금을 얻고자 했다. 약탈과 살인에 대한 인간적 죄의식보다 그들이 평생 살아온 지긋지긋한 가난과 불행을 먼저 지우고 싶어 했다. 그리고 인질을 구출하기 위해 목숨을 걸고 들어가는 자, 그들을 엄호하는 군함의 모든 군인들은 인질들의 안전한 귀환을 기다렸다.

오랜 내전에 희생되어 발견되지 못한 시체 하나가 어딘가에서 꿉꿉한 습도 속에서 썩고 있는 듯한 암울하고도 기분 나쁜 냄새가 코끝을 찌르는 낯선 나라에까지 온 협상가, 그 포식자도 쾌락과 윤락에 젖은 몸을 지탱시켜줄 돈줄을 간절히 기다리고 있었다.

그들은 모두 자신들이 추구하는 것들, 얻고자 하는 것들을 이미 포기할 수 없었고 양보할 수도 없었다.

주둥이가 좁은 도자기에 빠진 사탕을 다시 움켜쥔 어린아이를 상상해보라. 아이는 팔이 빠져나가는 아픔을 겪으면서도 달콤한 사탕을 끝끝내 포기하지 않는다. 무슨 일이 있든지 간에 오직 지켜야 할 사탕에만 집중한다. 그래서 주먹을 꼭 쥔 채 참고 있는 것처럼 그들 모두는 반드시 자신들의 목표를 달성해야 한다는 절체절명의 운명에 놓여 있었고, 지고지선의 논리가 있었다. 결국은 모두가 끝까지 치달아서 기어이 끝을 봐야만 해결될 일이었다.

바다는 아직 새벽잠을 깨지 못한 듯 보였다. 낮게 깔린 해무가 솜이불처럼 자욱이 덮여 있었다. 아직 이불을 걷어차지 못하고 뭉그적거리고 있는 아덴 만의 평범한 공기를 제일 먼저 깨트린 것은 헬리콥터의 소리였다.

─두두두두두두두두.

헬리콥터가 저격수 둘과 K-6 기관총 요원 둘을 태우고 공중엄호를 준비한 상태에서 이륙하자 군함은 암울한 아침 공기를 가스터빈실로 한꺼번에 몰아넣고 쉐에에엑 거친 소리를 내며 상선의 좌현 쪽을 향해 나아갔다.

"헬리콥터 소리다!"

밤새 몇 번이나 들었던 헬리콥터 소리였지만 아다사는 철저한 근무정신을 발휘하며 헬리콥터가 상선으로 향해 오는 것을 소리쳐 알렸다.

"병신들, 지랄들 하고 있네!"

아부디는 조타실 바닥에다 누렇고 갈라진 이빨 사이로 끈적거리는 침을 찌익 뱉으며 혼잣말처럼 내뱉었다. 아부디가 자신이 뱉어 놓은 침을 샌들로 신경질적으로 비비고 있을 때쯤이었다. 군함의 방송소리가 희미한 여명의 기운을 타고 더욱 가깝고 선명하게 들려왔다.

"해적들이 알아듣도록 천천히 또박또박 다시 한 번 방송해. 투항하면 안전하게 고향으로 돌려보내준다고. 마지막 방송문에는 선원들이 알아듣도록 공격이 임박했으니 엎드려 있으라고 우리말로 잠깐 얘기해."

부대장의 명령이 떨어지자 군함의 마스트에 설치되어 있던 대공 마이크가 다시 한 번 해적들에게 항복을 권유했다. 그리고 인내심의 한계에서 참지 못한 듯, 아니면 마지막 경고장인 듯 K-6 기관총에서 불을 뿜었다.

기관총의 총열을 떠난 탄환들은 자기들의 목표를 분명히 알고 떠나는 듯이 어스름한 어둠을 미련 없이 제치고 무리를 지은 별똥별처럼 오로지 한곳, 상선의 조타실로 향했다. 그 불꽃은 마치 검은색 색종이에 오렌지색 색연필을 주욱 그어놓은 듯 아름다운 포물선을 남기면서 날아갔다. 조타실의 밑바닥부터 위쪽까지 탄환들이 여지없이 박혔다. 격벽을 뚫지 못한 탄환들은 예기치 않은 방향으로 튀며 피유유유유우웅~~ 특유의 금속성 소리와 함께 공중으로 흩어졌다.

선원들은 바닥에 납작 엎드렸고 알리와 아라이, 아부카드, 그리고 로켓 포탄을 든 바카디를 포함한 그밖의 해적들이 헬리콥터를 피해 조타실로 들어왔다. 그들은 선교의 좌우현에서, 또는 여기저기 철판 아래 몸을 숨기며 이 한 차례의 시위가 지난밤과 새벽처럼 그냥 지나가기만을 바랐다. 그때였다. 하늘을 돌고 있던 헬기에서도 기관총소리가 들렸다.

—쾅쾅쾅쾅쾅쾅쾅!

하늘에서 쏟아대는 기관총은 천둥소리를 내며 상선의 연돌 주변에 박혔다. 군함에서 나오는 괴물 같은 기계음과 거기에서 날아오는 총소리가 똑같이 들려올 때도 아부디는 알라의 가호와 이제껏 자신이 걸어왔던 행운의 길을 의심하지 않았다. 그러나 헬기에서 쏟아지는 총알들이 연돌 주변에 사정없이 박히고, 간헐적이지만 지속적으로 조타실 주변에 또박또박 쏟아대는 저격수의 총소리가 들려오자 비정규군이지만 군인으로 살아왔던 잠재된 경험이 번쩍하고 아부디의 뇌리를 스쳤다.

'이번 공격은 수준이 다른데? 밤과 새벽에 했던 공격과는 패턴이 달라. 헬리콥터에 있는 듯한 저격수가 계속 조타실 쪽으로 쏘아대고 있잖아. 저건 우리를 조타실에서 나오지 못하게 하려는 거야. 몇 시간만 가면 저놈들이 쫓아올 수 없는 영해가 나온다고 했는데……. 모선이 무장을 해서 지원하러 온다고 무타이리가 알려줬지 않은가? 여기서 약한 모습을 보여선 안 된다. 그런데 그 모선은 어디쯤 온 것일까? 굼벵이 같은 새끼들! 그래 놓고 귀향하면 자기들 덕분에 납치에 성공했다고 또 지랄들 하겠지? 그나저나 전화기의 배터리도 얼마 없는데 무타이리와 접선을 해봐야 한다.'

전투감각이 되살아난 아부디는 헬기의 저격수 사격 직후 총탄이 조타실 측면 벽에 되튕겨나가는 소리가 들리자 잽싸게 문을 열고 나가 외판 벽에 기대고 앉아 위성전화기를 꺼냈다.

"드래곤, 여기는 잠자리! 연돌에 사격 완료. 상선 조타실 외부에 해적이 보이지 않음. 지속적으로 저격수 사격 실시하여 외부 인원 통제하겠음. 오버."

화학물질을 적재한 저장탱크와 거미줄처럼 얽힌 관들이 총격에 의해 손상되지 않도록 연돌에 사격을 실시하면서 선미로 접근하는 검색대원들의 기동을 눈치채지 못하게 하라는 지시에 따라 K-6 사격을 마친 헬기에서 사격 완료 신호가 떨어졌다. 공격팀장 김 대위는 조금 더 과감하게 상선의 선미를 향해서 고속보트의 진입을 지시하는 수신호를 보냈다.

ㅡ탕-탕-탕-탕!

일정한 간격으로 엄호사격을 하고 있는 헬기 저격수들의 총소리를 들으며 김 대위는 출정 의식처럼 가슴과 복부를 감싸고 있는 방탄판을 왼쪽 가슴부터 쓸어내렸다. 그리고 난 후 두 손으로 헬멧을 잡고 머리를 두세 번 흔들어 고정시켰다. 바로 뒤에서 자신의 어깨에 손을 얹고 진입작전의 자세를 취하고 있는 부팀장 박 준위의 손길이 느껴졌다.

박 준위는 팀장이 자동승강기를 이용해서 선미로 올라갈 가장 취약한 순간에 엄호해주고 바로 뒤이어 올라와서 전열을 가다듬을 팀원이었으며 1차 공격 때 변 소령이 불의의 부상을 당했던 것처럼 이번 공격에도 희생이 따른다면 팀장을 대신해서 공격 팀을 이끌어야 하는 전우였다. 김 대위의 말없는 묵직한 시선이 부팀장 박 준위의 눈에 꽂히자 박 준위도 말없이 고개를 끄덕였다.

－구아아아앙～

500마력의 머큐리 고속보트 엔진이 넘치는 힘과 소리를 절제하며 수면 위를 미끄러지다가 상선의 선미 즈음에서 침묵을 지키자 고속보트는 상선과 은밀한 접선이라도 하듯 조용히 꽁무니를 향해 다가갔다.

김 대위는 고속보트의 고무 부분이라 할지라도 절대로 상선과 부딪히는 소리가 들리지 않게 하려고 왼손으로 상선의 선미 부분을 살짝 밀고 나서 자동승강기를 타기 위한 자세를 취했다.

순식간에 올라타야 한다. 일단 올라타서 엄폐할 수 있는 안전공간만 확보할 수 있다면 승산이 있다. 고도로 훈련된 팀원들이 올라가기만 한다면 놈들은 화력에서 상대가 안 될 것이다.

먼저 로프를 걸어야 하는데……. 생각이 여기에 미치자 김 대위는 로프 발사총을 가지고 있는 하 중사를 쳐다보았다. 하 중사는 이미 검정 로프 끝에 갈고리가 달린 로프 발사총을 상선 위로 겨냥하며 공격팀장 김 대위의 수신호를 기다렸다.

갈고리가 쇠에 부딪히는 소리가 해적들에게 들려서는 안 된다. 저격수! 그래, 저격수 총소리! 일정한 패턴을 유지하며 해적들이 조타실에서 나오지 못하게 공중엄호하고 있는 저격수 총소리에 맞춰 갈고리를 걸면 될 것이다. 탕! 탕! 그래, 지금이다!

작전장갑을 낀 김 대위의 오른 손가락이 절도 있게 상선 위를 가리키자 방아쇠울에서 기다리던 하 중사의 손가락이 움찔거렸다.

－푸슝～～!!

─ 챙~

갈고리가 상선 갑판을 향해 날아간 뒤 바닥에 떨어지는 소리가 나자 하 중사는 천천히 검정 로프를 당기기 시작했다. 그러고 나서 곧바로 줄을 당기던 하 중사의 오른손이 탄탄하게 긴장을 유지했다.

'오케이~, 걸렸다.'

김 대위는 탄탄하게 장력을 유지하고 있는 검정 로프를 건네받아 자동승강기에 걸고서는 상선을 한번 올려다보고 팀원들을 둘러보았다. 1공격 팀 대원들은 각자가 맡은 엄호 위치별로 대테러 기관총을 겨누고 상선을 응시하고 있었다.

"드래곤, 여기는 알파, 선미 도착 완료. 1공격팀장 등반 준비 완료!"

김 대위의 등반 준비 완료 신호가 무전기를 통해 청해부대에 전파되자 모든 작전요원이 신경을 곤두세웠다.

"여기는 God! 갑판 클리어(clear, 모든 위험요소가 깨끗이 정리되어 이상 없다는 작전용어)!"

군함의 함교 위에서 상선을 신의 눈처럼 내려다보던 저격수가 맨 먼저 응답했다.

"여기는 잠자리! 역시 클리어!"

헬기에서도 클리어 신호가 떨어지자 김 대위는 재빨리 등반을 시작했다.

"수신 완료! 등반 시작!"

김 대위는 왼손으로 자동승강기의 업(up) 스위치를 꼭 잡고 오른손에 든 권총을 상선 위로 향해 겨누었다. 츄르르르륵 소리를 내며 자동승강기의 로프가 감기기 시작하자 근육질의 몸이 공중에 떠올랐다. 김 대위가 풍만한 아주머니의 엉덩이처럼 생긴 상선 선미를 가볍게 딛고 올라서며 두세 번 탄력적으로 밀어젖히자 그의 몸은 순식간에 상선의 갑판에 도착했다.

생고무로 된 작전화의 밑창이 갑판에 닿는 순간 김 대위는 익숙한 손놀림으로 자동승강기의 로프를 제거하고 권총을 홀스터(권총 보관 케이스)에 끼워넣은 다음 가슴 앞에 대각선으로 휴대한 대테러 기관총을 고쳐 잡았다. 그러고는 습관처럼 조준경에 눈을 갖다 대고 놈들을 찾았다. 주변에 위협이 될 만한 것들이 있는가? 원거리에서 근거리, 좌에서 우를 번갈아가며 본능적인 스캐닝 과정을 마친 김 대위는 다시 한 번 무전을 보냈다. 이상이 없었다.

"알파, 등반 완료!"

일분 일초가 몇 년처럼 느껴지고, 초조함으로 전투지휘소의 모든 사람들이 긴장해 있을 때 공격팀장으로부터 짧은 보고가 들려오자 지휘소에서는 먼저 안도의 한숨이 흘러나왔다. 공격 팀이 작전을 감행하는 데 가장 취약한 순간이 지났기 때문이다. 지난번에도 상선 위의 해적들을 제압하지 못했기 때문에 기습공격을 허락한 것이었다. 이제 상선의 위아래가 접수되었고, 공중과 해상이 제압되었다. 성공적인 작전을 위한 첫 단추가 잘 꿰어졌다. 이제 모든 것은 현장에서 스스로 상황을 파악하며 본능적이고 동물처럼 처리하는 특전요원들의 손에 의해 결정될 것이었다.

함의 사수들과 헬기의 저격수들이 엄호하는 소리가 간간이, 그러나 지속적으로 새벽하늘을 흔들었다.

"드래곤, 여기는 알파! 공격 팀 후속등반 시작!"

김 대위가 일차로 등반에 성공한 후 가장 취약한 거점을 확보하고 그곳에서 해적들의 공격에 대비한 근접 엄호가 보장되었다고 생각되자 후속 대원들과 2공격 팀들은 보다 빠르고 안전하게 등반을 마무리 지었다.

두 공격 팀이 모두 등반을 완료한 뒤 서로의 어깨에 손을 얹고 엄호하며 각자가 맡은 구역의 경계를 실시하자 김 대위는 관숙훈련의 결과를 바탕으로 분석한 최적의 접근로와 선박회사를 통해서 받아본 설계도를 떠올리며 본인의 팀과 2공격 팀의 임무를 지시했다.

좁은 통로를 거쳐서 조타실로 먼저 올라가야 한다. 놈들이 모여 있을 만한 곳. 조타실, 식당, 기관실! 세 군데 중 가장 유력한 곳이자 인질이 가장 많은 곳이 조타실이다. 탄약이 부족한 놈들은 화력을 집중하고 인질들을 최대한 이용하기 위해서 조타실에 모여 있을 것이다. 그래, 일단 조타실 쪽으로 기동하여 조타실을 확보하자.

"드래곤, 여기는 알파, 브라보! 등반 완료. 조타실로 기동 시작. 기동로를 엄호 바람."

짤막한 교신을 끝내고 김 대위는 기동을 시작했다.

—뚜르르르르르르륵, 뚜르르르르르르륵!

아부디는 속이 탔다. 무타이리를 향하는 전화 신호가 표적을 향해 쏘는 총알처럼 차례대로 육지를 향해 날아가는 듯한 소리처럼 들려왔다. 아부디는 상선의 선교 옆 철판에 기대앉아 있었다. 그는 기름인지 땀인지 분간 못 할 액체로 뒤범벅된 귀에 반질반질 윤기 나는 흑록색의 위성전화를 바짝 대며 구시렁구시렁 욕지거리를 했다.

"우라질 놈의 새끼, 전화를 빨리 받지 않고 뭐 하는 거야! 우리는 이렇게 생난리를 치며 일을 하고 있는데 전화 몇 통으로 돈벌이를 하는 새끼들이 전화라도 똑바로 받아야 할 거 아냐!"

아직 두 번밖에 신호가 울리지 않았는데도 인내심이 바닥나고 초조함에 지쳐 있던 아부디는 전화를 늦게 받는 무타이리에게 투덜대며 화풀이를 해댔다.

바다 건너편 모래밭에는 짧은 목을 길게 빼고 기다리는 무타이리가 서 있었다. 대형 상선이라 하더라도 그 모습이 보일 리가 없었다. 아직 영해로 들어오려면 반나절은 더 있어야 하기 때문이었다. 그러나 무타이리는 뭐라 표현할 수 없이 정 떨어지는 오묘하고 기분 나쁜 냄새가 진동하는 막사를 빠져나와 연거푸 담배를 물고 수평선을 바라보고 있었다.

말보로 담배 끝을 깨물어 씹듯 피우던 버릇이 있는 무타이리는 담배 불꽃이 노란 필터의 끝까지 타들어오자 신경질적으로 모래밭에 꽁초를 버렸다. 필터까지 약간 타들어갔는지 매캐한 냄새가 입안을 가득 채우자 목젖 저 안쪽까지의 모든 액체를 커~억 하고 끌어올린 뒤 퉤~ 하며 수평선을 향해 가래침을 뱉을 때였다. 손에 들고 있던 위성전화가 울려왔다.

"헬로우~."

무타이리는 입가에서 채 떨어지지 않은 끈적끈적한 가래침을 두툼한 손으로 닦아내며 텁텁하고 굵은 목소리로 전화를 받았다. 170센티미터가 안 되는 키, 100킬로그램에 육박하는 몸무게, 그리고 목소리까지 굵고 느릿한 것이 천성적으로 게으르게 느껴졌다. 하지만 이내 그의 목소리가 빨라지며 전화기에 용의주도하고 치밀한 작전 지시를 내렸다.

협상가로서의 무타이리는 이전의 게으르고 환락에 찌들어 있는 사내와는 전혀 다른 모습이었다. 협상할 때의 그는 영국과 미국에서 유학할 때 인적 네트워크를 형성했던 군인들, 중동과 아랍국가들을 돌아다니며 만났던 지체 높은 사람들에게서 배우고 익힌 권모술수들로 뭉쳐진 전략가였다. 무타이리는 그동안 아부디에게 했던 것처럼 침착하고 냉정하게 지령을 내렸다.

"아부디! 조금만 더 버티면 돼. 이제 곧 아침이 밝아올 거야. 조금만 더 버티면 너희 소말리아 영해로 들어오게 된다. 영해로 들어오면 군함들도 별수 없어. 그러니까 그때까지 잘 버텨!"

아랍어 특유의 경음과 격음이 반복되어 흘러나오자 그의 목소리는 마치 서로 싸움을 하는 듯 격하게 들렸다.

"헬리콥터와 군함에서 동시에 사격을 해대고 있단 말이오! 우리를 밖으로 못나오게 하는 것 같아. 한바탕 갈겨서 본때를 보여줘야 할까 봐."

바닥에 앉아서 전화를 하던 아부디는 머리를 빼꼼 내밀다가 헬리콥터 소리가 더욱 크게 들려오자 빠르게 몸을 숨기며 말했다.

"그건 안 돼, 아부디! 지금 너희에게 총알이 부족하다는 것을 알고 그것을 소모시키기 위해 너희를 계속 자극할 거야. 놈들의 속임수에 넘어가면 안 돼! 총을 써봤자 군함에 무슨 소용이 있겠어. 최후의 순간까지 아껴둬야 돼."

무타이리는 왼쪽 어깨를 올리고 고개를 어깨 쪽으로 기울여 전화기를 고정시키고는 왼쪽 윗주머니에 있는 말보로 담배를 꺼내물며 계속 얘기했다.

"그럼 저놈들이 계속 저렇게 우리 쪽에 사격을 해대는데 가만히 있으란 말입니까? 뭔가 본때를 보여줘야지. 이렇게 가다가는 영해로 들어가기 전에 우리가 먼저 죽겠소. 놈들이 계속 사격을 쉬지 않고 있으니 뭔가 조치를 취해야겠어. 전화기 배터리도 얼마 없단 말입니다."

싸움을 말리면 흥분해서 더욱 싸우려 하는 사람처럼 아부디의 목소리가 커졌다. 현장의 상황은 현장에서 가장 잘 아는 법이거늘 총소리가 오가고 생사가 엇갈리는 현장에 와보지도 않은 작자들이 전화기에 대고 이래라저래라 하는 상황이 아부디는 이전부터 맘에 들지 않았다. 그래도 어쩌랴! 협상을 해서 돈을 많이 받으면 받을수록 자신들의 몫도 많아지니 더럽고 아니꼬워도 말을 듣는 수밖에.

"정 그렇다면 군함이 가까이 왔다고 생각될 때 RPG를 군함의 선교탑에다 대고 쏴. 다른 곳은 소용이 없어. 헬기에다 쏴봐야 바다로 떨어질 것이고. 내 말 알아듣겠어? 성질대로 해서 해결될 건 없으니 정신 차리고 내 말 들어, 아부디!"

아부디의 목소리에 짜증이 섞여 있다는 것을 본능적으로 감지한 무타이리는 설득 반, 협박 반의 어조로 얘기를 했으나 아랍어 특유의 그의 어조가 일방적으로 상대방을 쏘아붙이는 듯 들렸다.

"그리고 전화기 배터리가 얼마 없다 하니 내 말을 잘 들어. 잘 듣고 차질 없이 상선을 끌고 와야만 해. 군인들도 조금만 있으면 영해로 들어간다는 사실을 알고 있어. 그러니까 지금부터 4시간 정도가 고비란 말이야. 내가 행동지침을 알려줄 테니까 상황에 맞춰 그렇게 하라고."

어느새 다 타들어간 말보로 담배를 모래밭에 던져 발로 짓이기고 다시 담배를 꺼내 물며 무타이리는 말을 계속했다.

생각이 말을 하게 하는지, 말이 생각을 이끄는지 잘 모르겠으나 무타이리는 예전부터 자기 자신이 이런 생각을 계속 해온 것처럼, 점점 더 잔인한 과정과 절차를 아주 자연스럽게 정리해나갔다. 그것은 아마도 날아다니는 총탄과 전쟁터의 선혈이 그와 직접적인 관계에 있는 일이 아니라 마치 텔레비전에서나 보는 제삼자의 일처럼 생각되기 때문이기도 했을 것이다.

"먼저 아부디가 하고 싶은 대로 로켓 포탄을 군함의 선교 탑에다 한 발 쏘도록 해. 명중시킬 수 있도록 조준해서 쏴. 그러면 놈들도 놀랄 것이고 부상자가 생기면 주춤할 거야. 그래도 계속 공격을 해오면 인질들을 데리고 인간방패를 다시 만들어. 여차하면 다 죽일 거라고 협박을 하란 말이야. 그렇다고 다 죽이면 죽도 밥도 안 돼. 인질들이 살아 있어야 협상이 가능하니까. 정 안 되면 한두 놈은 시범적으로 죽여도 상관없어. 지난번에 놈들이 고속보트를 가지고 공격해왔을 때도 내가 알려준 대로 유인해서 물리쳤잖아. 못할 것도 없어. 참, 그런데 놈들의 고속보트는 어떻게 된 거야?"

'고속보트? 그래, 맞다. 군인들의 고속보트는 어디 있지?'

무타이리와 아부디는 고속보트라는 단어에 동시에 생각이 멈추었다.

아부디는 어제 저녁부터 오늘까지 머리를 쥐어짜며 흔들어대는 듯한 헬리콥터 소리, 괴물이 소리를 지르는 듯한 군함소리, 그리고 오늘 아침에는 정신없이 쏴대는 저격수 소총소리와 쾅쾅쾅쾅 조타실을 파고드는 기관총소리 때문에 고속보트를 기억 속에서 까마득히 제외해놓고 있었다. 무타이리도 징징거리는 아부디 얘기만 듣다가 고속보트를 잊고 있었다.

"이런 쪼다 병신 같은…… 야, 새끼야! 빨리 군인들의 고속보트가 어디에 있는지 알아봐!"

군인들의 고속보트 때문에 일이 틀어질 수도 있다는 생각이 들자 그나마 꾹 참고 있던 무타이리의 욕지거리가 튀어나왔다. 그러나 아부디의 목소리는 들리지 않았다.

"헬로우! 헬로우!"

미간을 찌푸리며 전화기의 액정화면을 뚫어져라 쳐다보니 전화가 끊겨 있었다.

"이런 제기랄!"

배터리가 나간 것인지, 군인들에게 불의의 기습을 당한 것인지 무타이리로서는 알 수가 없었다. 그는 뭉툭하고 두툼한 손가락으로 정신없이 아부디의 전화번호를 다시 눌렀다. 그러나 상대방의 전원이 꺼져 있다는 건조한 기계음 이외에는 여전히 아무 소리도 들리지 않았다.

"에잇! 이 멍청한 병신 새끼들!"

무타이리는 전화기를 모랫바닥에 내던지고는 상처 입은 회색 곰처럼 그르렁댔다. 큰 덩치로 모랫바닥을 허둥거리며 왔다 갔다 하는 모습이 위태로워 보이기까지 했다. 그래도 분이 풀리지 않은지 모랫바닥을 힘껏 걷어차며 다시 말보로 담배를 꺼내 물었다.

아부디는 고속보트가 어디 있냐는 무타이리 말에 번개를 맞은 듯 머리가 하얘졌다. 한 손으로는 이미 배터리가 나가버린 전화기를 들고, 한손에는 AK-47 소총을 들고 기어가다시피 선미가 보이는 쪽으로 이동해갔다.

아니나 다를까, 군인들의 보트가 그곳에 있었다. 군인들 보트의 귀퉁이가 상선의 선미 뒤에서 얼핏 보였다가 사라졌다. 오른쪽에서는 헬리콥터의 총소리가, 왼쪽에서는 군함의 기관총소리가 들려오는 통에 망을 볼 수 없었던 것이 낭패였다. 이제 더 이상 이것저것 누구에게 묻고 따질 단계가 아니었다. 아부디는 다시 네 발로 기어 조타실 문을 열고 들어갔다.

"아부카드! 한 명을 데리고 선미 쪽으로 가! 보트! 보트! 놈들이 올라오고 있을지도 몰라. 발견되면 무조건 쏴버려! 무슨 일이 있어도 버텨야 돼!"

그래도 경험 있는 사람이 필요해서였는지 아부디는 아부카드를 불러 선미 쪽으로 올라오는 공격 팀을 맡게 했다. 아부카드는 알았다는 짧은 대답과 함께 세튬을 데리고 갑판으로 통하는 조타실 내부 계단을 따라 사라졌다.

"바카디! 너는 알피지를 가지고 군함의 선교를 쏴. 한 발밖에 없으니까 잘 겨눠서 한 방에 맞혀야 해. 나가!"

"아라이! 너도 아부카드를 도와서 선미 쪽으로 가! 이쪽에는 사람이 많으니까. 어서!"

아부디는 무타이리가 가르쳐준 것을 하나하나 기억하며 지시를 내렸다. 바카디가 육중한 RPG-7을 들고 조타실 문으로 나가고 아라이가 사라지자 아부디는 또다시 무엇을 해야 할지 생각에 빠졌다. 놈들이 오고 있다. 무엇을 해야 하지? 조금만 더 버티면 되는데. 그러면 곧 끝날 텐데……

무엇을 해야 한다는 생각이 강해지면 강해질수록 아부디의 머릿속에는 아무 생각이 떠오르지 않았다.

"드래곤, 잠자리, 알파 여기는 God! 조타실 좌현에 표적 하나 확보, RPG로 보이는 물체를 들고 있음. 표적상태 옐로우! 저격하겠음."

은폐와 엄폐를 거듭하고 있는 까닭에 표적이 완전히 조준선에 들어오지 않았다는 옐로우였지만 로켓포를 쏘지 못하도록 저지할 필요가 있다는 함교 위 저격수의 판단은 전적으로 옳았다.

쾅! 소리를 내며 저격총이 불을 뿜자 이어서 함교 우현의 K-6 기관총도 사격이 실시되었다. 조타실 난간에 로켓포를 쏘기 위해 나왔던 검은 표적이 혼비백산하여 조타실 안으로 사라졌다.

"여기는 God! RPG 표적 외부 갑판상 클리어!"

"알파, 브라보! 여기는 잠자리! 귀국 쪽으로 무장인원 두 명 이동 중, 정정함! 세 명 이동 중. 공중 엄호하겠음."

김 대위가 미리 분석한 기동 경로를 따라 메인 갑판을 지나 계단을 타고 조타실로 향하는 상부 갑판으로 올라가고 있을 때쯤 헬기의 무선교신이 들려왔다.

놈들이 조타실에서 내려왔다면 O-2데크(주갑판을 중심으로 했을 때 2층의 개념인 갑판) 쪽에서 매복하며 우리를 기다리고 있을 것이다. 김 대위는 기관총 방아쇠에 걸려 있는 검지에 탱탱한 긴장감을 유지하며 왼손을 들어 주먹을 쥐었다. 멈추라는 신호였다. 그러고는 놈들이 앞에 있으니 보이면 사살하라는 수신호를 보내고 엄폐를 지시했다.

공격 팀들은 일사분란하게 좌현과 우현으로 흩어지며 각자의 사격위치와 각도를 유지한 채 벽에 붙어 섰다. 놈들은 우현 쪽에서 나타났다. 우현 쪽의 공격 팀들의 대테러 기관총이 먼저 불을 품었다. 몇 명인지는 모르지만 외마디의 비명이 들려오고 놈들의 소총소리가 멎었다. 김 대위는 2팀을 우현으로 올려보내고 자신은 1팀과 함께 좌현 쪽으로 이동했다.

"브라보! 여기는 알파, 놈들이 외부 갑판에 출현하지 못하도록 최루탄을 발사하라."

김 대위의 신호가 떨어지자 모든 공격대원들이 허벅지에 차고 있던 방독면을 꺼내 일사분란하게 착용했다. 그리고 나서 좌 · 우현에 최루탄을 발사하자 조타실 좌우에서 불이 난 듯 흰 연기가 피어올랐다.

조타실로 향하는 공격 팀의 발걸음이 빨라졌다. 아무런 말도 필요 없이 검색대원들은 관절을 굽히고 군홧발소리를 죽인 채 앞 사람의 그림자를 좇아 한 걸음, 한 걸음 이동했다.

"두목! 아부카드와 세튬이 당했어요."

선미 지원을 나갔던 아라이가 혼자서 조타실로 급하게 뛰어 들어오며 소리를 지르자 조타실에서 다음 단계를 구상하던 아부디의 표정이 더욱 일그러졌다. 로켓포도 쏠 여유가 없고 군인들은 이미 이곳으로 올가미를 조여오고 있음을 감지할 수 있었다. 이제 남은 것은 인간방패 전술밖에 없다. 그러면 놈들도 어쩔 수 없을 것이다.

"아라이, 알리, 까레이! 인질들을 데리고 밖으로 나가. 어서!"

위기의 순간이 오고 상황이 절박해지면 합리적 판단을 하기란 결코 쉬운 일이 아니다. 합리적 판단이라는 것이 순기능을 가진 절대적 진리인지는 알 수 없으나 아부디의 명령이 떨어지자 마치 그것 이외에는 아무런 답이 없다는 듯이, 아니 무엇이 옳고 그른지 생각해볼 겨를도 없이 아부디로부터 호명받은 사람들은 마법에 걸린 것처럼 일어나 인질들을 앞세우고 조타실 문을 열었다.

알리가 조타실을 나서자 매캐한 냄새가 코끝을 찌르고 따가운 무엇인가가 눈동자를 갑자기 후벼 파고 들어온 듯 눈물이 흘러나왔다. 여태껏 한번도 경험해보지 못한 것이었다. 눈물과 콧물이 범벅이 되고 눈을 뜰 수가 없어 저 너머에 안개가 있는지, 아니면 군함이 있는지조차 알 수가 없었다. 단지 쉐에에엑거리는 괴물소리만 여전히 들려와 아직 군함이 거기에 있으리라고 짐작할 뿐이었다.

"모든 국, 여기는 God! 조타실 좌현에 인질 보임. 한 사람, 두 사람, 세 사람, 천천히 나오고 있음. 아직 표적과 구분되지 않음."

함교 위에서 고배율 광학렌즈를 가지고 있는 저격수의 관측수가 인질 소식을 전하자 부대장은 모든 개소의 사격을 일시 중지하라고 지시했다.

인질들을 방패로 삼아 나가서 효과를 본 것인지 아직 알 수는 없
으나 총소리가 멈추자 아부디는 모두 죽이고야 말겠다는 의지를
보여주는 것으로 충분했는지 다시 인질들을 안으로 불러들였다.
무엇보다도 눈을 뜰 수가 없으니 총을 쏠 수도, 인질들을 죽이겠
다고 협박할 수도 없었다.

"바람이 좀 지나가고 눈을 뜰 수 있으면 다시 나가! 아라이, 알
리, 까레이, 알겠지?"

가스에 취해 콧물을 질질 흘리며 기침을 하던 아부디의 목소리
가 더욱 신경질적으로 폭발했다.

"에이, 쌍 개새끼들! 다 죽여버리겠어. 선장 이 새끼 어디 있
어?"

눈에서는 찌르는 듯한 통증과 함께 눈물이 나오고, 매캐한 냄새
와 함께 콧물이 줄줄 흐르자 신경이 더욱 날카로워진 아부디는 구
석에서 인질들과 섞여 있는 선장을 찾았다. 선장은 두려움에 싸여
있었다.

"너 이리 와, 새끼야! 내가 못할 줄 아나 보지?"

아부디는 선장의 대퇴부를 향해 주저 없이 방아쇠를 당겼다. 선
장은 악 소리를 내며 다리를 감싸며 쓰러졌다.

"이 새끼야, 일어서! 수틀리면 너랑 나는 같이 죽는 거야. 모두
들 한 놈씩 잡아!"

아부디의 눈이 발갛게 충혈된 것이 최루탄 때문인지 원래부터 아부디가 악마와 같은 빨간 눈동자를 가졌는지는 알 수 없었다. 하지만 콧물을 흘리며 선장의 멱살을 잡고 다른 한 손으로 총구를 목구멍에 쑤셔대는 아부디는 이미 괴물로 변한 것 같았다.

아부디의 외침에 혼을 빼앗긴 듯 조타실 안에 남아 있는 해적들이 인질들을 하나씩 잡으려고 주춤거릴 때였다. 조타실 밖에서 사사삭 소리가 들려왔다. 그것은 바람소리라고 하기에는 둔탁하고, 그냥 아무 소리가 아니라고 하기에는 분명 육중한 어떤 물체가 절제하며 빠르게 움직이는 소리였다. 알리의 귀에 그 소리가 들리지 않은 것은 아니었으나 그 소리에 가장 민감하게 반응한 사람은 바로 아다사였다. 그가 동작을 멈추며 조타실 창문 쪽으로 경계의 눈길을 돌리자 다른 모든 사람들이 얼음처럼 굳어졌다.

"모든 국, 여기는 알파! 조타실 좌우에 위치 완료!"

O-2 상갑판에서의 교전으로 해적 두 명을 사살한 공격 팀은 최루탄을 쏘아 해적의 외부 출입을 차단한 다음 전광석화처럼 조타실 좌우까지 진입했다. 조타실을 확보하기 위한 최후 진입 전에 짧은 송신을 마친 김 대위는 2팀장 양 원사의 이상 없음 수신호를 확인한 후 다음 행동 또한 수신호로 명령했다.

"셋 하면 들어간다. 하나! 둘! 셋!"

그의 손가락이 셋을 가리키는 카운트와 함께 연막탄과 폭음 섬광탄이 동시에 좌·우현에서 조타실로 던져졌다.

－펑! 펑! 펑!

번쩍거리는 폭음 섬광탄이 조타실 안에서 터지자 조타실은 아수라장이 되었다. 아부디의 명령에 따라 인질을 잡으려던 알리의 발앞에도 깡통 하나가 떨어져 굴러왔다. 어찌 할 사이도 없이 깡통에서 하얗고 강렬한 불빛이 번쩍하더니 망막에 백색 태양의 잔상만 남겨놓았다. 마치 새로 태어난 태양 하나가 눈으로 바로 들어오는 것 같은 불빛이었다.

－찌이이이잉~

귓속으로 고약한 벌레 한 마리가 들어와 날카로운 소리를 내는 것 같은 소리 외에는 아무 소리도 들려오지 않았다.

고막이 터졌는지, 찢어졌는지 아부디가 외치는 소리도, 아라이가 두목을 부르는 소리도, 총소리도 아무것도 들리지 않았다. 이윽고 장딴지를 관통하는 강한 통증과 함께 알리는 바닥에 쓰러졌다. 뭔가 뜨거운 에너지가 모든 근육을 경직시켰는지 손가락 하나까딱할 수 없었다. 비명을 지르던 알리는 백색 빛이 가득 담긴 수조 안의 물고기처럼 그저 입만 벙긋거릴 뿐이었다.

갑작스러운 폭음에 고막이 제 기능을 못하고, 섬광으로 인해 해적들이 앞을 볼 수 없는 순간이 되자 검색대원들은 곧바로 진입을 시작했다.

－고! 고! 고!

김 대위는 공격 팀 선두에서 조타실로 진입했다. 표적에 대한 사격은 엄격히 선별되어야 했다. 그야말로 이 순간만을 위해서 피땀 흘리며 훈련했던 고난도의 사격술이 진가를 발휘할 때였다. 선원들과 해적들을 구분해서 한 치도 실수해서는 안 된다. 진입작전을 할 것이니 총소리가 나면 바닥에 엎드리라는 대공 방송을 알아들었다면 선원들 대부분은 바닥에 엎드려 있겠지만 그래도 정확하게 해적을 골라서 사격해야 했다.

—탕! 탕! 탕탕! 탕…….

여기저기에서 대테러 기관총의 사격소리가 들려왔다. 연발사격 소리가 아닌 단발사격. 대원들이 차분하고도 냉정하게 선별 사격을 하고 있는 것이 분명했다.

김 대위의 눈에 한 손은 귀를 틀어 잡고, 한 손에는 AK 소총을 든 해적이 눈에 들어왔다. 빨간 레이저 표지기를 그의 심장에 겨누고 곧바로 방아쇠를 당겼다. 탕! 소리와 함께 해적이 바로 고꾸라졌다.

공격대원들의 총소리가 얼추 멈추고 빨간 레이저 광선이 연기 사이를 헤치며 어지럽게 표적을 찾아 나설 때쯤 서서히 연막이 걷혔다. 그곳에, 아직 연막이 빠져나가지 못한 구석에서 선원의 목을 잡고 총을 머리에 겨누고 있는 해적이 김 대위의 눈에 들어왔다.

"모두 총 버려! 안 그러면 이 새끼를 죽여버리겠어. 이 새끼가 선장이야. 선장이 죽는 꼴을 보고 싶어?"

아부디는 악에 받쳐 충혈 된 두 눈을 부라리며 아랍어로 빠르게 외쳤다.

　김 대위는 레이저 표시기를 그의 머리 한가운데 조준하며 해적에게 소리쳤다.

　"Drop the gun! Don't move! Drop the gun! If you drop the gun, I won't shoot you down! You are safe! Drop the gun!"

　"Fuck you! Shut up! You drop gun! You captain kill!"

　알리는 다리에 강한 통증을 느끼며 백색 태양과 외계에서 쏘아 보낸 강한 신호음 같은 째애애앵거리는 소리와 함께 조타실 바닥에 쓰러져 있었다. 오른쪽 다리가 부르르르 경련이 오고 그 때문인지는 모르지만 몸 전체를 움직일 수가 없었다. 백색 태양이 눈에서 서서히 사라지자 자욱한 연기 속에서 어른거리는 사람의 그림자들이 보이기 시작했다.

　오른쪽 다리를 끌어안고 모로 누워 있는 알리의 눈앞에 여러 사람들이 서 있었다. 미래에서 온 전사처럼 온통 검은색 옷을 입은 군인들이 빨간 불빛이 나오는 총을 한 사람에게 겨누고 있었다. 모든 총구는 바로 절규하듯 외치는 목소리의 주인공 아부디, 두목을 향하고 있었다. 알리는 이제 그만하라고 소리치고 싶었으나 입속에서 말이 헛돌 뿐 아무 소리가 나오지 않았다.

　"이제 끝났어, 두목! 형, 총을 버려! 총을 버리면 살 수 있다잖아! 어서 총을 버려. 안 그러면 모두 죽고 말 거야, 형!"

알리의 입에서 벙어리처럼 어으어으 하는 소리가 새어나왔으나 그 소리를 듣는 이는 아무도 없었다.

공격 팀의 모든 총은 인질극을 벌이고 있는 눈이 충혈된 검은 표적에게 꽂혀 있었다.

"I say again. Drop the gun. You will safe, you can go home!"

"Fuck you. Shut up. I kill you captain."

해적의 목소리가 더욱 격앙되자 김 대위가 한 발짝 다가섰다. 그러자 해적의 가슴에 레이저 표지기를 고정시키고 있던 다른 대원들도 마치 한 몸처럼 한 발짝 다가섰다.

아부디는 최루탄 때문인지, 영웅적 귀향을 못한 억울함 때문인지 모르는 눈물을 찔끔 짜내고 나서 자신의 가슴에 꽂혀 있는 붉은 불빛을 내려다보았다.

도시의 네온사인처럼 아름다운 불빛. 한 번이라도 흥청거리면서 살아보고 싶었던 젊은 날의 가난한 시절에 대한 기억이 흔들리는 불빛 속에서 기분 나쁘게 되살아났다. 아부디는 살아서 돌아가지 못하리라는 것을 직감했다. 살아서 돌아간다 한들 또 무엇 하겠는가? 희망 없는 가난한 땅으로 돌아간들 무슨 소용이 있겠는가?

아부디는 자신의 가슴에서 아른거리는 붉은 레이저 불빛을 다시 한 번 훑어보다 누워서 자신을 쳐다보고 있는 알리와 두 눈이 마주쳤다. 알리는 총을 버리라는 절규의 눈빛으로 아부디를 쳐다보앗으나 눈물 고인 아부디의 눈에 희망의 그림자가 사라진 지 오래였다.

아부디의 눈동자가 삶의 끈을 놓은 듯이 흔들렸다. 그리고 방아쇠를 움켜쥐고 있던 손가락에 미세한 움직임이 시작되었다. 그의 미간을 겨누고 있던 김 대위의 손가락이 그것을 놓칠 리 없었다. 김 대위의 총구가 먼저 불을 뿜자 가슴을 겨누고 있던 공격대원들의 총구가 일제히 불을 뿜었다.

아부디는 조타실 벽면을 타고 서서히 기울어지더니 알리 앞에 쓰러졌다. 눈을 감지 못한 채 쓰러진 아부디의 충혈된 눈에서는 여전히 눈물이 흐르고, 코에서는 콧물이, 입은 아직도 할 이야기가 남았다는 듯 반쯤 벌려 있었다. 알리는 꺼이꺼이 소리 내어 울고 싶었으나 어찌된 영문인지 울 수조차 없었다.

조타실 문 저 너머로 붉은 사절단을 하늘에 드리운 아덴 만의 태양이 태연하고 평화롭게 떠오르고 있었다.

"조타실 확보 완료! 현 상황 보고하겠음. 선원 모두 21명 선교에 있음. 모두 안전하게 확보 완료. 부상자 1명, 선장으로 사료되며 생명에 지장은 없는 것으로 판단되나 신속한 이송이 필요함. 선교에 해적 4명 사살, O-2 갑판에서 2명 사살, 총 6명 사살. 해적 생포 4명, 부상 해적 1명 있음. 해적 13명 중 사살한 해적 6명을 포함하여 현재 10명. 잔존 해적 3명 수색 실시차 전 격실을 수색하겠음."

김 대위는 조타실에서의 격전을 간단히 보고한 후 부상당한 선장의 이송을 2팀에 인계하고 잔존하는 해적을 수색하기 위해 다시 움직였다.

휴게실과 기관실에 남아 있는 세 명의 해적들도 저항이 거셌다. 교전을 벌인 공격 팀은 2명의 해적을 사살하고 한 명을 생포한 다음 최종 교신을 청해부대에 발신했다.

"드래곤, 여기는 알파! 최종보고 하겠음. 선원 21명 전원 구출 완료, 선원 중 부상자 1명. 해적 13명 중 사살 8명, 생포 5명. 해적 중 부상자 1명. 부상자는 모두 생명에 지장이 없는 것으로 판단됨. 모든 격실 수색 완료하였으며 이상 없음. 이상!"

정신없이 미로 속을 헤맨 듯 50개가 넘는 상선의 격실을 수색하고 나자 새벽녘 어렴풋한 여명은 이미 따가운 열로 변해 비릿하게 피부를 감싸는 습한 바람을 데우고 있었다.

임무를 완수했다는 안도감 때문이었을까? 김 대위는 조타실 난간에 기대어 수평선을 바라보며 작전장갑을 벗었다. 숨 막히는 시간들이 지나갔지만 지금 당장 눈앞에 펼쳐진 평온한 풍경 때문에 자신이 한 일들에 별다른 감정을 느낄 수 없었다. 하늘과 바람 그리고 파도는 태곳적 모습 그대로, 아무 표정의 변화 없이 그 자리에 있지 않은가. 마치 오늘 아침부터, 아니 선원들이 납치된 이후 해왔던 모든 일이 꿈처럼 느껴졌다.

김 대위는 시계를 내려다보았다. 열한시를 향해가고 있었다. 최종 리허설을 새벽 세시에 마친 이후부터 극도로 집중해왔던 탓일까? 임무를 완수했다는 안도감과 최종 보고를 마치고 나니 갑자기 피로가 몰려왔다. 김 대위는 땀에 전 헬멧을 벗고 먼 바다를 바라보았다.

상선의 모든 격실을 검색하고 난 뒤 모든 상황이 종료되었다는 김 대위의 최종보고가 접수되자 청해부대의 모든 장병들이 환호성을 질렀다. 모든 부대원이 하나가 되어 성공한 작전! 모두가 각자의 위치를 고수하며 전우를 엄호한 결과로 이뤄낸 귀한 국민의 생명들이었다. 이제야 비로소 부대원들은 안도의 숨을 내쉴 수가 있었다. 상급부대에 임무수행 완료 보고를 작성하는 타자수의 손가락이 리듬을 타듯 경쾌하게 움직였다.

아덴 만 여명작전 완료, 선원 및 부대원 전원 이상 무!

19

중 독

술집의 분위기는 암울했다. 의도적으로 창문을 작게 만든 듯한 공간을 가득 채우고 있는 것은 분명 담배연기였다. 그러나 사내는 아덴 만의 여명이 밝기 전 습하고 낮게 깔린 해무를 본 듯한 기억에 기분이 언짢아졌다. 단조롭게 음계를 오가는 음악도 별로 마음에 들지 않았다. 금방이라도 술집 구석에서는 낮게 깔린 아라비안 음악에 자극을 받은 코브라 한 마리가 병 속에서 머리를 내밀고 나올 것 같은 그런 분위기였다.

조명은 손님들의 얼굴을 알아볼 만큼, 딱 그 정도만큼만 허락되어 있었다. 그 조명 밑에서 무타이리는 겨울잠을 자는 곰처럼 동그랗게 몸을 말고 소파 속에 파묻혀 벌써 한 시간이 넘도록 담배를 피우며 앉아 있었다.

그 병신 같은 소말리아 해적새끼들을 생각하자 또 혈압이 오르는 것만 같았다. 그 자식들이 정신만 똑바로 차리고, 시키는 대로만 했다면 이런 싸구려 술집을 전전긍긍하지는 않았을 것이라고 생각하니 다시 한 번 화가 치밀어 올랐다.

그는 깊고 길게 담배를 빨아 폐부 깊숙한 곳까지 니코틴을 공급하고는 촌스럽게 선팅을 해놓은 탓에 빛이 새어 들어오는 작고 좁은 창을 향해 긴 숨을 내쉬었다. 그러고는 몽글몽글 올라오는 하얀 버섯 같은 구레나룻과 턱 주변에 덥수룩이 자란 희고 검은 수염을 손바닥으로 원을 그리듯 한 번 천천히 훑었다.

끝내는 상선의 꼬락서니를 보지도 못했을 뿐만 아니라 협상이라는 것을 제대로 해보지도 못한 채 그 냄새나는 거지 같은 나라에서 돌아와야 했다.

착수금으로 받은 3만 달러는 모로코에서 1주일도 안 되어 바닥났고, 만날 때마다 "오 마이 브라더!"를 외치며 포옹해대던 친구들도 돈이 바닥나는 시점부터 차츰 멀어졌다.

그나마 두바이의 해운사로 직장을 옮긴 아바자는 꾸준히 소식을 전해왔다. 조만간 먹잇감을 확보하게 되면 꼭 전화를 주겠다던 아바자의 목소리를 기억하며 습관처럼 전화기를 만지작거리고, 혹시나 부재중 전화가 와 있는지 확인하는 것이 버릇이 되었다.

그는 이제 다른 일을 할 수 없었다. 도박에 길들어진 사람이 쉽게 끊을 수 없고, 한번 피 맛을 알게 된 짐승은 야생의 삶을 잊을 수 없는 법이었다. 이미 깊이 중독된 환자처럼 그는 한 탕의 도박

과 한 번의 사냥 기회가 자기에게 선물처럼 주어질 때를 기다리고
있었다.

　탁자 위에 놓아둔 전화기의 진동이 묵직하게 울렸다. 무타이리
는 담배연기에 잠겨 잔뜩 허스키한 목소리로 전화를 받았다.

　"헬로~!"

　곰 같은 그의 몸이 온 신경에 전율을 느끼듯 부르르 한 번 떨었
다. 그러고는 날렵하게 술집을 나섰다.

_끝